MEURTRE SUR LE BASSIN

Collection dirigée par Thierry Lucas

Bertrand Dumeste

MEURTRE SUR LE BASSIN

LA GESTE

À Luc Turlan, créateur de rencontres.

– 1 –

Camille Sauvageau n'était pas une fille très intéressante. Elle causait peu, râlait encore moins. Ce n'était pas le genre à faire des histoires ni à t'en raconter. Pas le genre à faire des esclandres, à se faire remarquer. Ce n'était surtout pas le genre à être là où on ne l'attendait pas. Avec Camille, on n'avait jamais de surprises. On naviguait dans un étang clapotant de routine rassurante.

Pourtant, ce soir, Camille Sauvageau y était bien, pile poil là où on ne l'attendait pas. Parce que parfois, même pour quelqu'un qui a toujours tendance à se la compliquer, la vie, c'était simple comme claquer une portière. Les prés salés, plongés dans l'obscurité, tenaient leur rôle de no man's land et elle marchait en regardant ses pieds. Non, elle ne marchait pas, elle errait. Elle déambulait. Et si elle fixait ses pieds, c'était pour aller là où ils allaient.

Elle n'était pas vache, Camille, de leur laisser le contrôle parce que ses pieds la faisaient drôlement souffrir. La faute à ses nouvelles chaussures. Légères, à talons, pour les escapades coquines sous les tables, pas pour les balades qui s'éternisent. Sur un pas qui lui tira un rictus de douleur, Camille, d'un geste, ôta les criminelles et s'apprêta à les balancer à la baille. Mais, comme la belle image de l'enfant sage qu'elle était, elle se ravisa puis tomba sur les fesses.

— T'es qu'une gourde ma pauvre Camille, dit-elle à haute voix. Les canards n'en veulent pas de tes godasses.

Camille était en colère mais pas assez. C'était une colère qui se contenait, qui attendait de voir. Dans sa jolie petite tête, il y avait plein de sentiments qui se bousculaient. Elle était déçue, triste, surprise, effondrée mais surtout, elle était agacée. Elle était agacée contre elle-même parce qu'elle ne pouvait pas s'empêcher de se demander si elle avait le droit de se mettre en colère. Face aux crises, Camille, elle faisait comme la République : elle fermait sa gueule pendant une minute. Alors que ce qu'il faudrait face à l'indicible, c'est un siècle de hurlements.

Ce soir, Camille s'était faite jolie. Elle avait mis sa robe légère, la rouge, et les chaussures qu'il aimait bien, même si elles lui donnaient mal aux pieds. De la lingerie, rouge aussi, qu'elle s'était achetée pour l'occasion. Un ensemble un poil trop sage peut-être mais qu'elle trouvait très mignon. Ce soir, elle était comme une arme de destruction massive qui aurait reçu à la dernière minute une visite impromptue de Amnesty International. Son bel explosif avait fait long feu.

Camille n'avait jamais aimé se fringuer ainsi. Cela lui donnait l'impression d'être déguisée, elle qui préférait les vêtements discrets et les couleurs sobres. Mais elle avait envie de lui faire plaisir, elle voulait que la soirée soit spéciale.

— Ah, ça pour être spéciale ! Pesta-t-elle.

Elle avait envie de pleurer, que les larmes coulent le long de ses joues à flots ininterrompus comme dans les animés japonais mais les larmes ne vinrent pas. Elle se trouva stupide de ne pas pleurer quand tout l'exigeait. Elle se sentait fautive, s'en voulait terriblement. Et elle s'en voulait de s'en vouloir.

Elle regarda autour d'elle, parut surprise, comme si elle réalisait seulement où elle se trouvait. Il y a une heure, Camille avait un endroit où rentrer. Qui diable pouvait savoir désormais où elle allait passer la nuit ?

Bizarrement, comme ça, d'un coup, elle pensa à Camille Sauvageau, l'autre, le vrai. Elle n'en savait pas grand-chose, à part ce qu'elle en avait lu sur Wikipedia et qu'il avait une rue à lui dans Bordeaux. Un botaniste, spécialiste des algues. Voilà qui lui allait bien. Une heure plus tôt, quand Maxence lui avait annoncé ce que les hommes annoncent toujours dans ces cas-là, elle avait regardé vers la mer, au bout de la terrasse du restaurant et elle avait eu cette vision que dans ce paysage, elle n'était ni la plage de sable de fin, ni les cabanes tchanquées, ni même l'écume ou les corps-morts mais ces algues qu'on ne voit pas et dont personne ne veut.

— J'en ai assez d'être une algue, dit-elle à un canard qui la dévisageait.

Ce soir, elle s'était sentie boutée hors de son royaume, délocalisée dans un bled d'Europe centrale au nom imprononçable. Maxence avait continué à parler, de sa voix douce, expliquant tout, comme à son habitude. Sans doute avait-elle hoché la tête une ou deux fois, mécaniquement. À chaque seconde, la faille s'élargissait et son continent s'éloignait du sien à la faveur de la tectonique des plaques. Camille n'allait pas tarder à devenir une île perdue.

Puis, sans trop savoir comment, elle s'était retrouvée en voiture. Il les ramenait dans leur appartement, dans son ex-appartement, dans son appartement. Il avait proposé par affection qu'elle puisse y séjourner quelques semaines, juste le temps de se retourner. Elle trembla à l'idée d'avoir pu accepter cela, même l'espace d'un instant. Camille, ce qu'elle regrettait surtout, c'était de ne pas lui avoir envoyé son verre de flotte à la gueule (Faut pas gâcher le bon vin). Maxence n'avait pas choisi de lui annoncer dans un lieu public pour être sûr qu'il n'y aurait pas d'esclandre. Il savait pertinemment qu'il n'y en aurait pas. Il avait choisi un bon restaurant, par une belle nuit d'été pour lui faire un beau souvenir. Une sorte de bouquet final à feu leur amour d'artifice. Camille n'arrivait pas à le détester, il était là le problème. Il avait de solides arguments et elle était plutôt d'accord avec lui. Camille était le genre de personne qui remercie son employeur de la licencier car c'est une bonne décision pour la santé de l'entreprise.

Cependant, il se passa autre chose. Tandis qu'ils s'éloignaient d'Arcachon, Camille eut un élan de sauvagerie mal contrôlé. Un brin de folie. Un pur moment de rock'n'roll. Elle hurla de toutes ses forces. Elle hurla à s'en décrocher la mâchoire, à s'en briser les cordes vocales. Maxence sursauta, faillit se viander dans le décor, protesta, la traita de cinglée. Elle n'écouta pas, elle hurla, hurla et lui somma de la laisser descendre. Quelques vagues protestations plus tard, elle était dehors et la voiture repartait en crissant des pneus d'orgueil.

Elle s'était calmée. Elle ne comprenait pas ce qui venait de se passer. Tout était trop chamboulé dans sa tête. Et son cœur, quand elle posait la main dessus, semblait être sorti boire un coup.

Boire. Tiens, ce n'était pas une mauvaise idée. Elle s'était rapprochée machinalement de la civilisation, attirée comme un moustique par un néon. Quelques basses échappées de leurs caissons, d'en face au Waimea, parvinrent à ses oreilles. Elle se dit qu'elle avait bien besoin d'un verre. Peut-être même de deux. À bien y réfléchir, la vocation d'alcoolique la tentait bien.

Elle s'apprêtait à traverser la route lorsqu'elle remarqua comme une épaisse fumée grise s'élevant au-dessus des cabanes ostréicoles. Ce coin-là était plutôt mal éclairé et Camille n'était pas sûre de ce qu'elle croyait apercevoir. Personne ne semblait s'agiter. C'était pourtant bien de la fumée : elle la voyait se détacher sur le ciel noir. Était-elle la seule à l'avoir remarquée ? Elle tourna la tête, chercha aux alentours le moindre petit signe de panique. Il y avait bien deux-trois passants, un cycliste, un ou deux automobilistes mais ils agissaient normalement. Elle se mit à douter de ce qu'elle voyait et surtout à douter d'elle-même. La nuit était bien avancée, sans lune, cela ne pouvait être que quelques nuages. Elle plissa les yeux, fit un effort de concentration. Quelques minutes plus tard, le doute n'était plus permis. Des flammes jaillirent comme folles, la gueule ouverte. Camille se figea.

Elle se dit qu'elle devrait faire quelque chose, décrocher son téléphone, appeler les pompiers... mais son corps était incapable de bouger. Ce n'était pourtant pas la peur qui la clouait sur place. C'était une absolue fascination.

Jamais Camille n'avait vu de feu plus important que celui d'une cheminée. Celui-ci paraissait un monstre vivant plein de fureur. Ce feu-là n'était pas comme ceux que l'on schématise par des flammes bien droites, ordonnées, symétriques. Ce feu-là était sauvage. Ses flammes étaient longues, grimpant sur la charpente et le toit, courtes en désordre s'en prenant à tout ce qui était à leur portée. Il était affamé et étendait ses tentacules partout où il trouvait de quoi se nourrir.

Et comme n'importe quelle bête sauvage, il semblait lancer un appel, appel que seul Camille pouvait entendre. Un appel qui trouva écho au plus profond d'elle-même. Son cœur se mit à battre à tout rompre. Le feu attaqua la cabane voisine. On entendit des cris, on vit de petites flammes danser dans le ciel et, faute de nourriture, disparaître soudainement. Et plus le feu s'étendait, plus Camille était fascinée. Elle n'entendait rien d'autre que les battements de son cœur. Et ça résonnait en elle, sa cage thoracique servant de caisse de résonance. La nuit, le feu...Camille était un tam-tam.

Elle aurait voulu danser au cœur des flammes, chanter, hurler. Son corps entier était parcouru de picotements, de tressaillements. Son corps entier était devenu mouvement. Le feu respirait dans son dos, lui caressait le cou, lui parcourait l'échine. Elle voulait s'abandonner à lui, voulait l'accueillir en elle, lui susurrer un tout petit et magnifique « viens ». Et le feu lui répondait, le feu la dévorait. Camille était au comble du plaisir.

D'autres passants, des automobilistes, des cyclistes s'arrêtaient, se rapprochaient d'elle, comme s'il fallait dans ces moments-là faire bloc, pareil à certains animaux renvoyés à leur petitesse par un prédateur beaucoup plus gros. Ou peut-être que c'était juste pour échanger quelques mots parce qu'ils brûlent les lèvres autant que les flammes. Camille ne les remarqua pas tout de suite. C'était à peine si elle avait remarqué les badauds pressés autour d'elle qui filmaient ou qui téléphonaient, à peine si elle entendait cet homme derrière elle qui répétait frénétiquement : « Y'a des morts ? Y'a des morts ? », à peine si les sirènes des pompiers la tirèrent de sa transe.

Devant le plus grand feu de sa vie, Camille Sauvageau s'endormit, Camille la Sauvageonne s'éveilla.

– 2 –

Devant lui, quatre lourdes panières remplies d'huîtres. La petite table en bois, bien que bancale, en avait vu d'autres. Denis Delfino, torse nu, essayait de tenir debout, appuyé contre, pour ne pas tomber.

La journée avait été longue et chaude. D'abord, il y avait eu ce moteur pour lequel, à chaque tour d'écrou, Denis se demandait s'il le réparait ou s'il l'endommageait encore plus. Puis il avait passé l'après-midi sur ses parcs à retourner des poches d'huîtres. Il n'était rentré qu'avec le soleil couchant. De la journée, il n'avait parlé à personne et quand bien même en aurait-il eu l'occasion qu'il n'en aurait pas eu le temps. S'il voulait rester dans les délais d'exploitation qu'il s'était fixés, il devait finir ce calibrage ce soir. Avant-hier aurait été mieux, c'est sûr, mais à lui tout seul, malgré une puissante volonté et des efforts harassants, il n'accomplissait jamais de miracle. Il n'avait surtout pas pu compter sur l'aide du vieux qui avait été curieusement absent toute la journée. Il savait qu'il ne devait pas trop exiger de lui. Il avait ses propres parcs, ses propres problèmes. Mais parfois, Denis se sentait un peu désemparé face à la montagne qu'il devait gravir presque chaque jour. Quand il a débarqué, inexpérimenté, à l'aise comme une moule sur un pignot, le vieux fut le premier – le seul – à lui tendre la main. Denis était de ceux pour qui cela comptait. Mais il n'était pas dupe : le vieux lui rappelait son père et, au vu de la situation, il était normal qu'il se sente…

— Faiche ! Pesta-t-il.

Il venait de se tromper de panière en classant une huître. Tout à ses pensées, il s'était laissé déconcentrer et la fatigue n'aidait pas. Denis prit quelques instants pour souffler et se remotiver. Il avait toujours été comme ça : incapable de se disperser, de traquer deux lièvres à la fois. Il devait faire beaucoup d'efforts pour entreprendre une tache et la mener à son terme. Sans cela, il papillonnait, commençait autre chose et ne finissait aucune des deux.

Son téléphone vibra. Un sms de Frédo.

— On go au matamore. T'en es ??

Le Matamore. Le nom de ce bar, pourtant familier, sonna comme lointain, presque étranger. Depuis quand n'était-il pas sorti le soir avec ses potes ? Trois mois ? Quatre mois ? Une éternité.

Il refusa l'invitation et sourit. Parfois, il ne se reconnaissait plus. Avant, il était de toutes les fêtes, de tous les délires, ne couchant presque jamais chez lui ou alors seulement pendant la journée. Aujourd'hui, c'était à peine s'il arrivait à se dégager du temps pour lui et ses nuits, il les passait à la cabane. Et c'était le mois d'août dehors ! Avec ses mardinades, ses fêtes du port, ses bars ouverts tard. Résister à la tentation, pour quelqu'un comme lui, c'était un combat de chaque instant.

Pourtant, il s'était fait une promesse. Il devait tenir. Dans quelques semaines, si tout allait bien, il pourrait prendre un appart ou investir dans du meilleur matériel, dans une grue par exemple et faire de l'élevage en eaux profondes, au large de la dune, puis un jour embaucher quelqu'un, un de ses anciens camarades du lycée, ou se mettre en association avec un autre ostréiculteur, avec le vieux tiens pourquoi pas.

Pour la deuxième fois en peu de temps, il pensa au vieux. Il lui était reconnaissant, il lui avait beaucoup appris, mais surtout, c'est grâce à lui si Denis avait tenu, s'il s'était cantonné au triptyque bateau - boulot - dodo. Avoir un modèle, c'était important.

Il s'inquiétait. Devait-il s'inquiéter ? Il n'était pas sûr de ce qu'il avait entendu. Il pouvait l'appeler, en avoir le cœur net mais il hésitait. C'était se mêler des affaires des autres et ici, on ne se mêlait pas des affaires des autres. Une leçon qu'il avait apprise très rapidement. Le vieux, malgré sa modernité - son engagement politique par exemple - ne dérogeait pas aux vieilles traditions. Denis avait donc appris à ne pas être là. Fermer sa gueule et garder les yeux ouverts.

Le calibrage fini, il poussa un long soupir de soulagement, pour la forme. Il était tard, il devait se lever tôt. Il décida d'aller se coucher sans prendre le temps de fumer une cigarette ou de jouer un peu en ligne. Il s'essuya les mains sur un torchon, éteignit la lumière et, se dirigeant à la lueur de son téléphone mobile, alla s'asseoir sur son lit de fortune. Depuis que c'était sa cabane, il passait à peu près toutes ses nuits ici. Il ne savait pas s'il en avait le droit, il n'avait jamais posé la question, pas même au vieux, et personne ne lui avait jamais rien dit. Par prudence, il restait quand même discret là-dessus et il déplaçait sa voiture tous les jours, se contraignant parfois à juste faire le tour du quartier, pour donner le change. Mais pas ce soir, il était éreinté. C'était la saison des tuiles et il devait passer l'après-midi du lendemain à les chauler. Pas sa partie du boulot préférée.

Il s'était installé un petit coin nuit contre le mur de gauche, derrière deux caisses en bois empilées l'une sur l'autre. Ce n'était pas le Grand Hôtel mais il avait dormi dans des endroits pires que celui-là. Il s'allongea sans enlever son pantalon, prenant juste le soin d'ôter ses chaussures et de poser son portable par terre à côté de lui. Il s'endormit dans les minutes qui suivirent.

Il fut réveillé par les cris. Il ne comprit pas immédiatement ce qu'il se passait. Quelqu'un avait-il crié au feu ? Il se leva, voulant s'aider du mur pour se guider dans l'obscurité. Il retira sa main aussitôt. Le mur était brûlant. Il bondit hors de son lit, cédant rapidement à la panique. Il enfila ses chaussures, les laça avec fébrilité, chercha un t-shirt, une veste, pour ne pas sortir torse nu, agita la tête dans tous les sens, ne trouvant rien, chaque seconde le mettant dans une angoisse folle, finit par trouver un pull sur une chaise et un instant plus tard, il fut sorti.

Denis n'avait jamais vu tableau plus terrible que celui qui vint se peindre sur ses rétines. La cabane voisine, la cabane du vieux, était la proie des flammes. Et celles-ci loin d'être rassasiées menaçaient de s'attaquer à la sienne. Il avait déjà vu des feux de cette taille, peut-être même plus grands lors de la Saint-Jean. Il avait même vu des fous tenter de sauter par-dessus après quelques verres de trop. Mais celui-là n'était pas encadré, contrôlé, ce feu-là était sauvage et s'en prenait à tout ce que Denis possédait au monde. Alors, ce qui était depuis toujours sa plus grande ennemie commença à s'emparer de lui. Ses jambes tremblèrent. Il savait que bientôt il ne serait même plus capable d'agir. Toute sa vie, il en avait été handicapé. Il n'arrivait pas à réfléchir en état de stress ou en proie à une forte pression. Que devait-il faire ? Que pouvait-il faire ?

Deux ostréiculteurs passèrent en courant près de lui sans lui adresser ni mot ni regard. Peut-être ne le virent tout simplement pas. Ils fuyaient le port pour aller se réfugier au bord de la départementale. Il les regarda s'éloigner puis reporta à nouveau son attention sur l'incendie. Il prit alors conscience de sa totale impuissance et s'éloigna au pas de course.

Un groupe de badauds s'était réuni spontanément à l'entrée du port. Des automobilistes garés à la-va-vite sur le bas-côté, des cyclistes qui se servaient de leur monture comme d'un fauteuil et plusieurs piétons, riverains alertés, promeneurs surpris, noctambules avinés. Et surtout, surtout, il y avait plusieurs ostréiculteurs, le visage grave, le regard vif. Craignaient-ils eux aussi de tout perdre comme Denis ? À en croire les téléphones levés en mode vidéo, la plupart des curieux présents pensaient plutôt à leur minute de gloire sur YouTube.

Il chercha le vieux dans la foule et ne le trouva pas. Il voulut l'appeler mais réalisa qu'il avait laissé son portable sur le sol de sa cabane.

— M'aura pas fait longtemps, pensa-t-il en esquissant une grimace.

Il comprit également ce que cela induisait de facto. Il devrait attendre la fin de l'incendie et peut-être même de la nuit pour avoir des nouvelles du vieux. Cela promettait d'être un calvaire et Denis en frémissait d'avance. Les lumières qui approchaient à grande vitesse ne suffirent pas à lui redonner espoir.

– 3 –

Sa tête tournait. C’était moins fréquent mais cela lui semblait de plus en plus pénible.

— Est-ce que la qualité va primer sur la quantité ? Ironisa-t-elle pour elle-même.

Elle sortit des toilettes où elle s’était réfugiée depuis quinze minutes et marcha comme une somnambule. Elle avait besoin de calme, elle avait besoin de repos, de longues vacances. Non, elle savait très bien de quoi elle avait besoin.

— T’as besoin de quoi, Maud ?

— Hein ? Demanda-t-elle éberlué qu’on puisse lire dans ses pensées.

— Je te demande de quoi tu as besoin. Ta commande.

Maud réalisa soudain où elle était, courut jusqu’à une table, prit la commande avec autant d’application qu’un ordinateur et revint en quatrième vitesse.

— Un double-cheese, une grande frite et une salade césar, s’il te plaît.

— C’est parti, répondit le cuistot. Ça va, toi ?

— Ouais. Merci.

Maud sourit du quiproquo. Non, personne ne lisait dans ses pensées. Elle observa la salle. Il y avait pas mal de monde pour un soir de semaine. Beaucoup d'habitués, bien sûr, mais aussi quelques nouvelles têtes. Depuis la fin des fêtes du port, le Waimea ne désemplissait pas.

— Le mois d'août est toujours meilleur pour le commerce, pensa-t-elle.

À force d'assister au gâchis de leurs vacances par la faute d'une météo hostile, les touristes étaient devenus prudents. Ils se méfiaient. Juillet était propice à la pluie, août à la canicule. Alors, même si la météorologie n'était pas une science exacte sur le bassin d'Arcachon, il valait mieux parier sur le moins pire des deux. Du point de vue vacances inoubliables, bien sûr. Et ainsi le Waimea ne désemplissait pas.

— Maud, il te reste encore des tables? Lui demanda Monsieur Marelli, son patron.

Il sortait de son bureau et son annulaire droit était rouge. Il avait encore enlevé son alliance à la-va-vite en descendant les escaliers. Au cas où.

— Une seule. La commande est partie.

— Bon, tu vas la laisser à Tiphaine et tu vas aller filer un coup de main au bar.

Elle accepta avec entrain. Maud n'aimait pas trop servir en salle. Elle n'aimait d'ailleurs pas beaucoup la partie restaurant. Trop de télés qui passaient en boucle les mêmes programmes de sports, trop de bruit, pas assez d'âme. On lui avait raconté qu'au début, à l'ouverture, il y a plus de quinze ans, le restaurant n'existait pas, on ne servait qu'au bar. Elle avait du mal à se le représenter. Elle posa sous le comptoir la sacoche que les serveuses portaient à la taille et qui contenait leur carnet de commande, leur réserve de monnaie, etc.... et s'approcha d'un client.

— Bonsoir. Qu'est-ce que je vous sers ?

— Hé, bonsoir, sourit-il. J'ai de la chance : une seule fille derrière le bar et elle est pour moi.

— Super, pensa Maud. Premier client, premier dragueur.

Il portait une de ces chemises blanches à col intérieur noir. Une petite tache circulaire sur son poignet gauche indiqua à Maud qu'il avait dû asperger sa manche d'un peu de parfum. Roublardise pour le moment où il passerait son bras autour des épaules de sa conquête.

Vu que l'équipe en salle était uniquement composée de filles et celle du bar, uniquement de garçons, elle risquait d'entendre ce genre de choses jusqu'à la fermeture. Elle avait l'habitude et ce n'était pas ça qui allait lui gâcher la soirée. Elle était au bar ! Voilà ce qui comptait. Elle s'y sentait bien, connaissait tout par cœur et ne voyait jamais le temps passer.

— Vous faites des cocktails ?

— Oui.

— Un cosmopolitan, c'est possible ?

Encore un fan de Sex and the City. Ou un type qui voulait coucher avec une fan de Sex and the City. Maud penchait plutôt pour la deuxième option. L'été, ils étaient toujours un peu plus nombreux que le reste de l'année.

— Bien sûr.

— Alors va pour deux.

— Bingo ! Pensa-t-elle.

Maud savait où se trouvait chaque sirop, chaque bouteille. Quinze clones d'elle-même travaillant les unes à côté des autres ne se seraient pas gênées. Elle connaissait aussi par cœur tous les cocktails que l'on demandait régulièrement (le « cosmo » y compris. Celui-là, elle le faisait les yeux fermés) et deux, trois autres que l'on ne demandait jamais... Ses talents lui avaient valu d'être remarquée par son chef qui la considérait désormais comme un renfort pour le bar. Elle espérait de tout son cœur obtenir le poste à plein temps.

Elle tendit les deux cosmopolitan et passa au-dessus de la machine la carte bleue qu'on lui tendait avec une tentative de sourire charmeur.

— Je me demande ce qui va m'enivrer le plus, l'alcool ou vous, continua le client sans remarquer qu'il s'enfonçait.

— Une bonne invention, le paiement sans contact, pensa-t-elle, cela évite de passer trop de temps avec un emmerdeur.

Elle lui tendit sa carte et le ticket de caisse, dit merci, souhaita bonne soirée et alla voir un autre client. Le type aux cosmopolitan sembla déçu mais ce ne serait pas la dernière fois. Les tentatives de séduction, les remarques charmeuses, la drague pure et simple, elle avait l'habitude. Pas parce qu'elle était jolie — bon, ça jouait, faut être honnête — mais parce que ça faisait partie du jeu. Maud avait appris à l'accepter. La règle était simple : il ne fallait pas répondre. Il ne fallait pas montrer que ça lui plaisait ou l'agaçait. Ne jamais les encourager.

À la voir là, de profil, le regard inaccessible, il aurait fallu être fou pour ne pas en tomber amoureux. Ce n'était pas parce qu'elle était belle. Ce n'était pas parce qu'elle avait un corps sculpté pour le péché, des tatouages au-dessus de la poitrine, sur le cou, le bras droit qui semblaient faire d'elle une œuvre d'art. Ce n'était pas parce que ses piercings au nez et sur la langue avaient le pouvoir des aimants. Ce n'était pas parce que tout ce qu'elle portait la mettait en valeur, que sur son épaule dénudée, on apercevait une bretelle rouge pleine de promesses. Ce n'était pas parce que sa crinière blonde flottait dans l'air comme des flammes portées par le vent et laissait apparaître une nuque délicieuse. C'était pour tout ça et pour tout le reste. Maud était une chance. Elle était la réponse à toutes les questions que l'on se posait depuis toujours sans s'en rendre compte. Elle était une évidence.

— Deux verres de Tariquet, s'il vous plaît.

Et tandis qu'elle débouchait une nouvelle bouteille (les vins à la mode s'évaporent toujours plus vite), elle remarqua une agitation soudaine sur la terrasse extérieure. Les clients se levèrent.

— Il se passe quoi? Demanda Matt, un barman, à côté d'elle.

Dehors, tout le monde était debout indiquant de leurs mains tendues la direction du port. À l'intérieur, certains clients avaient remarqué l'agitation. Il se passait quelque chose. Maud arrêta de servir, plantant là le client avec ses deux verres vides et le tire-bouchon planté dans la bouteille de Tariquet. Elle passa devant le comptoir, essaya de voir par la grande baie vitrée mais il y avait trop de monde debout. Elle se dirigea alors vers la porte et interrogea l'homme en costume bâti comme une armoire normande qui servait de «physionomiste» trois soirs par semaine.

—Tu vois quoi?

—Il y a le feu au port.

La réponse provoqua en elle un bouleversement qu'elle ne pensa pas à dissimuler mais l'armoire normande ne semblait pas l'avoir remarqué.

—Le feu? Demanda-t-elle avec un peu plus de retenue.

—Ouais. Sûrement une cabane, je ne sais pas.

Maud pencha la tête. Elle ne voyait toujours rien. Sa taille moyenne l'handicapait. Lorsque plusieurs clients quittèrent la terrasse pour la rue qui leur procurait un meilleur point de vue, Maud leur emboîta naturellement le pas.

Les flammes. Les flammes superbes s'élevaient haut dans le ciel. Elles semblaient danser avec la cime des arbres. Le spectacle était si grandiose que Maud sentit son corps frissonner entièrement. Elle ne pouvait pas détourner son regard de ce feu sauvage qui n'obéissait qu'à lui.

—Ça devait arriver! C'est une poudrière là-bas! Dit quelqu'un dans son dos qu'elle entendit à peine.

Elle aurait voulu être plus près, aux premières loges, sentir la chaleur sur son visage, réchauffer son corps, voir les flammes jouer dans ses yeux.

Elle voulait assister à leur repas, partager la même violence, la même rage. Elle voulait être la témoin privilégiée de leur folie destructrice. Mais elle était beaucoup trop loin. Elle se figurait un concert où, du dernier rang, elle n'aurait vu les artistes que sur un écran géant. Elle devait s'approcher. Il le fallait.

Elle allait faire un pas en avant lorsque les sirènes des pompiers qui se rapprochaient la renvoyèrent à sa réalité. Une réalité où elle allait devoir rendre des comptes.

—Je suis fichue, pensa-t-elle.

Et elle avait raison.

– 4 –

Lorsque la caserne d'Arcachon fut en vue, le capitaine Éric Lestricat se demanda quelle heure pouvait-il être. L'intervention avait duré longtemps et il était épuisé. Les soirs d'astreinte pouvaient être compliqués. C'était une règle qu'il connaissait et qu'il avait acceptée depuis bien longtemps. Mais quand, comme ce soir, il manquait d'effectifs… On ne savait jamais quand est-ce que l'on rentrait ni quand est-ce que l'on allait repartir. Parce que tant que le soleil ne s'était pas levé, on allait repartir. C'était une évidence.

Il sauta du camion encore en marche lorsque celui-ci ralentit en entrant dans le garage.

—Commencez à ranger le matériel, ordonna-t-il et allez vous reposer. Je monte un moment chez moi.

Éric n'aimait pas trop laisser à ses hommes le soin de ranger et de nettoyer. C'était le boulot de chacun. Mais il ignorait depuis combien de temps il n'avait pas vu sa famille et il avait besoin d'un break. Même de cinq minutes.

Il habitait un des appartements de la caserne auxquels on accédait par un escalier directement depuis le hangar. Après de longues hésitations,

Éric s'était rangé du côté de sa nouvelle femme et s'était lancé dans la construction d'une maison individuelle. Cela prenait du temps, coûtait beaucoup d'argent et il avait déjà une pension alimentaire à payer ainsi que les traites d'une maison dans laquelle il ne vivait plus. Alors, en attendant, pour faire des économies, ils logeaient là. Cela dépannait. Ce n'était pas facile pour les enfants ni pour sa femme mais tout le monde faisait des efforts. Lui le premier. Il ne parlait jamais du boulot une fois rentré, n'invitait jamais un collègue à l'apéro. Il y avait l'appartement et la caserne. Et les deux univers ne se croisaient presque jamais.

Ce n'était pas toujours facile. Surtout avec son aînée. La trentaine de marches qui séparaient le hangar de l'appartement, son métier de sa vie, ne suffisaient pas toujours. Pas assez nombreuses.

Ce soir, il avait besoin de ça, d'un moment en famille. Cela ne lui arrivait pas souvent ces derniers temps. Décompresser. Comme toujours, son plan tomba rapidement à l'eau. En ouvrant, il ne trouva ni lumière allumée, ni le moindre bruit de fond à part celui de ce maudit frigo. Il était déjà trop tard. Un coup d'œil rapide sur la box du salon lui confirma : minuit tout juste passé.

Il soupira. Il passa dans la cuisine et s'assit sur une chaise. Pendant un instant, il ne pensa à rien, se contentant de fixer les petits carrés de couleur qui composaient le carrelage. Puis, il se dit qu'un bon café lui ferait du bien. Il donna un coup léger mais sec sur le côté droit du frigo qui obtempéra sur le champ. Le calme revint dans la cuisine.

Il n'aimait pas être seul. Certains étaient faits pour ça. Lui non. Peu de temps auparavant il avait remarqué que depuis l'âge de quinze ans environ, il n'avait été célibataire que trois ou quatre semaines au total. Il y avait une raison à cela, outre son abhorration de la solitude : il ne quittait jamais sa partenaire s'il n'avait pas quelqu'un d'autre en vue. Il ne jouait pas chichement sa relation, lui offrant toutes les chances qu'elle méritait. Non, il la laissait se consumer, s'étouffer. Il ne s'était rendu compte qu'il y a peu à quel point cela pouvait être dur pour sa partenaire, à quel point elle en bavait. Quand ça devenait trop dur, que tout était prétexte à la jalousie, à la colère, il se barrait comme ça, d'un coup, sans sommation et surtout sans espoir de retour.

L'autre, celle qu'il avait en vue depuis un moment, avec qui il jouait déjà un jeu *borderline*, n'attendait que ça. Elle était là pour consoler, pour écouter, pour offrir tendresse et réconfort. Parce que Éric en avait besoin. Il était triste, il avait le cœur en peine. Sincèrement. Une semaine ou deux après, il se mettait en couple avec celle qui lui avait offert une épaule pour pleurer et ainsi, toute sa vie durant, il n'avait jamais été plaqué.

Il sourit. Ce n'était pas son truc habituellement, les bilans, les petites introspections. Il était plutôt d'un caractère fonceur. Il s'était toujours vu comme un homme d'action. Pas le genre à tergiverser des heures et encore moins à s'asseoir au bord du chemin en exhibant ses plaies. Alors pourquoi cela lui arrivait de plus en plus souvent ? Est-ce que c'était parce qu'il venait d'atteindre les quarante ans ? C'était ça, la crise de la quarantaine ? Faire le bilan et s'apercevoir que les années qui arrivaient allaient être beaucoup moins fun que les quarante qui venaient de passer ?

Il en était à patienter devant la cafetière lorsqu'il entendit des coups très légers sur la porte.

Le caporal Mendez attendait dans le couloir, l'air un peu embêté. Ce n'était pas souvent qu'un pompier venait frapper chez le capitaine.

— Scusez-moi de vous déranger, Capitaine, mais on vient de recevoir un appel. Y'a le feu au port de La Teste. Une ou plusieurs cabanes ostréicoles. Les collègues y sont déjà et nous et Gujan, on est appelé en renfort au cas où.

— Rassemble tout le monde, répondit Éric d'une voix calme sans avoir pris une seconde de réflexion. On part dans deux minutes.

— Bien, Capitaine.

Le caporal descendit l'escalier quatre à quatre. Éric jeta un coup d'œil dans son appartement.

— Toujours là, toujours prêt, pensa-t-il. Comme disent les urgentistes.

Il referma la porte et descendit à son tour, laissant le café refroidir tout seul dans la cafetière.

– 5 –

Il y avait le feu des éclades qui s'embrasait vite et découvrait des moules offertes et de subtiles odeurs. Il y avait le feu qui prenait son temps et demandait du soin, celui du vieux fournil familial où l'on faisait cuire le bon pain, les cochons de lait et parfois les pissaladières lorsque les cousins de Marseille étaient de passage. Il y avait le feu qui fascinait et échauffait les corps, celui que l'on allumait sur la place du village à la Saint-Jean. Il y avait le feu que l'on dissimulait sur la dune du Pilat quand on se prenait pour les premiers hommes. Il y eut une fois ce feu dont la fumée piquait les yeux dans le moteur d'une Opel Astra arrêtée sur le bas-côté de l'autoroute A10 avec la conductrice qui restait là à ne rien faire, paniquée. Et puis, il y avait ce feu là qui le faisait frémir de tout son corps, qui l'emplissait d'une fascination coupable. Il y avait ce feu dont il était responsable.

Il l'admirait. Il n'avait jamais rien vu d'aussi beau. Et pourtant, il savait ce que cette beauté signifiait. Comment elle était née, ce qu'elle dévorait. Il était magnifique. Il était magnifique parce qu'il était né de la colère. C'était une pure énergie libératoire. Toute cette haine, cette rancœur accumulées s'envolaient au-delà des arbres, se mêlaient à la nuit. Le feu purifiait tout.

Il se sentait étonnement bien. Il aurait dû se sentir coupable, il le savait. C'était ce que la morale ou l'éthique – il ne voyait jamais trop bien la différence entre les deux – aurait voulu. Mais non, la culpabilité ne montait pas. Elle restait à la cave. Son cœur, lui, se réchauffait. Il se sentait bien. Oui, c'est ça, il se sentait bien. Soulagé. Un poids venait de lui être enlevé.

Autour de lui, les gens s'étaient rassemblés. Ils voulaient faire bloc sans doute. Il n'en avait pas besoin. Déjà que la solitude ne lui avait jamais fait peur, alors là, ils étaient carrément de trop. Certains avaient appelé les pompiers, il les avait entendus. Il savait que c'était inutile. Ils arriveraient trop tard.

—Oh, ils contiendront l'incendie, bien entendu, reconnut-il pour lui-même. Mais quelle importance cela pouvait-il avoir désormais?

Le feu avait fait son œuvre. La sienne. La leur.

Il en reconnaissait certains parmi la foule, sans pour autant savoir leurs noms, des ostréiculteurs pour la plupart. Instinctivement, il fit un pas en arrière.

—Et si eux, me reconnaissaient? Pensa-t-il. Sûr qu'ils ont déjà compris quelles cabanes sont en train de brûler.

Ce serait bientôt la valse des ragots, des on-dit, des «je te l'avais bien dit». Puis de là, il ne leur faudrait pas longtemps pour faire le lien avec sa présence ici. Surtout si peu de temps après le début de l'incendie. Il pouvait toujours expliquer qu'il était au Waimea mais si les flics s'en mêlaient... Une petite enquête rapide leur révélerait que personne ne pouvait y confirmer sa présence. Non, c'était beaucoup trop dangereux. Il fit deux autres pas en arrière, essayant de se dissimuler dans l'ombre.

Il n'aimait pas ça. Pas qu'il voulait crier sur tous les toits qu'il était responsable de ce qui arrivait mais il voulait en profiter. C'était important. C'était nécessaire. Il ne savait pas comment l'expliquer ni même si c'était seulement compréhensible. Mais il savait qu'il devait être là, ne pas en rater une miette. C'était vital. Il était exactement à la place que le destin avait choisie. Il n'en bougerait pas jusqu'à ce qu'il prenne la décision d'en partir.

Être caché comme ça, à faire attention à ne pas être vu, à avoir peur de sa propre ombre, non, ce n'était pas ce qu'il voulait. Ce n'était pas ce qui lui fallait.

S'enfuir. Voilà qu'elle était la meilleure solution. Quelque chose pourtant, le poussait à rester. Il avait envie de savoir ce qui allait se passer ensuite. Il voulait attendre l'arrivée des pompiers, assister à leur lutte contre l'incendie, voir toute cette énergie déployée juste à cause de lui, voir ce feu s'éteindre petit à petit, le voir succomber devant ses yeux, lui qui l'avait fait naître. Il voulait voir les recherches, les policiers mobilisés et il voulait avoir la réponse qu'il connaissait déjà. Il voulait voir son crime en flagrant délit.

Puis soudain, il s'imagina reconnu, montré du doigt, conspué. Il vit la police l'attraper comme s'il n'était plus rien, plus un citoyen ordinaire, et le jeter en prison. Il se vit à son procès, accusé de tous les maux, dévisagé par des regards sévères, par des amis qui se sentaient trahis. Il se rappela l'angoisse qu'il avait toujours eu d'être rejeté, d'être jugé par les autres. Alors, pour la première fois depuis longtemps, pour la première fois de sa vie peut-être, il eut peur, réellement peur.

S'enfuir ? Rentrer chez lui ? Se dénoncer avant que ça n'empire ? Il sentit les clefs de l'Audi dans sa poche. Un instant plus tard, il était résolu. Tandis que le feu dévorait tout, même les preuves, et que les sirènes des pompiers se rapprochaient, il disparut dans la nuit.

– 6 –

Camille errait. À nouveau, encore. Pourtant, le rythme avait changé. Elle ne se laissait plus entraîner par ses pieds. Ses enjambées étaient grandes, comme pour avaler du kilomètre. Camille était pressée et pourtant, elle n'avait aucun endroit où aller.

Elle était partie parmi les dernières. La foule des badauds s'était dispersée peu à peu dès l'incendie maîtrisé. Lorsqu'il ne resta dans l'air que d'épaisses fumées et une odeur de feu de bois, seuls quelques patients s'attardaient. La police fit circuler. Il n'y avait plus rien à voir.

Alors elle avait repris sa route, ce qui n'avait pas beaucoup de sens. Quelque chose en elle avait changé. Elle n'entendait plus battre son cœur à tout rompre mais elle semblait guidée par une force nouvelle. Bien que la plupart de ceux qui avaient assisté à l'incendie, en rentrant chez eux, se demandaient sans doute si c'était criminel ou pas, l'esprit de Camille était tourmenté par tout à fait autre chose. Elle n'arrivait pas à comprendre et Camille n'aimait pas ne pas comprendre.

Lorsqu'elle ouvrait un magazine et découvrait un casse-tête, il ne la quittait plus jusqu'à ce qu'elle le résolve. Entre temps, elle pouvait se comporter comme la plus grande asociale au monde, préférant ses pensées au reste de l'humanité. Une fois, lors d'un repas, elle n'avait adressé la parole à personne, avait mangé par réflexe reptilien, simplement parce qu'elle avait vu *Mulholland Drive* une heure avant de venir et qu'elle essayait de démêler les fils de l'histoire. Mais, l'énigme résolue, elle s'était couchée avec une totale satisfaction et avait dormi du sommeil le plus tranquille qui soit.

Cette fois, il ne s'agissait pas d'un casse-tête chinois ou d'une énigme policière. Ce qu'elle ne comprenait pas, c'était elle-même. Pourquoi cette réaction ? Pourquoi un simple feu de cabane – allez, ça devait arriver régulièrement, non ? Après tout, c'est juste du bois – provoquait en elle de tels chambardements ?

Ses idées ne suivaient pas une route droite. Elles prenaient des chemins de traverse, coupaient à travers la forêt, à travers champs, chutaient, se relevaient, se perdaient, tournaient en rond, recommençaient, recommençaient. Elle avait la caboche en ébullition, la cocotte-minute prête à servir, le ciboulot à deux doigts d'éclore.

— Camille ! S'invectivant elle-même. Te voilà sens dessus dessous pour quelques flammes et un peu de bois qui brûle. Faut te ressaisir, ma fille !

Elle s'arrêta. Elle était sur le parking d'une poissonnerie. Fermée, forcément. À vue de nez, elle avait parcouru un bon petit kilomètre.

— Félicitations, Camille. Il t'a fallu au moins une heure pour sortir du port. Mais ressaisis-toi, ma fille ! Ressaisis-toi ! À ce rythme-là, tu y es encore demain !

Elle traversa la départementale, essaya de mettre un peu de distance juste par principe, mais au bout de quelques dizaines de mètres, sa raison s'échappa une nouvelle fois, ses idées firent demi-tour et elle aussi. Elle se tracassait.

— Camille ?

Le flot de ses pensées s'arrêta net. Une voiture s'était approchée. Au volant, une jeune femme souriait.

— Camille ! C'est dingue ! Qu'est-ce que tu fais là ?

Il était temps ! Enfin, il se passait quelque chose. Deux minutes de plus et elle finissait par admettre qu'elle ne se connaissait pas autant qu'elle le croyait.

— Sophie ? Demanda Camille, un peu pour elle.

— T'es à pied ? Monte !

Camille accepta. Les retrouvailles furent chaleureuses.

— C'est fou de se retrouver comme ça ! Où allais-tu ?

— Nulle part, répondit Camille avec honnêteté. Je ne vais nulle part.

— Ah. Et tu viens d'où ?

— De l'incendie.

— Ah, les cabanes. Oui, j'ai vu ça en passant. C'est vraiment un truc de dingue. T'as été prise dedans ?

— On peut dire ça.

Camille et Sophie ne s'étaient pas vues depuis des années, le lycée sans doute. Ou l'été d'après peut-être, en passant, un soir sur Arcachon, au hasard d'une rue. La vie les avait éloignées et puis, finalement, elles n'avaient jamais été si proches que ça.

Pendant un petit moment, elles ne surent pas quoi se dire, elles se contentèrent de sourire bêtement de toutes leurs dents. Camille, avec ses yeux rougis de larmes et tournés vers l'ailleurs, et puis surtout avec son visage, ses expressions, son attitude, laissait penser qu'elle était totalement déconnectée. Aux regards un peu inquiets que lui adressait Sophie, pas de doute qu'elle supposait Camille sous l'emprise de stupéfiants. À vrai dire, elle n'était pas si loin de la vérité. Camille avait encore besoin de quelques temps pour sortir de sa transe.

— T'as un endroit pour dormir au moins ? S'inquiéta Sophie.

— Non, répondit Camille avec un sourire.

— Je vois… Bon, tu sais quoi ? Je t'emmène chez moi. On va s'ouvrir une bonne bouteille, peut-être même se faire des pâtes. Je peux même t'offrir un lit, si tu veux. Et surtout, on va papoter. J'ai des milliards de choses à te raconter. Et quelque chose me dit que toi aussi.

La voiture démarra. Ce genre de rencontres inopinées arrivait sur le Bassin d'Arcachon. C'était une de ces petites choses qui en faisait son charme. Et Camille s'en réjouissait tant qu'elle ne remarqua pas que dans la voiture flottait une curieuse odeur d'essence.

– 7 –

Jamais fermeture ne fut autant désirée. Elle compta les heures, les minutes. Elle eut tout le loisir d'échafauder plusieurs plans. Lorsqu'enfin, les portes du Waimea se refermèrent derrière elle, sa décision était prise. Elle savait qu'elle ne rentrerait pas chez elle. Pas immédiatement en tout cas. Un petit détour s'imposait.

Dès qu'elle pénétra dans la nuit, elle se sentit mieux. Elle était chez elle. Elle savait profiter de chaque bruissement des branches dans le vent, chaque cri de chien lointain, chaque regard félin. Elle aimait par-dessus tout observer la danse des ombres.

Ça avait commencé comme ça, par la tentation adolescente de la nuit. Par cette part de mystère de son coin familier, par cet espace de liberté suspendu entre deux journées à l'horreur banale. Tout ce qu'elle avait pu faire après, tout ce qui avait suivi, le bon comme le très mauvais, découlait de ce seul désir d'échapper à sa famille. Finalement, c'était la nuit la coupable.

Pourquoi pensait-elle à ça maintenant? Il ne fallait pas qu'elle se déconcentre. Elle ne devait se préoccuper que d'une chose: sa survie. Et, arpentant des rues qu'elle avait perdues de vue, se dirigeant vers un endroit où elle s'était jurée de ne plus jamais mettre les pieds, Maud se força à ignorer tout ce que ça impliquait. Elle se demanda juste ce qu'elle allait pouvoir monnayer en échange du service qu'elle demandait.

Hub n'aimait pas répondre à la porte. Il n'aimait même pas l'ouvrir. Ce qu'il lui aurait fallu, c'était une porte automatique, comme dans les banques, où il suffisait d'appuyer sur un bouton pour déclencher l'ouverture. Pas sûr que Hub apprécierait d'appuyer sur un bouton. Son style, c'était plutôt scanner rétinien et lecteur d'empreinte digitale. Il n'en avait pas les moyens. Alors, en attendant, Hub répondait à la porte avec la tête réprobatrice d'un ours qu'on a dérangé dans son hibernation. Il fixa Maud quelques secondes et sans lui adresser la parole, fit demi-tour, en laissant la porte ouverte. Lorsque Maud le rejoignit dans la pièce principale, il était assis devant un ordinateur, lui tournant le dos. Il tapait des lignes de code sur un clavier comme un métronome.

Elle regarda autour d'elle. La pièce croulait littéralement sous le matériel informatique. Des câbles, des composants, des claviers et surtout, des ordinateurs. Il y en avait partout et dans tous les états: ouverts, démontés, remontés, complets, en fonctionnement, en panne. Malgré la proximité de la départementale, on n'entendait qu'un seul bruit, celui caractéristique des souffleries. Elle ne savait pas vraiment à quoi servait chacun de ces ordinateurs ni même si Hub en avait l'utilité. Elle s'imaginait les hackers comme des passionnés de livres qui les entasse dans toutes les pièces de la maison, cave et grenier y compris, alors qu'ils ne reliront par la quasi-totalité d'entre eux.

Certains de ces ordinateurs étaient pourtant utiles. Les uns étaient réservés au stockage des données et possédaient plusieurs disques durs, d'autres disposaient chacun d'un système d'exploitation différent: Windows, macOS, Linux… d'autres enfin, ceux qui n'étaient pas allumés, n'étaient que des réserves de pièces détachées.

Cependant, elle savait qu'il y avait également un autre ordinateur parmi ceux-là. Il se faisait discret, se fondait dans la masse. Il avait été sans doute construit de toute pièce, n'était connecté à aucun réseau, n'avait aucune identité propre, absolument indétectable, inidentifiable. Il contenait tout ce que le hacker possédait au monde. Elle savait qu'il était là quelque part, caché. Elle savait aussi que si Hub devait quitter précipitamment son appartement pour une raison ou pour une autre, cet ordinateur serait la chose qu'il emporterait.

— Tu veux quoi?

Il ne s'était pas retourné. Il ne s'était même pas arrêté de taper.

— Une clef d'entrée pour le Dark web.

L'espace d'un instant, une fraction de seconde, Maud crut percevoir une variation dans le rythme de frappe sur le clavier.

— T'as pas assez de thunes.

Tandis que certains hackers se battaient pour une libre circulation des informations ou pour une totale liberté, Hub était de ceux qui pensaient que les choses les plus intéressantes devaient être réservées à une élite. Il adorait Star Wars tout en haïssant son succès planétaire.

L'information que Maud demandait aurait été gratuite chez la plupart des hackers. Hub craignait que n'importe qui se promène dans le Dark web. Il ne voulait pas de touristes. Alors, il monnayait le droit d'entrée à prix d'or. Bien évidemment, personne ne payait. Maud aurait pu aller voir quelqu'un d'autre – elle avait plusieurs contacts sur Bordeaux – ou elle aurait très bien pu essayer de le faire toute seule mais le temps était compté. Il lui fallait de l'aide ce soir.

—J'en ai assez pour que tu trouves quelqu'un à ma place.

—Qui cherches-tu si profond? Cthulhu?

—Non, répondit-elle sans relever la plaisanterie. Un alibi.

Finalement, Hub se retourna. Il laissa même ce qu'il faisait. Pourtant, Maud en était sûre, il pouvait taper sans regarder ni l'écran, ni le clavier. Il la fixa un moment. Elle savait exactement ce qu'il était en train de penser. «Quelle connerie a-t-elle pu faire?».

Elle n'avait jamais eu l'occasion de le regarder aussi longuement. Il n'était pas très beau. Il s'entretenait mal. L'abus de pizzas froides et de cocas tièdes, pensa-t-elle. Et puis, ce temps passé devant l'ordinateur avait courbé son dos, l'absence de soleil avait abîmé sa peau.

—Je veux bien t'aider, dit-il enfin. Mais je veux tout savoir.

—Je ne te paye pas pour causer mais pour trouver ce que je te demande.

—Si tu ne veux rien me dire, ma porte est ouverte.

Maud comprenait ce qu'il essayait de faire. Une pierre, deux coups. Être rémunéré de ses services tout en obtenant une information secrète dont il pourrait se servir plus tard. Maud n'était pas en position de négocier. Il le savait.

—OK. Mais je veux une réduction, bluffa-t-elle.

—Marché conclu.

Dix minutes plus tard, Maud était allongée sur le canapé de Hub. Elle lui avait tout raconté et il s'était mis immédiatement à la tâche. Ça allait demander du temps et elle avait donc exigé d'attendre ici. Hub n'était pas enthousiasmé par l'idée mais lorsque Maud l'informa du service qu'elle lui rendrait en échange, il accepta sans sourciller.

Elle profita de ce moment de calme pour consulter ses réseaux sociaux. Plusieurs de ses contacts commentaient l'incendie du port. Ce fut ainsi qu'elle apprit que les pompiers avaient retiré un cadavre des décombres. Curieusement, ce coup du sort ne la tracassa pas. Enfin, pas encore. Car Maud savait qu'elle ne pouvait rien y faire pour le moment. Sa stratégie de survie était enclenchée, elle n'avait plus qu'à attendre, être patiente.

Elle se laissa aller, lâcha un peu les rênes et son corps reprit le contrôle. Elle n'était pas en sécurité, elle le savait – on ne pouvait pas faire entièrement confiance à Hub – mais il était tard et elle allait avoir besoin de toutes ses forces dans les prochains jours. Un instant après, elle dormait.

– 8 –

Il avait connu des nuits plus confortables. Celle-ci avait été originale, c'était déjà ça de pris. Pour la première fois de sa vie, il avait goûté aux charmes des bancs des gares SNCF.

La police lui avait interdit de retourner sur le port. Il aurait pu se faufiler de l'autre côté, par les prés salés, mais c'était courir un risque inutile. Après tout, ce n'était pas la première fois qu'il dormait dehors.

Il traversa les voies et passa le portillon vers la rue André Lesca. Il remonta la rue du Passant vers le port et aperçut la boulangerie. Il fouilla les poches de son pantalon. Même pas de quoi se payer une chocolatine.

— Il doit me rester du pain dans la cabane, pensa-t-il. Peut-être même un peu de jambon.

Soudain, il réalisa que sa cabane n'existait peut-être plus. La veille, malgré la situation, il s'était endormi sitôt allongé sur le banc de la gare. Apparemment, ce matin, il n'avait pas encore émergé. L'angoisse le prit alors. Il se posa le poing sur la poitrine comme à son habitude.

— Si la cabane a brûlé, je suis foutu. Je ne pourrai pas honorer mes commandes à temps.

Malgré cela, Denis ne saisissait pas toute l'étendue du cataclysme. Si la cabane avait brûlé, ce n'était pas un simple emploi qu'il perdait ni même son logement. C'était une part de la mémoire du port mais aussi de son père. Un héritage qu'il ne comprenait pas bien.

Denis accéléra le pas. Il avait à présent une bonne vue sur le port, même s'il ne pouvait pas encore apercevoir sa cabane. Le branle-bas de combat de la veille avait laissé des traces, elles, bien visibles. Il traversa la route en plein milieu – la circulation était quasi inexistante à cette heure matinale – puis longea le port par la piste cyclable. Il croisa quelques personnes, certaines qu'il connaissait de vue, et se demanda si on le reconnaissait, si on devinait où il se rendait. Il essaya de faire bonne figure.

Ce qui le frappa fut l'espace. Le trou béant laissé par les deux cabanes disparues modifiait le paysage. Denis eut l'impression mêlée d'être à la fois dans un endroit étranger et familier. Comme lorsque l'on passe devant un chantier de démolition à deux rues de chez nous et que l'on se demande : « Il y avait quoi là avant ? ». Denis aurait dû faire un effort pour se rappeler à la perfection ce qu'il voyait tous les jours jusqu'à hier.

Sa cabane était toujours debout. Et à première vue, elle n'avait pas beaucoup souffert. Le mur de droite – celui qui était brûlant – était entièrement noirci. Denis était impatient de voir les dégâts à l'intérieur et voulut se précipiter.

Il fut interrompu par un policier en faction.

—Bonjour, Monsieur. Police nationale. Vous êtes ostréiculteur?

—Oui, c'est ma cabane là.

—Ah, très bien. Je vais devoir vous poser quelques questions.

—Je ne peux pas aller voir ma cabane d'abord? J'ai du matériel qui vaut cher et…

—Vous allez pouvoir y aller, Monsieur. Votre nom?

Denis dût ronger son frein. Épeler son nom, donner son emploi du temps de la veille, mentir à une ou deux questions, promettre de ne pas trop s'éloigner de la ville, dire au-revoir. Lorsqu'il entra enfin dans sa cabane, il fut surpris par l'ordre. Non pas qu'il fut un pro du rangement mais il s'était attendu à un tel chambardement que découvrir que tout était à sa place le déconcerta. Il mit la main sur son téléphone mobile qui, sans surprise, avait très mal supporté la chaleur et ne fonctionnait plus.

—Et le vieux? Dit-il à voix haute.

Il ressortit immédiatement et interpella le policier. Il dut insister deux ou trois fois pour que ce dernier lui révèle ce qu'un petit tour sur internet lui aurait appris également: on avait découvert un cadavre parmi les décombres. Probablement celui du vieux.

Denis sentit son corps l'abandonner. Comme si ses os, ses muscles s'étaient subitement évaporés. Il tomba à genoux. Gravité aidant, le reste de son corps suivit et, sans l'intervention du policier, l'ostréiculteur se serait sans nul doute effondré de tout son long.

Lorsqu'il reprit ses esprits quelques instants plus tard, il dût à nouveau mentir, il allait bien, c'était juste un étourdissement. Il se releva et fit de lourds efforts pour donner l'illusion d'une démarche normale. Une fois à l'intérieur de la cabane, porte fermée, il s'écroula sur son matelas.

Les minutes passèrent.

Denis était devenu un très bon menteur à l'usage. D'abord par nécessité. Il n'aimait pas parler de lui, alors parler de sa différence, ça le terrifiait. Il s'était donc inventé un personnage tout à fait banal. C'était facile. Il suffisait d'omettre quelques informations. Il découvrit par la même occasion que les gens, ceux que l'on côtoyait tous les jours, n'étaient généralement pas curieux. Ils posaient très peu de questions, même lorsqu'ils en avaient l'occasion, même devant des perches gigantesques. Ensuite, il avait menti au collège. Aux profs, aux pions, à son père. Il mentait pour à peu près tout. C'était devenu comme un jeu. Il comprit surtout que cela lui permettait de garder une certaine distance entre lui et les autres. Ce qui lui convenait parfaitement. Personne au monde ne connaissait réellement Denis. Lui-même n'était pas sûr de bien se connaître. « Connais-toi, toi-même, comme l'autre », lui avait dit un jour le vieux. Est-ce qu'il avait percé Denis à jour ?

Denis reprit ses esprits en milieu de matinée. Il était un peu vaseux mais ça passerait. Il trouva le pain mais pas le jambon. Il en avala plusieurs bouchées, histoire de se caler le ventre. Puis, il prit une gorgée de vin blanc. Il piquait un peu mais il était bon. Ouvert depuis trop longtemps sans doute.

Il jeta un coup d'œil rapide dehors. Plusieurs hommes et femmes, intégralement vêtus de combinaisons blanches fouillaient les décombres. On se serait cru à la télé.

Il se rappela alors que c'était dimanche et qu'il avait un engagement. Il rentra à nouveau dans sa cabane.

Reprendre une vie normale, c'était primordial. Ça permettait d'éloigner les soupçons.

– 9 –

Il enrageait.

La vue était trop belle, sublime même. De nuit, déjà, il s'en était rendu compte. De nuit, déjà, il savait que c'était gâché. Si son cœur avait pu respirer librement, peut-être, il ne disait pas, mais là, non, c'était impossible. Tout ce qu'il voyait en scrutant l'horizon, c'étaient des flammes, de la fumée et des emmerdes, un bon paquet d'emmerdes.

Les choses s'étaient mal goupillées. Les événements s'étaient imbriqués sans qu'il puisse les contrôler. Habituellement, il se débrouillait pour les faire tourner à sa pogne. Il trouvait toujours une solution de repli parce qu'il avait tout prévu. Hier soir, il y avait eu trop de variables, trop d'imprévus. Il avait dû improviser et, bon sang, ce qu'il pouvait détester improviser !

Il enrageait. La colère, pourtant, ce n'était pas son truc. Il avait bien déjà piqué une gueulante ou deux, en passant, comme cette fois sur un parking où un gus avait reculé sur sa bagnole. Il y avait eu aussi le coup du lac qui avait débordé, le frigo quelque part dans les Landes qui portait encore des cicatrices et puis il y avait eu cette fois-là aussi.

Non, la colère, ce n'était pas pour lui. Généralement, il se contenait, il laissait braire. Il essayait surtout d'avoir la sagesse de ne pas regretter les événements sur lesquels il n'avait pas d'emprise. Sauf qu'aujourd'hui, c'était plus difficile que jamais.

Il enrageait. Tout s'était mal goupillé. En l'espace d'un instant, tout était parti en fumée et sans faire de mauvais jeu de mots. En fait, sa vie, sa vie d'avant, était finie. Crevée, laminée. Pas qu'il avait beaucoup à regretter, c'est sûr, mais il fallait le comprendre, ça l'embêtait quand même. Il s'y était fait à cette vie.

Il fit quelques pas hors de la voiture, s'approcha de la falaise. Combien de temps lui restait-il?

— À l'heure qu'il est, calcula-t-il, ils ont dû sortir le cadavre des décombres. Ils vont ordonner une autopsie. Ça me laisse un jour ou deux. Moins si elle parle. Entre temps, ils auront déterminé l'origine de l'incendie. Ils feront des recherches. Au bout de plusieurs heures, ils élargiront la zone, comprendront que j'ai passé la frontière. D'ici une semaine, je serai pris.

La frontière. Ce mot le fit sourire. S'il y avait vraiment eu une frontière, c'était entre quatre murs qu'il aurait passé la nuit, pas au bord de la mer. Rien qu'avec le fusil dans le coffre. Il ne voyait pas comment il aurait pu expliquer sa présence. Il songea à s'en débarrasser, à le jeter depuis cette falaise. Non, il pouvait être encore utile. Il essaierait de le dissimuler un peu mieux avec des couvertures.

Il fit quelques pas, essaya de trouver un chemin pour descendre jusqu'à la plage, en vain. Il regarda autour de lui, pas l'ombre d'une âme qui vive. C'était parfait, personne pour juger son attitude. Il fit alors plusieurs allers-retours au bord de la falaise. C'était fait de manière saccadée, nerveuse. Il enrageait mais marcher comme ça l'avait toujours aidé à réfléchir.

— Ah, si seulement j'avais été plus rapide.

Plus prompt à réagir, plus apte à comprendre.

— Non, ça n'aurait rien changé. J'y suis pour rien, c'est comme ça.

Ce qu'il fallait à présent, c'était du temps, de la distance entre eux et lui. Sa vie était terminée mais sa survie, elle, commençait juste. Il pouvait descendre en flèche jusqu'à la méditerranée, traverser vers le Maroc. Une fois là-bas, tout était possible. Pas d'accord d'extradition, d'après ce qu'il se souvenait, il l'avait lu quelque part. Ou alors, il pouvait s'enfoncer un peu plus profondément en Espagne et, au détour d'un chemin, disparaître. Il connaissait un peu d'espagnol. Il fouilla dans ses poches. Il n'avait que peu d'euros et utiliser sa carte bleue était à proscrire. Ça s'annonçait mal. Peut-être pourrait-il vendre l'Audi ? Il y avait aussi son portable. Il n'avait qu'un coup de fil qu'il aurait aimé passer, qu'une seule personne à qui il aurait aimé donner des explications. C'était une mauvaise idée. Il ouvrit son portable, plia la carte SIM en deux et jeta le tout à l'eau.

— Désolé, l'océan. Je n'ai rien d'autre sous la main.

Il enrageait. Il shoota dans une pierre qui s'offrit une croisière. Il n'était pas de ceux qui acceptaient. C'était un chieur, un vrai. Un de ceux qui te collaient au train même lorsque tout était fini, qui y croyaient encore alors que l'arbitre avait sifflé la fin du match et les joueurs repris le chemin des vestiaires. Pas qu'il ne s'avouait jamais vaincu, non. C'était juste qu'il ne comprenait pas le concept de la défaite. Pour lui, il n'y avait qu'un vainqueur possible : celui qui pouvait souffrir un quart d'heure de plus que l'autre. Petit, déjà, il piquait des crises quand on lui disait d'arrêter de jouer ou quand il cassait quelque chose. Il aurait même été jusqu'à secouer un mort pour lui dire de cesser ses conneries.

Alors qu'est-ce qu'il foutait là ? Pourquoi avait-il fui ? Pourquoi au lieu de se cacher des autres, il n'était pas monté sur le toit d'une bagnole pour crier bien haut qu'il était là ? Il n'avait pas fui parce qu'il ne voulait pas perdre, non, il avait fui parce que pour la première fois, il en avait eu peur. Il avait roulé toute la nuit, évitant les grands axes, tremblant à chaque voiture de police qu'il croisait, à chaque lumière un peu suspecte, prenant des détours, des chemins de traverse. C'était lui qui avait dormi dans la voiture dans un pays étranger. C'était lui qui devait à présent oublier sa vie passée et essayer d'en construire une nouvelle. L'ancienne, elle était partie en même temps que les cabanes, quand le feu les dévorait. Il lui suffisait de fermer les yeux pour se le rappeler. C'était un spectacle grandiose qu'il n'oublierait jamais, il en était sûr.

Il enrageait. Il avait les nerfs solides pourtant. Il les avait toujours eus. C'était nécessaire pour faire ce qu'il faisait.

— Alors, pourquoi que j'hésite, hein? Cria-t-il.

La vérité, c'est qu'il était paumé. Paumé parce que sa tête, elle n'était pas comme l'Audi, équipée d'un GPS. Il fallait faire sans, comme à l'époque des bagnoles tout en métal. Et ça, il ne savait plus faire, il avait oublié. Il était trop vieux pour tout recommencer, pour accepter à nouveau de bouffer de la vache enragée, de s'endormir en plein doute, de se réveiller sans certitude. Le confort l'avait rattrapé, il l'avait chopé en plein élan et avait serré si fort, si fort qu'il s'était à peine débattu. Il pensa à ses bouquins chez lui qui lui manqueraient. Il pensa à sa téloche, à son émission de radio favorite. Il pensa à tout ce qu'il faisait tous les jours, aux gens qu'il croisait et il eut envie de pleurer. C'étaient des pleurs de petit bébé, comme quand il tapait des crises, marmot, des pleurs qui mouillaient les joues et faisaient couler le nez.

Il enrageait. Il ne pourrait jamais supporter de vivre de rien, de quémander chaque jour son pain, de construire sa vie petit à petit en attendant de crever. Non, ce n'était plus pour lui, il avait passé son tour.

Lui, ce qu'il voulait, c'était continuer comme si de rien n'était. Vivre au milieu des autres, caché.

— Bah, pourquoi pas, tiens? Se dit-il.

Après tout, il l'avait bien mérité. C'était un travailleur, un vrai, il avait tout sacrifié. Il pouvait bien en récolter quelques fruits. À commencer par un peu profiter de la vie.

Il remonta en voiture et reprit la route en sens inverse.

- 10 -

— Substance active : lorazépam, lut-il à haute-voix. Excipients communs : cellulose microcristalline, lactose anhydre, lactose monohydrate, magnésium stéarate, polacriline sel de K... Mais, bordel, ça veut dire quoi ? Y'a pas un mot que je comprends. Ils font exprès de les inventer ou quoi ?

Contrairement à la plupart de ses contemporains, Antoine Grondin n'avait jamais pris d'anxiolytique. À vrai dire, il n'avait même jamais pris de médicaments. Pas de son propre chef en tout cas. Il n'en avait jamais ressenti le besoin. Là, il voulait en prendre un pour calmer ses angoisses et l'idée de prendre n'importe quoi l'angoissait.

— Traitement de l'anxiété lorsque celle-ci s'accompagne de troubles gênants (anxiété généralisée, crise d'angoisse...). Je pense que c'est bon.

Il était tombé sur cette boite de Temesta en fouillant l'armoire à pharmacie de sa mère. Il hésita puis détacha un cachet de la plaquette, rangea tout à la-va-vite et s'enfuit comme un voleur. Réfugié dans la pénombre mourante de sa chambre, il se demanda s'il n'était pas en train de faire une connerie, si ce ridicule petit cachet, pas plus gros qu'un suppositoire, n'allait pas mettre sa vie en danger, lui faire des dommages au cerveau ou va savoir quoi d'autre… puis d'un coup il le mit dans sa bouche et but une grosse lampée à la bouteille d'Abatilles qu'il avait réservée pour la nuit. Il le sentit passer dans la gorge et regretta aussitôt de l'avoir avalé.

La vérité, c'était qu'Antoine avait le trouillomètre à zéro. Pour le cachet, bien sûr, mais aussi parce qu'il avait fait la veille la pire bêtise de sa vie. Enfin, pouvait-on encore parler de bêtise quand il y avait mort d'homme et qu'on aurait pu l'empêcher ? Voilà la question qui galopait dans la petite tête d'Antoine depuis la veille. Toute la nuit, chaque longue minute de la nuit, Antoine s'était demandé ce qu'il allait devenir. À chaque seconde il s'attendait à voir surgir la police. Il tremblait à chaque bruit de voiture qui se rapprochait. Il imaginait le SWAT entrer chez lui par la porte et les fenêtres, en défonçant tout. Il voyait les lumières des caméras, des hélicos, les canons des shotguns contre son front. Il sentait déjà la force de leurs genoux sur son dos, le maintenant au sol, tandis que sa peau frémissait déjà au contact de la moquette. Ensuite, il ne voyait plus rien. Mais il savait qu'il était emmené hors de chez lui, un sac sur la tête. Il entendait les cris de sa mère, les railleries de la foule voisine qui s'était agglutinée dans le jardin. Et coincé dans la voiture entre deux immenses types, il finissait par pleurer. Il était totalement perdu, désemparé, dans un état comme il n'en avait jamais connu.

— C'était pas ma faute ! Qu'il criait dans sa tête. C'était pas ma faute. C'est Mélina qui a voulu le faire !

Et il se voyait expliquer aux flics, au juge, qu'on ne disait pas non à une fille comme Mélina. Il montrerait des photos d'elle si on ne le croyait pas. Sûr que ça, ça les ferait changer d'avis. Rien que sa photo de profil Facebook, ça suffirait.

Alors, Antoine se rendit compte qu'il n'était pas bien malin. En un sens, c'était une chance : la plupart des imbéciles ne s'en rendent jamais compte. Pas d'eux-mêmes, disons. Antoine s'était débrouillé toute sa vie sans avoir à se servir de son intelligence. Il s'était contenté de redoubler une ou deux fois, n'aurait jamais son bac ou alors sur un coup de chance et trouverait sans doute un boulot dans ses cordes. On l'aimait parce qu'il était bonne poire, déconneur, sympathique. La femme qu'il épouserait serait sans doute un peu comme lui ou alors un peu effacée. Ils auraient des enfants, pas bien malins eux non plus et le cycle de la vie continuerait. Enfin, ça, ce serait si Antoine ne finissait pas ses jours en taule ou guillotiné. On guillotinait encore en France ? Il n'en était pas sûr.

Il se sentit d'un coup très fatigué. Ses idées ralentissaient. À son échelle, ça signifiait qu'elles étaient presque à l'arrêt.

— Et si c'était le médicament ? Se demanda-t-il.

Il courut jusqu'à la salle-de-bain et retrouva le paquet de Temesta.

— Ça doit bien être marqué quelque part…

Il ouvrit la boite, déplia la notice d'utilisation.

— Effets indésirables du médicament : sensation d'ivresse…

Oui, il était un peu ivre. Il avait bu mais c'était il y a plusieurs heures et il tenait bien l'alcool en général.

— …maux de tête…

Plein. Y'avait un putain de concert de métal dans sa tête.

— … somnolence…

Il tenait à peine debout. Toute la nuit, à tourner dans sa chambre, il avait tenu à peine debout.

— …ralentissement des idées. Oh, putain ! Fatigue, sensation de faiblesse musculaire…

Ses jambes ne le portaient plus. Il n'avait pas envie de s'entraîner. Et le matin, il avait toujours envie de s'entraîner.

— …baisse de la libido. C'est quoi déjà la libido ? Je suis sûr qu'elle est au plus bas la mienne. Éruptions cutanées avec ou sans démangeaisons…

Il se gratta.

— …vision double…

Il se regarda dans le miroir. Il se voyait trouble. Il trembla de tout son corps.

— …agitation, agressivité…

Il donna un coup de poing violent contre le mur.

–…confusion des idées…

Il se demanda quoi faire. Il se demanda quoi faire.

— …hallucinations…

Il regarda partout autour de lui. Il s'attendait à voir surgir le mort de n'importe quel endroit. Derrière la fenêtre, dans le placard, par le siphon du lavabo.

Il entendit du bruit. Sa mère ? La police ? Il courut jusqu'à sa chambre et se réfugia sous les couvertures.

— …amnésie.

Mais qu'avait-il fait la nuit dernière ?

- 11 -

Il s'appelait David. Pas *Sasuke666*, *JoN_SnOw* ou *NoName1*. Simplement David. Elle se demanda quel genre de type pouvait-il être. Est-ce que David était son vrai prénom déjà ? Lorsque l'on traînait sur le Dark Web et que l'on proposait ses services, forcément illégaux, donnait-on son vrai prénom ? Elle, elle se serait créée une nouvelle identité, intégralement fausse où le moindre détail, même le plus infime, n'aurait pu conduire jusqu'à elle. C'était d'ailleurs ce que faisaient tous les hackers. C'était même conseillé sur la page web des Anonymous.

Le Dark Web. Un lieu légendaire. C'est Allan qui lui en avait parlé la toute première fois. Allan avait toujours des tas de trucs dingues à vous apprendre sur l'informatique.

—Imagine-toi Zelda - il surnommait toujours Maud ainsi, « parce qu'elle avait tout de la princesse qu'on aimerait sauver cent fois » - un océan à l'échelle d'internet. Tout ce que tu vois, tous les sites sur lesquels tu es allée, toutes les requêtes que tu as faites sur Google ne sont que la surface de l'océan, celle où tu peux nager les bras bien à plat, faire de la planche à voile. Si tu plonges un peu, tu t'aperçois que l'océan est encore plus grand et tu ajoutes à ton vocabulaire un mot plus important qu'immense. Ça, c'est le Deep web. Là où se trouvent toutes les pages qui ne sont pas indexées, que tu ne peux pas dénicher avec un moteur de recherche. Il y a les pages privées, les pages administrateurs, les pages auxquelles tu ne peux accéder que depuis une autre. Comme lorsque tu commandes un billet de train par exemple. Tu ne peux pas arriver directement à la page réservation depuis Google. Jusque-là, rien de bien étrange donc. Sauf si tu tiens vraiment à plonger plus profond. Alors, il te faudra être bien équipée. Il te faudra un mélange spécial dans tes bouteilles et crois-moi, le bleu du ciel ne sera plus qu'un souvenir. La plongée durera un moment, des heures probablement, et tu arriveras quelque part, là où la noirceur n'est plus un mot mais la réalité, le mélange que tu respires. Cet endroit, c'est le Dark web.

Dans sa jeune tête de délinquante déjà accomplie, ça sonnait comme l'Eldorado. Elle rêvait de ces terres sauvages où l'on croisait les artistes les plus barges, les hackers les plus doués, où l'on côtoyait les savants fous et les fous dangereux, les criminels et les fugitifs. C'était un terrain de jeu de la taille d'une planète. Dix fois plus grand qu'une planète.

— Tu m'y emmèneras un jour, dis ?

Et Allan souriait.

Maud claqua la porte de Hub sans lui dire merci ni au-revoir. Ce n'était pas la peine. Il se souciait peu de ce genre de choses. Elle était soulagée que la nuit soit passée. Hub n'avait rien fait pour la trahir. Pas pour le moment en tout cas. À ses yeux, ça ne devait pas encore valoir le coup. Le jour où ça changerait, où sa tête deviendrait intéressante, Maud devrait se tenir prête. Mais elle avait d'autres préoccupations pour l'instant. Elle avait obtenu ce qu'elle était venue chercher. C'était donc une réussite. Même si elle devait un service à Hub et que n'importe qui sur la toile lui aurait dit que ce n'était pas le genre de choses à faire si on voulait avoir une vie tranquille.

— T'es déjà allé jusqu'au fond, Allan?
Il la regarda avec cet air perçant et doux qu'il prenait quand il était sérieux.

— Dans le Dark web, c'est comme dans la chanson, il y a toujours plus profond que le fond.

Il lui avait tout montré, tout expliqué. Le routage en oignons qui rendait presque totalement anonyme, TOR, le navigateur dédié et le reste. Ce fut un voyage à l'importance capitale dans la vie de Maud. Parce que c'était le premier. Parce que c'était lui, parce que c'était elle. Elle sentit que tout ce qu'elle avait vécu, toutes ses années solitaires, ses fugues, ses errances nocturnes, tout ce qu'elle en avait bavé, toute la rage qu'elle avait accumulée l'avaient conduite en ce seul et unique endroit. Le Dark web ouvrait pour elle les portes d'un nouveau monde et ce monde, il se trouvait en elle. C'était celui de sa liberté.

Elle regrettait un peu d'avoir fait appel à Hub, d'être dépendante de lui pour sa propre survie. Mais elle ne pouvait pas faire autrement. La vitesse était la clef. Elle aurait eu son propre ordinateur, cela aurait été différent. Hors de question d'utiliser celui de la famille pour faire ce qu'elle avait à faire. Il y avait quelque chose de frustrant à demander à un autre de faire ce dont elle était parfaitement capable. Surtout quand ça n'était pas gratuit.

Maud apprenait vite. Très vite. Chaque jour, Allan en était épaté. Elle était fascinée par tout ce qu'elle découvrait et il était fasciné par elle. Durant leur voyage, ils rencontrèrent une foule de personnages hétéroclites, plus passionnants les uns que les autres. Des journalistes sous l'oppression de tyrans, des artistes subversifs condamnés à mort, des révolutionnaires fous… Toutes les conversations se déroulant dans la langue de Shakespeare, elle n'avait jamais eu d'aussi bonnes notes en anglais.

Allan l'emmenait surtout ailleurs, loin de l'écran. La nuit, parfois, sous prétexte d'un cinéma ou d'une soirée entre potes, Maud suivait Allan sur Bordeaux. Il lui montrait ce que l'on ne voyait jamais. Les rues étroites, les impasses, les cours d'immeuble. Il retrouvait parfois d'anciens tags qu'il avait faits. Elle aimait se perdre avec lui dans les rues, sachant qu'elle n'était pas vraiment perdue. Il connaissait tant de choses, aimait le monde par-dessus tout et l'être humain beaucoup moins. Il lui montra pourquoi il était devenu un hacker, pourquoi il avait choisi l'illégalité, le réseau souterrain. Il se livra à elle tout en préservant ses secrets les plus intimes, comme dans une sorte de boite noire qui ne trouverait écho qu'après sa mort.

Elle regarda l'horloge de son portable. Il lui restait encore plusieurs heures pour s'organiser, c'était amplement suffisant. La boutique de téléphone n'ouvrirait pas avant au moins une heure. Ça lui laissait le temps d'aller récupérer son scooter devant le Waimea et de rentrer sur Arcachon. Elle prendrait un café au Little Moma et attendrait l'appel.

Le piratage, comme concept, était assez simple à assimiler. Il fallait trouver une faille dans la cible ennemie, logiciel, système ou même simple personne et l'exploiter. Toute chose sur cette planète avait une faille. Machines comme êtres humains. Celle de Maud, c'était la crainte d'être abandonnée. Toute sa vie, elle avait vécu avec cette peur au ventre, cette obsession perpétuelle. Lorsqu'elle rencontra Allan, elle se sentit en telle confiance qu'elle se livra totalement. Sans pare-feu, sans anti-malware, sans boite noire ou coffre en kevlar où protéger son cœur. Elle était une cible facile pour les gens mal intentionnés.

Tout en marchant, elle souffla un peu. Elle devait profiter de ce petit répit. Ce n'était pas grand-chose, juste quelques heures mais c'était déjà ça de pris. La machine était lancée. Avec de la chance, peut-être que finalement tout se passerait bien pour elle.

Pourtant, Maud savait que dans une situation comme la sienne, c'était rarement une question de chance.

- 12 -

Camille eut besoin de quelques secondes pour comprendre où elle se trouvait. Nuit courte, beaucoup d'émotions. Et une victime parmi les bouteilles de Bordeaux.

Elle était chez Sophie à la Hume. Comme c'était étrange ! Elles se connaissaient depuis le lycée mais ne s'étaient jamais fréquentées. Elles n'avaient même pas d'amis en commun. D'ailleurs, c'était la première fois qu'elle venait chez Sophie. Jusqu'à hier, elle avait toujours ignoré où elle habitait. Pourtant, comme elle avait pu l'emprunter l'avenue Sainte-Marie pour éviter le centre de La Hume et ses embouteillages !

Au lycée Grand Air, Sophie était populaire. Belle, évidemment, elle était surtout terriblement cool. Elle gravitait au centre d'une bande d'amis, la même depuis toujours, connaissait tout le monde, était appréciée de tous. Camille, elle, ne fréquentait la plupart du temps que les filles de son cours de russe, parce qu'elles n'étaient que quatre à avoir choisi l'option et que trois amies, c'était déjà pas mal à gérer.

Sophie était solaire. Et solaire, quand on était à Arcachon, cela signifiait sécher les cours pour aller à la plage, traîner dans les rues, arriver en retard, boire et fumer dans la forêt. C'était se rebeller, c'était être excessive. En fait, à bien y réfléchir, Camille n'avait jamais trop apprécié Sophie. Elle ne la détestait pas, elle réprouvait un peu son mode de vie mais n'avait pas grand-chose contre elle. Elles n'étaient tout simplement pas du même semi-monde. Et au lycée, il n'y avait rien de plus important.

Pourquoi se retrouvait-elle là, alors ? Qu'elle lui dise « bonjour » après toutes ces années lorsqu'elle la croisait en pleine nuit, c'était une chose. Mais de là à l'inviter à dormir, à passer presque toute la nuit à boire, à discuter, c'était presque surréaliste.

Elle se replongea dans ses souvenirs. Oui, il y avait bien eu ce cours d'allemand. Camille était seule parce que la fille qui partageait son bureau était absente ce jour-là. Quand le cours commença et que la prof écrivit au tableau, Sophie se pointa. Elle ouvrit la porte en silence, se fit toute petite et s'assit à la place disponible la plus proche : à côté de Camille. La prof ne remarqua pas le retard. Le sourire de Sophie était contagieux, Camille fut contaminée. Alors, quand la prof annonça une interro surprise et que Sophie voulut copier sur elle, elle ne dit rien, elle se laissa faire et, contrairement à tous ses principes, lui souffla même quelques réponses. Elle se souvint avoir été captivée par ce soleil. Comme elles s'amusèrent beaucoup cette heure-là et qu'en plus de ça, la note de l'interro fut bonne pour les deux, Sophie passa le reste de l'année à cette place.

Camille sourit du hasard qui, par deux fois, avait bien fait de se mêler de ce qui ne le regardait pas. Elle se rappela alors les circonstances qui l'avaient conduite à se retrouver sur le chemin de Sophie. Camille savait que ce serait difficile, qu'elle allait en baver. Elle était, pauvre pomme, de ces imbéciles qui restent amoureux longtemps après la rupture, des mois, des années, et qui n'ont jamais bien compris comment ils font les autres pour passer à autre chose.

Maxence aurait pu exiger, imposer, tyranniser qu'elle serait revenue vers lui. En rampant auraient dit certains mais Camille prétendait que cela n'avait pas d'importance comment on se déplaçait en amour, qu'on avait chacun notre propre moyen de locomotion et que finalement, ça revenait au même. On ne rampe pas vers la personne que l'on aime, on galope. Alors, pour ne pas penser à ce genre de trucs qui pouvaient lui gâcher la matinée, elle enfila sa robe, descendit les escaliers, sortit dans le jardin.

Il était bordé, comme la plupart de ceux de la rue, par le petit ruisseau qui courait le long du parc de la chêneraie. Elle savait par expérience qu'il n'était pas profond alors elle le traversa, mouillant légèrement le pan de sa robe. L'eau était fraîche, il y avait dans l'air un parfum de vacances.

Son téléphone vibra. Maxence. « T'as passé la nuit où ? ».

— Ça doit vouloir dire bonjour, je suppose, ironisa-t-elle.

Elle fut partagée entre l'envie de l'insulter en six langues ou de fracasser violemment son portable sur le sol. Son téléphone était neuf et elle n'était pas sûre de connaître autant d'insultes, elle se ravisa.

—Non, non, je ne dois pas me raviser, non, non, dit-elle à haute-voix. Hier soir, il s'est passé quelque chose, je ne sais pas quoi, mais je ne suis plus la même.

Oui, hier, il y avait eu quelque chose d'inapproprié. Un petit moment de rock'n'roll, un cri du cœur. C'était à cause de la chaleur, de l'électricité dans l'air. C'était le feu qui, déjà, brûlait en secret dans les cabanes. Alors Camille eut envie de faire quelque chose, pas de fou non, mais de pas raisonnable. Elle regarda les joggeurs autour d'elle. Il était encore tôt pour les familles. Quand l'un d'entre eux s'approcha, sans se demander pourquoi, Camille fit quelques pas à sa rencontre.

—Je suis désolée de vous déranger et de…vous couper dans votre moyenne.

Il arbora soudainement une tête bizarre. Était-elle à ce point effrayante? Était-ce le manque de sommeil qui lui jouait des tours? C'est vrai qu'elle n'avait pas fait d'étape par la salle-de-bain avant de descendre. Si ça se trouvait, elle avait une gueule affreuse. Ou alors était-il gêné? Il n'avait sans doute pas l'habitude d'être abordé par une jeune femme surgi des eaux.

—Rassurez-vous, je ne suis pas Vénus. Même pas une sirène.

La blague, c'était le cas de le dire, tomba complètement à l'eau. Mais qu'est-ce qui se passait dans sa jolie petite tête ? Qu'est-ce qu'elle venait de dire ?

— Il y a un problème ?

Il était beau gosse, bien fait, souriant.

— Des tas, si vous saviez.

Le joggeur, fronça les sourcils, l'air de se demander dans quoi il était embarqué malgré lui.

— Mais ce dont j'ai besoin, c'est d'un service.

— Un service ?

— Oh, un tout petit truc, vous verrez, à peine une formalité.

Camille lui expliqua sa situation amoureuse sans entrer dans les détails ni dans le récit de leurs vacances à La Mongie. Le joggeur accepta d'être pris en selfie avec Camille. À peine fut-il parti qu'elle envoya la photo à Maxence accompagné de cette simple phrase : « Pas dans tes bras ». Contente d'elle, elle décida qu'il fallait fêter ça et se dirigea vers le centre-ville en quête d'une boulangerie.

Au moment de quitter le parc, elle croisa à nouveau le joggeur qui faisait quelques étirements. Lorsqu'il s'éloigna, Camille le suivit du regard. Elle n'aurait pas pu le jurer mais elle avait l'impression qu'elle le connaissait d'ailleurs.

- 13 -

Pio Wojceikowski n'aimait pas les trains. La plupart du temps, il s'y ennuyait ferme. Il n'arrivait pas à dormir, n'écoutait jamais de musique et lire lui donnait la gerbe. Il devait donc se résoudre à se laisser traîner, attendre que ça passe et se plonger dans ses pensées. Le souci, c'était qu'il ne fallait pas plonger bien loin pour toucher le fond. Et Pio s'ennuyait ferme.

Les trains, de leur côté, lui rendaient bien. De sa vie, il n'avait jamais pris un train qui soit parti ou arrivé à l'heure. Ils s'arrêtaient souvent en plein milieu des voies, les wagons restaurants étaient souvent exceptionnellement fermés et les haut-parleurs nasillards.

On aurait pu penser que de reprendre le train de ses vertes années, ça lui aurait fait comme pour la madeleine avait fait à Proust. Non, pour que ça fonctionne le coup de la madeleine, il ne faut pas en manger souvent. Et le trajet Bordeaux-Saint-Jean– Arcachon, Pio le connaissait par cœur. Il s'y était ennuyé pendant des années et quand c'était comme aujourd'hui un train qui s'arrêtait à toutes les gares, Gazinet-Cestas et Alouette-France y compris, le déplaisir tournait à la torture.

Lorsqu'enfin, il passa la gare de Gujan-Mestras, il sentit comme une bouffée d'air frais. Il se leva, prit son lourd sac de voyage et traversa le wagon. Il restait encore la gare de La Hume, il le savait, mais sa large carcasse s'accommodait mal des va et vient d'un train en marche. L'entreprise lui demandait du temps. Pas question de basculer vers un fauteuil et de s'écraser sur un gosse ou une retraitée.

Pio était un bloc de béton armé. Au sens propre. Il n'y avait pas un type au monde qui pouvait se vanter de l'avoir démoli. C'était une espèce de granite dans lequel, même après avoir foré toute une année, on n'avait toujours pas trouvé de quartz. Lorsqu'il se déplaçait, il pesait lourd. Ça donnait l'impression d'un convoi exceptionnel qui ne prévenait pas. Comme croiser un camion-citerne dans un couloir. Dans un train, quand il passait à votre portée, valait mieux prier qu'il n'y ait pas de secousse.

Enfin, La Teste arriva.

Il sauta sur le quai avec la grâce d'un bœuf s'échappant d'un wagon à bestiaux. Il jeta un regard vers la grosse horloge de la gare. Il avait encore le temps. Son équipe ne devait le rejoindre que dans deux bonnes heures. C'était une habitude qu'il avait prise depuis qu'il était aux commandes : arriver seul, sans prévenir, comme un simple voyageur, un peu avant l'équipe et la voiture officielle. Ça lui permettait de tâter le terrain. Il traversa les voies et sortit par le portillon, répétant sans le savoir le trajet emprunté par Denis deux heures plus tôt.

Il trouva facilement les deux cabanes incendiées. Il ne se fit pas connaître auprès du policier en faction, c'était inutile. Il avait essayé une fois de se faire passer pour un badaud et avait interrogé, l'air de rien, un policier devant une scène de crime qui lui avait fait des confidences qu'il n'aurait pas dues. Lorsque plus tard, il avait appris qui était réellement Pio, il s'était vexé, avait crié à la manipulation et l'affaire avait fait tellement de bruit, que Pio s'était juré que dorénavant, il les laisserait tranquilles.

Il eut envie de prendre quelques photos mais se ravisa. Il se promena un peu, regarda les aménagements récents des prés salés. Il se dit que ça faisait un bout de temps qu'il n'était pas venu, qu'il pourrait en profiter pour voir un peu de monde. Il savait pourtant qu'il y avait au moins une visite qui s'imposait et se promit d'y aller sans faute le lendemain.

Il s'installa à une table devant une cabane et commanda des huîtres. On lui en apporta une douzaine avec un peu de pain et de beurre. Il se précipita sur le pain mais sa grand-mère disparue lui hurla aux oreilles :

— Ne te bourre pas de pain !

Il laissa tomber sa tranche dans la corbeille et entama la conversation avec la jeune serveuse, un peu surprise par ce geste brusque.

Elle était jeune, peut-être un peu trop pour être employée. Ou alors, c'était sa fraîcheur, son grand sourire qui la faisaient paraître plus jeune. Ses taches de rousseur aussi sans doute. Elle parlait avec un vrai accent du sud, plus prononcé que le sien. Pio sourit. Il eut la vision de cette jeune fille sur un scooter se rendant au lycée Grand Air d'Arcachon, fréquentant le Waimea ou le… Quel était le bar à la mode aujourd'hui? Qu'importe, c'était comme si Pio pouvait deviner sa vie sur deux mots et un sourire. Bien entendu, il aurait fallu être plus fin psychologue pour savoir ce qui se passait dans sa caboche mais elle était une fille du coin. Ça, Pio aurait pu le jurer.

—Oh, vous savez moi, j'y connais rien en cabanes. Je ne travaille ici que pour l'été. Mon père, par contre, il dit que tout le monde sait qui a fait le coup, qu'ils sont tous copains comme cochons, ici.

—Il est ostréiculteur, votre père?

—Non, boucher-charcutier.

—Ah. Et ce serait la faute à qui?

—Bah aux huîtres. Les stéroïdes, là.

Elle était très gentille. Un peu simplette, peut-être. Pas le genre qui réfléchissait beaucoup, qui devait se contenter de se laisser porter par le courant et ce n'était déjà pas si mal. Une vie pas compliquée.

—Les stéroïdes?

—Oui, un truc d'ostréiculteur. Ils savent de quoi je parle, eux. Mais attention ! N'allez pas leur demander directement. Depuis ce matin, ils sont d'une humeur de chien. Puis de toute façon, ils ne vous diront rien.

—OK, merci du conseil.

—De rien, ça m'embêterait qu'on vous retrouve au fond du port avec des chaussures en béton.

La jeune serveuse éclata de rire.

— Une blague de votre père, je parie.

— Oui.

— Merci pour la conversation…

— Marie-Rose.

— Merci pour la conversation, Marie-Rose.

— Je vous en prie, Monsieur. Bonne dégustation.

Elle s'éloigna. Il nota tout ce qu'elle venait de dire sur un carnet tout neuf.

— Voilà, y'a plus qu'à attendre, souffla-t-il.

Et d'un grand slurp, Pio Wojceikowski avala la première de ces demoiselles.

– 14 –

Faire semblant. C'était depuis toujours sa manière de survie. Le moyen de se faufiler facile dans la vie sans trop y laisser de plumes.

Sauf qu'aujourd'hui, c'était différent. Aujourd'hui, il voulait juste être ailleurs. Il aurait voulu déblayer les décombres lui-même, à la main s'il le fallait, dénicher une preuve, n'importe laquelle, qui désignerait celui qui avait buté le vieux. Et après ? Et après Denis savait faire ce qu'il fallait quand il le fallait.

Les caisses furent vite déchargées. Il n'en avait apporté que huit. Quatre pour le stand, quatre pour le surstock dans la voiture au cas où. Il n'y avait pas encore grand monde mais ça allait venir. Il y avait toujours du passage le dimanche matin dans le centre-ville de la Hume.

Il remarqua deux hommes qui l'observaient à la terrasse du café, en face. Sûr qu'ils parlaient de l'incendie. C'était déjà dans le Sud-Ouest Dimanche. Il pouvait deviner les mots « cabanes » et « incendie » sur la une des journaux exposés dans la vitrine. Ces regards-là, il y aurait droit toute la journée.

Du coup, ce fut avec peu d'envie qu'il alla saluer la boulangère qui l'autorisait à vendre des huîtres devant sa boutique. À l'intérieur, il n'y avait qu'une seule cliente, une dame âgée.

— Bonjour, dit-il de son plus grand sourire forcé.

— Ah, bonjour Denis.

Première fois qu'elle l'appelait Denis.

— Je me suis installé.

— T'as bien fait !

Première fois qu'elle le tutoyait. Ils étaient devenus potes dans la nuit ou quoi ?

— Bon, bah, à tout à l'heure.

— Oui, c'est ça, à tout à l'heure.

Denis sortit.

— Et sinon, comment ça va ?

Il rentra.

— Euh, ça va. Merci.

— Pas trop de dégâts ?

La vieille dame le dévisageait avec ce regard qu'ont les vieux, perçants, comme si avec l'âge, ils développaient une capacité à lire dans les pensées.

— Pas trop.

— Et les collègues ?

Elle savait pour le mort. Tout le monde savait. Vu qu'il n'avait pas lu le journal du matin, peut-être qu'elle en savait même plus que lui. Que cherchait-elle alors ? Un autre son de cloche ? Ou du vécu, du Paris-Match ?

— Je ne suis pas trop sûr.

— Ah, oui, c'est tout frais.

— Voilà.

Il y eut un silence un peu gêné. La vieille cliente n'avait pas bougé. On aurait dit qu'elle était là depuis toujours et qu'on avait construit la boulangerie autour.

— Bon, dit Denis au bout d'un moment. Je vais…

— C'est vrai ce qu'on dit au journal, que c'est la faute d'un mégot ?

— Je ne sais pas ce qu'on dit, je n'ai parlé à personne.

— Ah bon ? Vous ne parlez pas entre vous ?

Denis faillit lui dire que les ostréiculteurs n'étaient pas une famille ou des collègues de travail, encore moins une colonie de vacances mais il n'aimait pas parler en public. Il n'avait jamais aimé ça. Souvent, ses mots parlaient à sa place parce qu'ils étaient plus rapides. Il arrivait alors, la plupart du temps, qu'on ne comprenne pas ce qu'il avait l'intention de dire ou que ce soit mal interprété. Pour pallier à ce résultat, Denis n'avait trouvé qu'une solution : il fermait sa gueule.

— Si, mentit-il. Mais ce matin, j'étais pressé et…

— Ah, tu ne voulais pas me faire faux-bond ! S'exclama la boulangère.

— C'est gentil ça, dit la vieille dame en se retournant vers elle.

— Oui, je te retarde. Bon, tu me diras, hein, Denis ?

— Oui, promit-il en se demandant ce que la boulangère attendait. Qu'il passe régulièrement ? Qu'il lui envoie des SMS ?

Il s'installa derrière son stand et la valse commença.

— Non, ce ne sont pas des Arguin. Ce sont des Ferret.

Une demi-baguette, six huîtres.

— Bien sûr, je peux vous les ouvrir Madame.

Des dunes, une douzaine.

— De hier matin, Monsieur.

Le journal, le paquet de clopes, une douzaine, des n° 2.

— Non, les marées, ça va très bien pour l'instant.

Des croissants, des chocolatines, des « pas trop grosses ».

— Eh ça, c'est sûr, il faut aimer se lever tôt !

Puis le calme. Avant le coup de feu de l'avant-midi. Ça avait bien marché, Denis était content. Il avait eu raison de venir quand même. Mais n'empêche, sa tête était ailleurs, le cœur n'y était pas. La police avait sans doute commencé son enquête et il n'était pas là pour y assister.

— Peut-être qu'ils ont déjà trouvé le coupable, pensa-t-il. Non, c'est un peu tôt. Ils vont devoir découvrir les indices, interroger les témoins, faire des perquis'..

Denis se figea. Et s'ils fouillaient sa propre cabane ?

— Non, ce serait idiot. Et que pourraient-ils bien trouver ? À part mon matelas.

Puis, il pensa aux soirées chez le vieux, au nombre de fois où il était entré dans ces cabanes. Peut-être que la police avait trouvé quelque chose qui les conduirait jusqu'à lui. De l'ADN, par exemple…

—Bonjour, dit une jeune femme en robe rouge légère.

—Bizarre de s'habiller comme ça pour aller chercher son pain, se dit Denis. C'est genre une robe de soirée qu'elle porte.

Il essayait toujours d'être poli, de sourire, de dire «bonjour» mais il avait la tête ailleurs. Il lui rendrait son «bonjour» quand elle sortirait de la boulangerie.

Les flics, Denis n'aimait pas ça. La faute à ses années formatrices. Les voir roder autour de sa cabane, mettre leur nez dans ses affaires, tout ça le perturbait. Pourtant, il avait besoin d'eux. Il ne pouvait pas trouver le meurtrier du vieux sans leur aide. Denis n'était même pas l'ombre d'un enquêteur. Alors, il attendrait. Il attendrait que l'enquête suive son cours. Et d'ici là, il ne ferait rien d'autre. Rien d'autre que ses huîtres.

—J'en voudrais quelques-unes s'il vous plaît.

La robe rouge. Denis avait toujours aimé le rouge. Elle portait une poche à la main. Un mélange de viennoiseries. Un grand sourire. Elle était jolie. Pas belle, non. Jolie. Plus âgée que lui. Dans les trente ans.

—Bonjour. Vous les voulez comment?

—Je ne sais pas trop. Des moyennes, ça ira.

—Des n°3?

—Euh...oui.

Elle n'y connaissait rien, ça se voyait. C'était peut-être la première fois qu'elle achetait des huîtres.

—Je vous en mets une douzaine?

— On est obligé de les acheter par douze ?

Gagné.

— C'est une tradition. Du genre, vieille.

— Ah. Va pour douze alors.

Denis lui sélectionna douze belles huîtres. Il dut même aller en prélever dans son surstock.

— Vous étiez là, hier soir ? Demanda-t-elle tandis qu'il avait le dos tourné.

Elle avait mis du temps à venir cette question qu'il avait redoutée toute la matinée. Qu'elle vienne de quelqu'un qui n'y connaissait rien aux huîtres et, de fait, rien à son métier, à sa vie, l'agaça.

— Moi aussi, j'y étais, continua la jeune femme après un silence de Denis qu'elle prit manifestement pour un oui.

— Comme beaucoup de monde, répondit Denis d'un ton neutre.

— Oui, c'est vrai. Mais moi, c'était différent, j'étais là par hasard, je marchais, je n'étais pas venue pour…

— Le spectacle.

— Non. Bien que ça m'ait fait quelque chose. Je me sens chamboulée, comme transformée. C'est assez difficile à expliquer. Moi-même, j'ai du mal à comprendre. Je ne sais pas, c'est peut-être l'odeur, cette fascinante odeur de…

— Feu de bois, dit Denis avec lassitude.

Cette fille l'agaçait. Cette conversation l'agaçait.

— Oui, mais pas seulement. Il y avait les flammes aussi. Vous aviez déjà vu des flammes aussi grosses, vous ?

Denis se rappela surtout la panique qu'il avait éprouvée.

—Vous êtes le premier à qui j'en parle. Je n'ai rien dit à mon amie, hier soir. Je ne sais pas pourquoi. Peut-être que c'est parce que vous y étiez, que vous avez vécu la même chose, qu'on l'a un peu partagée, en fait.

Mais qui était cette folle? Elle ne le regardait même pas en face, elle avait les yeux baissés mais pas sûr qu'elle regardait le sol non plus. Elle était ailleurs, sans doute un peu perchée.

—Écoutez, je n'ai pas envie d'en causer, OK?

Le ton était sec, direct, mais elle ne le remarqua pas.

—Je n'ai pas besoin de savoir grand-chose. Je m'intéresse surtout aux sensations, aux impressions. J'essaie surtout de comprendre.

Il souffla. Le faisait-elle exprès?

—Je ne veux pas en causer, OK? Ni avec vous, ni avec personne! Alors, foutez-moi la paix!

Elle fit un petit mouvement de recul.

—Maintenant si vous voulez bien. Voici vos huîtres.

Elle prit la poche qu'il lui tendait et le paya. Ensuite, elle resta plantée là pendant un moment.

—Vous connaissiez l'homme qu'on a retrouvé dans les décombres, n'est-ce pas?

Denis dut se contenir. Il avait envie de lui crier dessus. La boulangerie était pleine. Il ne pouvait pas. Pourtant, c'était inutile. Denis n'arriva pas à dissimuler ses émotions. Le regard, le visage qu'il affichait valaient tous les discours. La jeune femme en resta bouche bé.

—Je suis désolée…je viens juste de l'apprendre, je n'avais pas fait le…Je suis désolée.

Elle partit à vive allure. Denis l'avait-il blessée ?

—Bah, tant pis pour elle, se dit-il. Elle l'a bien cherché.

Il eut cependant l'impression étrange que ce n'était pas la dernière fois qu'il la voyait.

- 15 -

L'appart' était vide. Tant mieux. Elle n'aurait pas pu supporter une confrontation familiale, même des plus courtoises. Elle avait besoin de calme, elle avait besoin d'une douche, non, elle savait très bien de quoi elle avait besoin.

— Raaaaah, poussa-t-elle pour elle-même.

Elle se rappela l'époque où elle pouvait passer à sa planque, où faire des détours était sa façon de survivre. Dès que son père s'était mis à la surveiller de très près, elle avait pris l'habitude de cacher ailleurs qu'à l'appartement tout son matériel sensible, herbe y compris. C'était un petit trou sous la passerelle Eiffel qui mène à l'observatoire. Par prudence, elle n'y laissait jamais grand-chose, préférant se rationner que de multiplier les allées et venues ou de risquer un vol qui l'aurait mise sur la paille. Elle n'avait jamais parlé de ça à personne, c'était son coin à elle, son havre de paix. Elle soupira à l'idée qu'elle n'y avait plus été depuis dix-huit mois. Autant dire une éternité. Elle se demanda si elle y était encore, si la poche plastique était bien hermétique et si les feuilles n'avaient pas séché, si un lycéen en pleine journée off n'était pas tombé dessus par hasard.

Pour le reste, données personnelles par exemple, Allan lui avait montré comment faire, comment enfouir les secrets. Son ordinateur était donc devenu une belle façade, un pavillon de banlieue dont personne ne soupçonnait les vilaines choses qui se tramaient à la cave. Bien entendu, une telle protection n'aurait pas pu résister plus de dix minutes à un expert en informatique mais son père ne l'était pas. Il était plutôt du genre à exploser les ordinateurs en les balançant par la fenêtre.

Elle jeta sur son lit le téléphone portable qu'elle venait de s'acheter. Le vendeur l'avait regardée bizarrement. C'est vrai qu'avec la prolifération des forfaits sans engagement, il ne devait plus en vendre beaucoup mais un prépayé avait l'avantage de pouvoir s'acheter sans donner ses coordonnées. Il n'avait pas encore sonné. Elle l'avait mis en marche il y a presque deux heures, à peine sortie de la boutique et avait envoyé avec un SMS à Hub. Il devait se charger de le communiquer à ce mystérieux David qui devait ensuite la contacter. Sauf que le téléphone ne sonnait pas.

Dehors, l'enquête avait commencé. Ils avaient sûrement fait venir des gens de Bordeaux. Avec un cadavre, ils mettaient les grands moyens. Ils ne tarderaient pas à commencer les interrogatoires, après ce n'était qu'une question de temps pour qu'ils arrivent jusqu'à elle. Ça, elle ne pouvait pas l'empêcher. Qui la balancerait en premier? Tom? Alexa? Éva? Ce serait sûrement cette poufiasse d'Éva. Elle n'avait jamais pu blairer Maud et c'était encore pire depuis l'histoire des pourboires.

Les flics viendraient et si ce foutu téléphone n'avait pas sonné… Elle le prit, vérifia le réseau, le volume de la sonnerie et le reposa sur le lit. Est-ce que David la faisait mariner exprès ?

Elle décida d'aller prendre une douche. Elle emporta le téléphone et le posa sur le réservoir des toilettes, bien en vue. Elle ne pouvait pas le manquer. Elle quitta enfin ses habits qu'elle portait depuis la veille. Une odeur de sueur, de clopes et d'alcool se dégagea. L'odeur de la nuit. Elle se glissa dans la douche et ouvrit à fond le robinet d'eau froide. Elle ne sursauta pas. Elle laissa l'eau couler le long de sa peau, ses cheveux alourdis lui couvrant le visage. Elle appuya sa main sur le mur et se courba légèrement. L'eau lui frappa la nuque, glissa sur son dos. Elle aurait voulu s'échapper, revenir à la soirée d'hier, avant que tout n'empire mais elle savait depuis longtemps que sa douche n'avait pas ce pouvoir-là.

Elle se redressa d'un coup et jeta un œil vers le téléphone. Elle avait failli l'oublier. Toujours rien. Elle rajouta de l'eau chaude et prit le savon de Marseille.

Elle regagna sa chambre quelques minutes plus tard vêtue d'une simple serviette. Elle posa le téléphone sur le lit et s'y allongea. Bientôt midi. Ils allaient rentrer. Elle ne tenait pas à avoir cette conversation téléphonique avec sa famille dans la pièce à côté. Elle fixa le plafond blanc de longues minutes pour empêcher son imagination de vagabonder.

Enfin, le téléphone sonna.

— Allô ? Dit-elle en essayant de cacher sa précipitation.

— Tu vas écouter ce que j'ai à dire. Tu me laisses parler, tu ne m'interromps pas. Quand j'ai fini ma phrase, tu comptes trois secondes dans ta tête et à ce moment-là, à ce moment-là seulement, tu peux parler à ton tour. Si tu as compris ce que je viens de dire tu dis « compris ». Compris ?

Maud frissonna. Sa voix était lourde. Il mettait du poids dans ses mots comme si chaque lettre était un clou qu'il enfonçait d'un seul coup de marteau.

— Compris, dit-elle après trois secondes.

— Bien. Tu as besoin de quoi ?

Un… deux… trois.

Devait-elle attendre même après une question ?

— D'un alibi.

— Je suis un alibi. Sois plus précise, ne me fais pas perdre mon temps.

— Mais c'est vous qui m'imposez ces trois secondes d'attente ! Faillit-elle dire avant de se raviser.

Un… deux… trois.

Elle se sentait déstabilisée. Elle eut peur que la conversation prenne une tournure encore plus désagréable.

— L'incendie du port…

Il la coupa.

— Quel port ?

— Celui de La Teste, répondit-elle par réflexe.

Elle se rendit alors compte qu'elle n'avait pas respecté le délai d'attente. Il y eut un silence, un long silence. On n'entendit que la respiration du mystérieux David. Celle de Maud se retenait. Elle pensa avoir tout gâché. Elle craignit sa colère.

—Qui te dit que je suis de La Teste ou même des environs ?

Un…deux…trois.

Devait-elle répondre ? Ne rien dire ? N'était-ce pas une de ces questions qui n'attendent aucune réponse ?

—Rien.

—Deux cabanes brûlées. Un cadavre.

Et alors ?

Un…deux…trois.

Était-elle en train de faire une connerie ? Elle s'apprêtait à confier son avenir à un inconnu bizarre, probablement dangereux. Plus dangereux, peut-être, que tous ceux qu'elle avait pu rencontrer jusqu'ici.

—Les flic vont venir m'interroger, dit-elle comme poussée par ce petit jeu pervers. J'ai un alibi pour toute la soirée sauf…

—C'est quoi, ton alibi ?

Un…deux…trois.

Elle n'avait rien contre ceux qui l'interrompaient d'habitude mais David l'agaçait, la poussait à bout. Il menait surtout la conversation comme il le voulait et ça, ça craignait. C'était la nature même du pouvoir. Décider où allait une conversation et quand elle devait se terminer. Maud n'était qu'un pion, un yo-yo suspendu au bout de son fil.

—Je bossais.

—Des témoins ?

Un…deux…trois.

Elle voulait répondre du tac-au-tac. Ce rythme était impossible. C'était voulu, sans aucun doute. Il voulait lui montrer qu'il était au-dessus d'elle. Elle était venue le chercher, elle lui demandait un service, il pouvait en profiter. Cette conversation allait s'éterniser.

—Des tas. Je suis barmaid.

—Quel genre de bar? Sexy? Tu te fous à poil?

Elle se redressa d'un coup sur son lit, regarda par la fenêtre. La rue était tranquille comme toujours. Impossible que David soit là à la regarder, impossible qu'il sache qu'elle était presque nue. Alors, c'était quoi cette impression malsaine de se sentir observée?

Un...deux...trois.

—Bar de surfeurs. Sushis et burgers, dit-elle en économisant ses mots pour mieux cacher son trouble.

—Surfeurs et sushis. OK.

Un...deux...trois.

Que se passait-il? Pourquoi frémissait-elle comme ça? D'où appelait-il? Que lui avait dit Hub? Contrairement à tous les hackers avec qui elle avait été un jour en contact, lui savait son nom, connaissait son visage. Elle ne l'avait cependant jamais invité chez elle, n'avait jamais mentionné son adresse. Mais ce n'était pas le genre de détails qui arrêtaient Hub.

—Je me suis absentée pendant la soirée. Quinze minutes.

—Pourquoi?

Un...deux...trois.

Au creux de l'oreille, son instinct lui hurla « Danger ».

— J'ai des migraines chroniques. Y'a que le noir et le silence qui me calment. Alors je me suis enfermée aux toilettes.

Il y eut un temps mort. Encore sa respiration profonde, brute, primale. Maud tremblait. C'était comme s'il se trouvait derrière elle, juste contre sa nuque.

— Et l'incendie s'est déclaré.

Un…deux…trois.

Il n'avait pas demandé où se trouvait le bar. Sûrement avait-il deviné.

— Oui.

— Bien. Tu es allée aux toilettes parce que tu étais avec moi.

Maud faillit s'indigner. Elle était offusquée. Depuis qu'elle bossait au Waimea, elle n'avait jamais répondu à une seule avance de client — et il y en avait eu des tas — alors de là à imaginer que…

Un…deux…trois.

— Compris, se força-t-elle à répondre.

— Tu m'as servi une bière. À la pression. Je n'aime pas les boire à la bouteille. Ensuite, on s'est isolés toi et moi. On s'est fait plaisir aux toilettes. T'es ressortie la première. T'as repris ton poste comme si de rien n'était.

C'était abject. Tout ce plan l'horrifiait. Ce n'était tellement pas elle. Mais c'était tellement… crédible. Oui, elle aurait très bien pu faire ça. Aucun barman ne faisait attention aux clients des autres. On comptait trop sur les pourboires. Avec la foule de la veille, elle aurait très bien pu s'éclipser sans que personne ne la voie. Comme elle était de deux équipes à la fois, les barmen auraient très bien pu penser qu'elle était retournée au service en salle. Non, ce plan se tenait. Il la faisait passer pour une fille facile mais il se tenait.

— Compris, dit-elle après un temps beaucoup trop long.

— Tu diras mon prénom aux flics, reprit-il sans lui faire de remarque. Tu leur donneras aussi mon numéro. Toi, t'es une petite allumeuse, tu ne m'as pas laissé le tien.

Un…deux…trois.

— Compris, dit-elle sans s'offusquer.

Il raccrocha.

Maud eut quelques secondes de doute. Elle n'entendait plus sa respiration. Elle regarda le téléphone et le jeta sur le lit comme s'il était couvert de germes. Elle respirait fort, de manière saccadée. Elle avait envie de hurler mais son cri restait coincé au fond de sa gorge. Elle doutait, elle perdait pied. Elle se recroquevilla, prit une position fœtale. Elle aurait tant aimé qu'Allan soit encore là. Elle essaya de se calmer, de retrouver son souffle. Elle se força à penser à autre chose, à des trucs funs, à des trucs bizarres, barrés. Elle avait envie de reprendre une douche.

– 16 –

Pio avait pu prendre le temps de manger et même celui d'une promenade digestive. Son équipe était passée le ramasser tandis qu'il longeait le port.

C'était Jonathan Rageot qui conduisait, comme d'habitude. À vrai dire, Pio n'avait jamais vu quelqu'un d'autre conduire. Il n'avait même jamais vu John assis à la place du passager. Il avait la conduite dans le sang. Enfin, la vitesse plutôt. Ancien pilote de rallye, record d'Europe de vitesse sur piste, il n'avait jamais eu d'accident, il n'avait jamais été semé. C'était un homme tout feu tout flamme qui préférait foncer avant de réfléchir mais à qui Pio aurait volontiers confié sa vie. Il l'avait d'ailleurs choisi pour partenaire et l'accompagnait dans la plupart de ses déplacements.

À la place du mort, celui qui ne regardait pas la route mais se concentrait sur son ordinateur, c'était Franck Lexovitch. Celui-là était peut-être plus intelligent que tous les autres réunis. Peut-être. Il avait une connaissance des ordinateurs qui dépassait l'entendement. Pio n'était pas vraiment ce qu'on peut appeler un homme 2.0 mais savait se servir de son PC. Même si à son grand dam, il n'arrivait pas à taper autrement qu'avec deux doigts.

Franck, ou Flexo comme il était parfois appelé par John, n'imaginait même pas qu'il emprunterait un jour cette voie professionnelle. C'était Pio qui l'avait rencontré un peu par hasard et qui fasciné par ses talents l'avait convaincu de le rejoindre. Il se félicitait chaque jour. Il n'y avait aucun problème informatique qu'il ne sache résoudre.

À l'arrière, Pio aurait pu se croire tout seul. Parce que pour dire les choses simplement, il voyageait avec la femme invisible. Non pas parce qu'il avait la carrure d'une armoire normande et elle d'une linguine mais parce que Jeannette Tampe était de celles qu'on ne remarquait pas. Elle ne parlait pas pour ne rien dire, elle ne parlait même pas quand elle avait quelque chose à dire. La première fois que Pio l'avait vue, après cinq minutes d'entretien où elle n'avait pas ouvert la bouche, il s'était même demandé si elle était muette. Elle ne l'était pas, il le savait à présent, mais peut-être que par peur de le devenir, elle économisait ses mots. Pour ne rien arranger, physiquement, elle était plutôt fade. Elle avait de longs cheveux d'une couleur indéterminée, banale, qu'elle ne coiffait pas, très raides. Elle s'habillait mal, pas comme un sac, non, mais elle était mal fagotée. Elle avait un sobriquet assez cruel au SRPJ, on la surnommait « le ficus ». Était-elle au courant ? Pio se le demandait parfois. Il était cependant persuadé que Jeannette était le genre de personne qui se fichait de ce genre de choses. Elle se mêlait peu aux autres, ne mangeait jamais avec ses collègues, ne fréquentait personne, ne semblait pas avoir de vie sociale. En fait, on ignorait absolument tout de sa vie privée. Sa carrière en souffrait forcément. Comment distinguer quelqu'un que l'on ne voit pas ?

Elle était pourtant un membre essentiel du groupe. Pio avait su faire bon usage de son talent particulier. Jeannette était une experte en filature. Elle pouvait suivre un suspect pendant des heures, pendant des jours, sans jamais être repérée. Elle était Madame Tout-le-monde et Madame Tout-le-monde ne filait pas les criminels : elle se trouvait là par hasard.

Jonathan Rageot gara la voiture dans le parking du commissariat.

Le commissaire Garenni était de ces types tellement enfoncés dans leur bureau que l'on se demandait s'ils n'étaient pas là avant et que l'on avait construit l'immeuble autour. Qu'il ne se lève pas pour accueillir Pio Wojceikowski, lieutenant au SRPJ, mandaté par le procureur, pouvait passer pour une énième rengaine de la guerre des polices, chacun chez soi et le poulailler sera bien gardé. Pourtant, il n'en était rien. Si Simone Garenni ne s'était pas levé, c'était pour une toute autre raison : il s'était payé une bonne grosse flemme. Certains cherchaient à faire carrière pour la gloire et les honneurs, d'autres pour le fric et d'autres enfin parce que c'était le chemin le plus logique. Mais pas Simone Garenni. Lui, il s'était empressé de gravir les échelons parce qu'il voulait avoir son propre bureau pour poser les photos de ses gosses dans une pièce qui ferme et avec des murs opaques pour y accrocher son trophée de pêche. Maintenant qu'il y était, il aurait fallu être une sacrée tête brûlée pour essayer de l'en déloger ou alors être muni d'une boule de démolition.

En entrant dans son bureau, Pio sut d'emblée que c'était mal parti. L'ex-rugbyman avait un genre de sixième sens pour cela. Son superpouvoir, c'était de prévoir les difficultés avant qu'elles ne se pointent. Une sorte de précognition à emmerdes. Et là, l'aiguille de son compteur était dans le rouge, le cramoisi même.

— C'est vous le SRPJ ? Demanda le commissaire Garenni sans se lever.

— C'est moi.

— Vous êtes combien ? On m'a dit quatre.

— On est quatre.

— Mes hommes vous ont montré où vous installer ?

— Les miens s'en occupent.

— Bien, bien, bien.

Garenni observa Pio. Pio observa Garenni. Ils se ressemblaient un peu. La bouille ronde, la carrure de déménageur rendant impossible toute interaction entre eux dans un couloir. Pio avait presque gardé sa silhouette d'athlète, son ventre s'était un peu brioché c'est sûr mais il ressemblait toujours à une armoire normande. Le genre d'armoire normande capable, quelques années plus tôt, d'aplatir un pilier adverse même s'il n'avait pas le ballon. À l'inverse, le gras qu'il ne manquerait pas de faire un jour ou l'autre, Garenni l'avait déjà fait, lui. Et pas besoin de soulever sa chemise pour s'en rendre compte. Il suffisait de regarder ses yeux, surtout les poches et le teint rouge qui ne devait rien au soleil. Pio se demanda s'il finirait comme ça.

— Vous avez des questions ?

— Pas pour le moment. J'ai besoin de tous vos rapports, évidemment.

— Vous les avez.

— Bien.

Ça s'était mieux passé que prévu, se dit Pio en sortant du bureau. Il rejoignit ensuite son équipe affairée à déballer leur équipement dans une salle mise à leur disposition. Une sorte de cagibi en plus grand, avec une seule fenêtre, minuscule et bien trop haute pour espérer y jeter un œil. C'était à s'y méprendre une salle d'interrogatoire. Il ne manquait plus que les bottins.

— Vous allez rapidement bouffer, après on se met au taf direct. Moi, j'ai déjà pris des huîtres.

— J'ai vu une sorte de snack en arrivant, proposa Rageot. Ça tente quelqu'un un panini ?

— Comme tu voudras, répondit Lexovitch sans le regarder, trop occupé qu'il était à tirer les câbles de ses ordinateurs.

Jeannette se contenta de faire un mouvement de tête presque imperceptible.

— Trois paninis qui marchent, lança John d'un ton désabusé.

Le téléphone de Pio sonna.

— Lieutenant ? Garenni à l'appareil.

— Commissaire ? S'étonna Pio.

Apparemment, il n'avait pas voulu se lever de son bureau.

— Vous avez quelque chose de prévu ce midi ? Bah, annulez tout. On va se manger un truc ensemble. C'est le proc qui invite.

L'espace d'un instant, Pio eut l'image d'un sandwiche rillettes-cornichons avalé sur un coin du bureau de Garenni.

— Entendu. Je vous rejoins maintenant ?

— Oui.

Le commissaire raccrocha. Pio prit un instant pour jauger la situation.

— Bien, dit-il enfin. Changement de programme. Je mange avec le procureur.

Les trois inspecteurs s'échangèrent des regards curieux.

— Ce n'est pas habituel, dit John.

— Non. À vrai dire, je ne pensais même pas qu'il était encore sur le Bassin.

Pio resta songeur. Il écrivit sa pensée sur son carnet.

— Bon, vous attaquez le boulot le plus rapidement possible. Priorité numéro un : découvrir si l'incendie est accidentel ou non. Priorité numéro deux : vous récupérez tous les dossiers et vous les apprenez par cœur. Quand je rentre, je veux des avancées et que chacun puisse me faire un cours magistral sur ce cas.

— Bien, chef, répondirent Lexovitch et Rageot.

Pio sortit puis rentra un instant plus tard.

— Ah oui ! Et que l'un d'entre vous me trouve des infos sur les huîtres aux stéroïdes.

— Les… ? Demanda Rageot.

Mais Pio était déjà sorti, se dirigeant à grands pas vers le bureau de Garenni. Avec une douzaine d'huîtres dans l'estomac, il mangerait sans appétit mais quelque chose lui disait que ce repas ne manquerait pas de saveur pour autant.

– 17 –

Camille n'en menait pas large. Elle s'en voulait et s'en voulait même de s'en vouloir. Qu'est-ce qui lui avait pris de s'adresser à cet ostréiculteur comme ça ? Le cadavre retrouvé dans les décombres était peut-être un parent à lui, un ami et elle, elle faisait sa fouineuse. C'était pire que du mauvais journalisme, c'était racoleur, c'était obscène. Non, vraiment, Camille s'en voulait. Ça ne lui ressemblait pas. Elle était désappointée. Elle était même un peu furibarde. Elle avait manqué de tout et surtout de politesse.

Elle refit le chemin en sens inverse. Le parc, la rivière, les chaussures, le jardin.

Sophie était au téléphone, sa cigarette électronique à la bouche. Lorsqu'elle vit Camille, elle s'empressa de raccrocher.

— Tu sais que j'ai un portail côté rue, aussi? Ria-t-elle.

—Je ne savais même pas qu'il y avait une rue ! Tiens, j'ai apporté le petit-déj et des huîtres.

— Ah ! Si tu me fais ça tous les jours, je te garde !

La veille, Camille avait raconté sa soirée à Sophie. Elle était à la rue, dans tous les sens du terme. Son amie lui avait proposé de rester quelques jours, le temps de se retourner. En rougissant, elle avait accepté.

Elles prirent le petit déjeuner dehors, sur des poufs et une table basse en palettes. Sophie adorait la récup et ce genre de trucs. Elle avait même sa propre asso de recyclage.

— T'as l'air préoccupée, Camille. Ton Maxence, encore ?

— Ce n'est plus mon Maxence. Enfin, en tout cas, moi, je ne suis plus sa Camille. Non, ce n'est pas lui. J'ai totalement dépassé les bornes avec un ostréiculteur.

— Quand ça ?

— Là, à l'instant. Il vendait ses huîtres devant la boulangerie.

— Ah oui, je le vois. Un jeune, plutôt pas mal.

— Moui, peut-être.

— Et alors, t'as fait quoi ? Tu lui as dit que ses huîtres étaient si dégueulasses que même les rats n'en voulaient pas ?

— Oh, charogne ! Non, quand même pas ! Non, j'ai fait mon Voici. Je lui ai posé des questions directes et sans complaisance.

— Aïe. Il t'a rembarrée ?

— Oui. Et il a bien fait. J'ai été odieuse. Ah, je m'en veux. Et je me trouve conne.

— Carrément ! Ricana Sophie. Allez, ce n'est pas bien grave. C'est juste que tu devais être la vingtième depuis le début de la journée à lui poser des questions sur l'incendie. Il en a eu marre et t'as pris pour les autres.

— Tu crois ?

—Mais oui ! Pourquoi tu lui as posé des questions d'ailleurs ?

—J'ai envie de savoir.

—Savoir quoi ?

—La vérité.

—C'est juste un incendie de cabane, tu sais. Si ça se trouve, c'est un mégot égaré.

Camille réfléchit un instant. C'est vrai que jusque-là, elle n'avait pas envisagé l'hypothèse de l'accident bête dans sa petite tête. Elle s'était immédiatement imaginé un criminel endurci, machiavélique incendiaire, comme on en voit dans les mauvais films, ricanant à la lune. Pas un simple mégot. La cigarette était aussi un criminel de masse, endurci, machiavélique mais ça avait quand même moins de classe.

Devant la mine soudainement déconfite de son amie, Sophie décida de prendre les choses en main. Elle rentra et revint deux minutes plus tard avec son mac air.

—Si tu veux enquêter, Camille, faut que tu t'adaptes. Les investigations, maintenant, elles se font sur Google.

Sophie ouvrit le célèbre moteur de recherche et tapa « incendie cabanes ostréicoles ».

—Ah bah, tiens ! Y'a plein de résultats. Il y a même une vidéo !

Sophie orienta l'ordinateur de façon à ce qu'elles puissent voir toutes les deux.

C'était une vidéo de l'incendie, prise sans doute dès les premières minutes. Fait curieux, elle semblait avoir été captée du même angle de vue que celui de Camille, comme si le vidéaste s'était trouvé juste à côté d'elle et ce, pendant toute la durée de l'incendie. Elle n'avait rien remarqué. La vidéo provoqua chez elle des sensations étranges, inattendues. C'était comme un écho lointain, comme si les flammes dansaient dans sa tête, dans son cœur et pas sur l'écran. Elle en sentit même la chaleur.

Immédiatement, Camille la visionna une nouvelle fois, puis une autre et une autre encore. Très vite, cela devint comme une drogue. Elle ne pouvait plus s'en passer. Elle en avait besoin. Et à force, elle fit une découverte.

Elle appela Sophie qui était affalée sur un canapé du salon, désintéressée depuis longtemps du sujet. Camille lança une nouvelle fois la vidéo, attendit l'instant précis puis montra du doigt les ombres qu'elle avait aperçues.

— On dirait deux personnes, suggéra Sophie.

— C'est deux personnes, assura Camille. Elles fuient le port.

— Bah, normal, non ?

— Ça, c'est normal, oui. Par contre, pourquoi est-ce qu'elles fuient par-là ? Franchement, il y a quoi de ce côté-là ?

— Les prés salés, puis le Bassin.

— Pas le meilleur endroit pour fuir.

— Pas vraiment.

— Alors que de l'autre côté, il y a la route, les pompiers, la sécurité.

— Oui, t'as raison, c'est curieux.

— C'est plus que curieux, c'est suspect.

Sophie sortit sa cigarette électronique et vapota quelques secondes.

— Ça ne veut peut-être rien dire. Ils ont peut-être paniqué. La peur nous fait faire des trucs dingues.

— Peut-être. Mais c'est une piste qu'il faut creuser.

— T'es décidée alors ? Tu te lances dans cette enquête ?

— Oui, je m'y sens obligée.

Sophie fit quelques pas dans le jardin, vapota encore puis revint vers la table.

— Bon, il faut que tu commences par identifier ces deux personnes. Ça ne va pas être simple, je te le garantis. On va voir si on peut trouver de quoi améliorer cette vidéo sur internet.

Camille laissa faire son amie. Tout en la regardant, elle sourit une nouvelle fois de ce hasard qui, décidément, faisait bien les choses.

– 18 –

Ce n'était pas le bureau de Garenni, c'était un restaurant avec vue en plein milieu du port d'Arcachon. Il arrivait donc au commissaire de se lever de sa chaise même si c'était pour poser ses fesses sur une autre.

Pio et lui avaient effectué le trajet ensemble, trajet durant lequel ils n'avaient échangé que deux mots ou trois. Le procureur les attendait devant La Niña. Il fumait une cigarette.

—Ah, ah! Ricana Garenni. Privilège de la fonction que de faire poireauter un proc.

L'échange de mains fut cordial, sans plus. Jean-Vincent Bruneau écrasa sa cigarette dans une grosse jarre pleine de sable qui faisait office de cendrier et les trois hommes empruntèrent l'escalier. La salle du restaurant était à l'étage offrant une vue dégagée sur le Bassin. C'était un lieu privilégié à la fois des touristes et des locaux. Pio n'y avait dîné qu'à une seule occasion, le soir où son équipe avait gagné la coupe de la ligue. Il avait d'ailleurs généreusement dégueulassé les toilettes et ressentit un léger frisson à l'idée qu'on le reconnaisse.

On les plaça à une bonne table, sur la terrasse, loin des familles, à proximité d'un couple de septuagénaires qui mangeaient peu et causaient encore moins. Carte en main, Pio se demanda s'il devait prendre quelque chose de léger ou au contraire en profiter, se faire un gueuleton d'enfer au risque d'être malade. Après tout, c'était bien la première fois que le procureur l'invitait au restaurant.

Il connaissait Bruneau pour l'avoir croisé plusieurs fois sur plusieurs affaires. C'était un homme cultivé, bien plus cultivé que Pio, qui s'habillait élégamment, propre sur lui. Il avait les ongles aussi nickels que ses chaussures. Il était intelligent et efficace. Il aimait surtout user de son intelligence et de sa culture, c'était comme une sorte de sport. Par exemple, il était la seule personne que Pio connaissait qui prononçait bien Wojceikowski. Les gens disaient plutôt Wjozé, Woché, Wossé ou même carrément Wochechoski. Bruneau le prononçait à la perfection avec l'accent adéquat, travaillé et il en était si fier qu'il ne ratait pas une occasion de le nommer à haute voix. D'habitude, les gens se débrouillaient pour ne pas le faire.

— Bah, je vais me prendre une bonne assiette de moules au vin blanc, lança Garenni, tout joyeux.

— Faites, répondit Bruneau sans lever les yeux de la carte. Et vous, Wojceikowski ? Prenez ce que vous voulez.

— De la raie.

— Pardon ?

— Je vais prendre de la raie.

Et une fois une moule, une frite, une raie, une loubine, un entre-deux mers servis, tandis que Garenni se plongeait littéralement dans son assiette, Pio faisait mine de s'intéresser à la sienne. Il sentait peser sur lui le regard profond du procureur. Il fit comme on lui avait appris : Pour Bruneau, il attendit qu'il prenne la parole le premier. Pour la raie, il défit délicatement la chair avec sa fourchette à poisson.

Pendant un moment, on n'entendit que le cri des mouettes et les déglutitions de Garenni qui se confondaient parfois. Bruneau se servit un verre de vin.

—Vous en pensez quoi de cette affaire, lieutenant Wojceikowski ?

—Rien pour le moment, monsieur. Un bête incendie.

—C'est-à-dire ?

—Que je viens à peine d'arriver et que pour l'instant, ça ressemble à un incendie d'une cabane en bois avec un pauvre type à l'intérieur.

Pio feignait la désinvolture mais il y avait déjà deux, trois petits riens qui titillaient son attention.

—J'aimerais que vous preniez cette affaire un peu plus au sérieux, lieutenant Wojceikowski.

—Je lui réserve la même attention que pour n'importe quelle affaire, monsieur. Soyez-en assuré. Vous m'avez demandé ce que j'en pense : à première vue, ça ressemble à un bête incendie.

Le procureur esquissa une moue insatisfaite.

—Votre avis, Garenni ?

Avant de répondre, le commissaire fit comme ces gens-là, un grand slurp.

—Pareil, monsieur le procureur. Un bête incendie. Vous savez, ce n'est pas rare les incendies de cabane ostréicole. Faut pas oublier qu'elles sont presque entièrement en bois.

La réponse fit sourire Pio. Il sentait que quelque chose tracassait Jean-Vincent Bruneau et la désinvolture de ses deux interlocuteurs devait l'exaspérer.

Garenni les laissa parler un moment. Il se concentrait sur son assiette. Il en était arrivé à ce moment où les moules vides prennent trop de place dans l'assiette et où l'on ne sait plus quoi en faire. En grand habitué des tables qu'il semblait être, Pio se dit qu'il trouverait rapidement une solution.

— Vous savez qui était l'homme retrouvé dans les décombres, commissaire ?

— Oui, lieutenant, répondit l'intéressé, des frites plein la bouche. Tout le monde au port sait qui c'était. C'était le Sénateur !

Pio faillit s'étrangler.

— Un sénateur ? Mais qu'est-ce que vous me chantez là ?

Garenni leva sa fourchette mais ses yeux restèrent tournés vers son assiette.

—Je n'ai pas dit « un », j'ai dit « le ». Le Sénateur. C'était une espèce d'activiste, d'écolo-machin-truc. Le genre qui veut tout faire à l'ancienne mais qui a quand même un bateau à moteur. Voyez le genre ?

— Pas trop, non, admit Pio.

— Mais le type qui va cracher dans la soupe, quoi ! Qui va te dire que les mailles des poches à huîtres ne sont pas biodégradables, qu'il faut interdire les collecteurs en plastique parce que les poissons les bouffent ou qu'on les retrouve échoués sur la plage.

Pio jeta un œil vers Bruneau. Il ne quittait pas Garenni des yeux, semblait agacé, presque écœuré.

— Et pourquoi on le surnommait le Sénateur ?

— Parce qu'il s'opposait à pas mal de trucs, qu'il gueulait plus fort que les autres. Il était politisé, quoi.

Pio crut entendre Bruneau pousser un soupir presque imperceptible. Le discours de Garenni produisait vraisemblablement un curieux effet sur lui. Est-ce que c'était par son contenu ou parce qu'il était prononcé la bouche pleine ?

— Tiens, demandez à Pujol-Barreyre ce qu'il en pense, conclut Garenni après avoir gracieusement souillé sa serviette.

— Qui ça ?

— Pierre Pujol-Barreyre, intervint le procureur voyant sans doute que la bouche du commissaire était déjà à nouveau occupée. Un important entrepreneur. Vous devez le connaître : il a plusieurs chantiers en cours sur Bordeaux.

— Oui, je vois à peu près, dit Pio après une courte réflexion. Qu'est-ce qu'il vient faire dans cette histoire ?

— Ils ne pouvaient pas s'encadrer le Sénateur et lui ! Lança Garenni. Dès que Pujol-Barreyre entreprenait un truc, le Sénateur s'interposait, invoquait l'environnement. Ah, ça, il y avait de l'environnement partout !

— Et les projets n'aboutissaient pas ?

— La plupart du temps, si, heureusement. Mais avec beaucoup de retard et une très mauvaise publicité. Après, il y en a bien eu un ou deux qui ne se sont jamais faits. Ça l'a mis dans un de ces états le Pujol-Barreyre. Et puis, il y a la rumeur aussi.

— La rumeur ?

— Oui. Parait qu'il y a des nuages au paradis comme on dit. Pujol-Barreyre serait au bord de la faillite.

— Ce ne sont que des racontars, commissaire, assura Bruneau.

— C'est bien pour ça que j'ai parlé de rumeurs.

— Mais l'important n'est pas là. Pujol-Barreyre est la plus grosse entreprise du Bassin d'Arcachon. Peut-être même de Gironde. Alors, il ne faut pas accuser son PDG à la légère.

Tandis que Bruneau déclamait d'une voix douce et posée l'exposé qu'il avait préparé — de ça Pio n'en doutait pas une seconde, il connaissait trop bien l'animal — il observa Garenni. Ce type était un répulsif naturel. Une publicité idéale pour les régimes les plus contraignants, une infraction à toutes les règles de l'hygiène. S'il n'y avait pas eu ce petit dégoût produit par cette bouche ouverte, le bruit des mandibules, il aurait pu le regarder pendant des heures comme on reste sans voix devant un documentaire animalier même au beau milieu de la nuit.

Bruneau but une gorgée de vin. Pio réfléchit quelques instants à l'exposé qu'il venait de prononcer.

— Ça vous a plu ? Demanda le serveur.

— Beaucoup, répondit le commissaire. Mais ce n'est pas assez copieux. J'en aurais bien avalé le double, non le triple !

Et il vida cul sec son verre de vin. Pio réalisa qu'il avait à peine touché au sien, tout comme le procureur. La bouteille, elle, était presque vide.

— Du coup, je vous apporte la carte des desserts ?

— Messieurs, déclara Bruneau, je vous propose que nous le sautions et que nous passions directement au café. Nous avons tous du travail.

Le commissaire tira une tête de dix pieds de long.

— Ah bon ? Tenta le serveur. C'est dommage, le dessert du jour, ce sont des cannelés gourmands.

— Et c'est quoi ça, des cannelés gourmands ?

— Ce sont des cannelés remplis de glace et de crème chocolat, le tout accompagné de crème chantilly. Maison, bien entendu.

Le regard du commissaire Garenni s'alluma comme celui de Colomb découvrant le Nouveau Monde.

— Je vais en prendre un. Ce serait un crime de rater ça. Après tout, c'est notre rôle d'empêcher les crimes.

Le procureur parut furibard. Pio, qui se serait bien laissé tenter également, demanda finalement un café.

— Donc, si la piste criminelle est avérée, dit-il poursuivant la conversation là où elle s'était arrêtée, vous pensez que Pujol-Barreyre est dans le coup ?

— Ce serait un peu trop tiré par les cheveux, à mon avis, répondit Bruneau. Nous ne sommes pas au cinéma.

— Aucune piste n'est à exclure.

— Évidemment, lieutenant mais le Sénateur faisait chier pas mal de monde et pas que Pujol-Barreyre. Faut aimer les couteaux dans le dos quand on fait de la politique. Aaaaah !

Le serveur revenait avec un cannelé gourmand et deux cafés.

— Vous pensez toujours que c'est un bête incendie, lieutenant Wojceikowski ?

— À deuxième vue, non, ironisa-t-il.

— Je réitère donc ma demande de traiter cette affaire avec tout le sérieux nécessaire.

— C'est déjà le cas, monsieur le procureur. Tandis que nous déjeunons tranquillement, mes hommes sont sur le pied de guerre. Et je ne doute pas un seul instant qu'ils aient déjà fait des découvertes.

Le repas achevé, le commissaire Garenni eut du mal à descendre l'escalier.

— Je vais conduire, proposa Pio.

— Je vais raccompagner le commissaire. Nous avons, lui et moi, des choses à nous dire, concernant une autre affaire. Vous n'avez qu'à prendre sa voiture pour rentrer. J'attends de vos nouvelles très vite, lieutenant Wojceikowski.

— Je vous appelle dès que j'ai du neuf.

Il regarda la voiture de Bruneau s'éloigner et décida de prendre cinq minutes pour marcher sur le port. Il se dirigea droit vers la croix des marins. Il y avait pas mal de monde, des plaisanciers surtout et des touristes qui photographiaient à tout va. Comme toujours quand il venait là, il jeta un œil à la station-service pour bateaux. Il avait toujours trouvé ça cocasse.

De l'autre côté du port, il aperçut une boutique d'articles de pêche et décida finalement de monter en voiture. Il pensa à Garenni. Curieux de se goinfrer autant devant un procureur. Curieux de se faire ramener, ivre, par lui. Curieux de se faire inviter par un procureur avant même que l'enquête ne commence. Curieuse enquête.

– 19 –

Elle ne pouvait pas s'empêcher de penser à lui. La douche, le repas, jouer au restaurant avec sa petite sœur, rien n'y avait fait. Maud s'éloignait sans cesse et sans cesse David revenait.

Un instant, elle pensa retourner chez Hub, lui demander plus d'explications mais le hacker aurait profité de la situation, de cet aveu de faiblesse. Elle devait se convaincre qu'elle avait engagé un professionnel et un professionnel finit toujours le travail pour lequel on le paie. L'endroit où elle l'avait rencontré n'avait cependant que très peu de points communs avec le *Bon Coin*. Il n'y avait pas de système de note pour évaluer ses services ni d'emplacement pour laisser un commentaire. David avait peut-être égorgé toutes ses anciennes clientes qu'elle devrait quand même s'en remettre à lui. À présent, ils étaient liés par un contrat qui n'existait pas, c'est à dire qu'on ne pouvait pas rompre.

Maud regrettait sa décision. Sa première idée, celle d'utiliser un client comme alibi était finalement meilleure. L'autre imbécile aux cosmopolitan qui l'avait draguée alors qu'il était en train de commander pour une autre fille aurait été parfait. Facile à manipuler, facile à faire chanter. Mais aucune garantie qu'il ne dégonfle pas au dernier moment devant les flics. David ne se dégonflerait pas, elle en était certaine. Il avait de l'expérience, cela se sentait. Il avait sûrement fait de la prison. Il avait mené la conversation comme il le voulait et vers où il le voulait, ce qui était la nature même du pouvoir. Il avait voulu la déstabiliser et il avait réussi. Punaise ! Il avait réussi.

Cependant, si on s'attachait uniquement à ce pour quoi Maud le payait, il fallait reconnaître que la prestation était satisfaisante. David lui avait trouvé un alibi et allait témoigner pour elle face à la police. Il leur dirait ce qu'ils voulaient entendre, ce qu'ils avaient besoin d'entendre. Il prendrait des risques énormes pour elle. Enfin, pour son argent surtout. Bien que Maud ait toujours des réticences sur le plan, honnête, elle reconnaissait qu'il fonctionnerait. Il s'adaptait parfaitement à la... Comme à l'aide d'un engrais chimiquement modifié, une idée germa à toute vitesse dans sa tête. Le plan collait très bien, il collait même très bien. Il était simple, très simple, il semblait honnête. Trop honnête pour être vrai. Pour l'inventer, il fallait avoir une bonne connaissance du bar et de son fonctionnement. Il fallait savoir qu'il y avait beaucoup de monde ce soir-là et surtout, surtout, il fallait connaître Maud.

Qui était-il alors ? Un gars du coin, c'était sûr. Un client régulier ? Le croisait-elle tous les jours ? Tous les soirs ? Si ça se trouve, il n'habitait pas loin.

Malgré son jeune âge, elle avait croisé bon nombre de gens dangereux. Des criminels, des fous, des torturés. Sans morale, sans pudeur, sans lendemain. Elle avait jusque-là réussi à les tenir à l'écart. Elle pensait toujours à sa propre sécurité avant de tenter quelque chose. Cette fois, c'était différent. Elle avait dû agir vite. Elle s'était mise en danger.

Elle avait cependant rencontré plus dangereux que David, s'était déjà retrouvée dans une situation plus alarmante. Alors que se passait-il ? Pourquoi les mots qu'il prononçait trouvaient un écho si vif en elle ? Ses sens étaient émoussés. Dix-huit mois hors-jeu. Elle s'était relâchée. Il ne fallait pas qu'elle se laisse aller au doute. Elle savait parfaitement ce que ça pouvait faire le doute comme dégâts quand on lui laissait les clefs. C'était une vraie saloperie qui faisait des ravages.

Elle devait se ressaisir, penser à autre chose. Elle avait élaboré un plan, à la dernière minute certes, sans prendre le soin de protéger suffisamment ses arrières mais il était trop tard. La machine était lancée. À présent, il fallait laisser faire. Comme au poker : payer pour voir.

Elle frissonnait. Depuis son appel, ça n'arrêtait pas. Pourtant, il faisait chaud. C'en était presque étouffant. Que se passait-il ? Pourquoi était-elle à ce point inquiète ? Pourquoi ce David lui faisait-il aussi peur ? Ce n'était pas logique, ce n'était pas possible. Lui rappelait-il quelqu'un ? Le connaissait-elle ?

Elle avait besoin de s'aérer. Elle se saisit de son sac de plage et enfila son maillot de bain en quatrième vitesse. L'eau. Plonger, se noyer, recommencer. Voilà ce dont elle avait besoin. Non, ce dont elle avait vraiment besoin, c'était de fumer. Rompre le tabou. Elle avait réussi jusque-là à s'en tenir éloignée dix-huit mois. Un véritable miracle. Elle voulait s'en sortir, elle voulait prouver aux autres et à elle-même surtout qu'elle n'était pas accro. Son père avait développé une sorte de superpouvoir à force de côtoyer le feu. : il repérait une odeur de fumée à des kilomètres à la ronde. C'était motivant. Elle avait donc coupé les ponts avec tous les fumeurs qu'elle connaissait, drogués ou pas, mais c'étaient généralement les mêmes. Elle s'était retrouvée isolée. Son job au Waimea, en plus de lui offrir les avantages d'une vie nocturne, lui permettait d'éprouver sa volonté. Elle était comme une voleuse dans la caverne d'Ali Baba. Elle avait tenu bon. Jusqu'à aujourd'hui. L'envie, la tentation n'avaient jamais été aussi fortes. D'un coup de scooter, elle pouvait être en deux minutes au pied de la passerelle Eiffel. Son matos s'y trouvait sans doute encore. Après elle irait plonger, noyer l'odeur dans le Bassin. Son père ne l'apprendrait jamais.

Elle avisa les clefs du scooter sur la table d'appoint à côté de la porte. La petite boite qu'elle avait enterrée sous le premier pilier de la passerelle, il y avait de cela dix-huit mois, c'était comme celle de Pandore, elle le savait. Elle avait suffisamment pris de recul pour comprendre comment, la plupart du temps, elle fonctionnait. Elle avait compris des tas de trucs sur elle-même. Oui, elle se roulerait un petit joint, oui, elle prendrait du bon temps. Elle voudrait passer à autre chose mais le feu, lui, serait ravivé. Ce serait comme un Zippo, un de ces briquets qui restent allumés même quand on les fout par terre.

Elle claqua la porte et descendit l'escalier quatre à quatre. Elle croisa ses voisins qui la saluèrent mais elle ne les remarqua pas. Elle devait rester concentrée. Ne pas monter sur le scooter. Ne pas prendre à droite, la route vers Mauresque.

Elle sortit des écouteurs et les brancha sur son smartphone. Il lui fallait du son. C'était une urgence. The Kills, *Ash & Ice*. Voilà, ce qui lui fallait : des cendres et de la glace. De l'excellente médecine. Prendre l'autre voie, à gauche, vers la plage. À toute vitesse. Se perdre. S'immerger dans la musique, la faire sienne. Se persuader qu'elle avait été écrite pour elle. Foncer, sans se retourner, droit vers la plage, vers la mer. Jeter à la baille son corps brûlant.

Plonger, se noyer, y rester.

– 20 –

Une enseigne en bois usée indiquait « Radu. Articles de pêche et de plage ». Elle avait été belle dans le temps, sonnait couleur locale. À présent, la peinture s'effaçait, le bois se craquelait, ça faisait surtout boutique sur le retour. Pourtant, les affaires semblaient bonnes. On y croisait toujours du monde. L'adresse était connue. Pio avisa un petit tableau noir à côté de l'entrée. « Turluttes de Radu, 15 euros les 10 ». Il sourit. Ça, c'était de la bonne publicité. Et puis, ça fidélisait. Ça faisait bien dix ans, peut-être quinze qu'il était là. On se contentait parfois de repasser un peu le message à la craie.

Pio se fraya un chemin au travers des balles gonflables, des épuisettes pour enfants et des bouées en forme de flamands roses puis il traversa les râteliers de cannes à pêche, les tenues étanches, les accessoires et aussi tout un tas de trucs dont il n'avait jamais trop bien compris l'usage. Derrière le comptoir, entre deux bidons d'appâts, le type pas commode aux allures d'oursin, c'était Radu. Pour lui aussi, comme pour Garenni, c'était à se demander s'il n'était pas déjà là et qu'on avait construit l'immeuble autour. Pio, qui l'avait fréquenté plus que la plupart des gens, l'avait rarement vu ailleurs que dans cette boutique. Ou alors à la pêche.

Devant lui, il y avait un type, dans les quatre-vingt hivers, qui semblait ne tenir debout que par la force de l'habitude. Il avait pourtant encore toute sa tête.

— Oh, mais, mais, mais, ne serait-ce pas Casse-tête ?

Radu acquiesça d'un râle.

— Tu ne me reconnais pas, bonhomme ?

— Monsieur Dupuch ? Tenta Pio.

— Tu peux m'appeler Fernand ! T'as bien changé, mon gars. Mais t'as toujours la carrure. C'est bien notre Casse-tête, ça !

Le vieux lui tapota la joue comme s'il était un canasson. Privilège de joueur que Pio détestait. Il serra la main de Fernand Dupuch. Il l'avait croisé sur de nombreux matchs et sur autant de troisièmes mi-temps. C'était un de ces habitués du club dont on ne comprenait jamais bien le rôle. Il tendit ensuite la main à Radu.

— Salut, P'pa.

Radu lui serra la main mais n'ouvrit pas la bouche.

— Bon, dit Dupuch après un petit moment de silence, il se fait tard. Je vais aller mettre les pieds sous la table. Allez, salut, Casse-tête, ça m'a fait plaisir de te voir. À demain, Radu.

Il sortit. Pio le regarda s'éloigner, histoire de gagner quelques secondes avant la confrontation.

— C'est fou qu'on m'appelle encore Casse-tête après tout ce temps, hein ?

— Qu'est-ce que tu fiches ici ? Demanda Radu en ignorant la question.

— J'étais au resto, de l'autre côté du port et je…

— Qu'est-ce que tu fiches ici ?

— Une enquête…

Radu fit un rictus et disparut par une porte située derrière le comptoir. Pio savait que ça n'allait pas être simple. Il avait connu des interrogatoires plus faciles. Il lui fallut un paquet de motivation supplémentaire pour lui emboîter le pas.

C'était la réserve du magasin. Ou plutôt, c'était l'atelier de son père. Comme à son habitude, Radu était penché sur son établi, il fabriquait une mouche. Pio se souvint de toutes les fois où, enfant, il s'était précipité ici, juste après les cours ou l'entraînement, juste après le repas et avait observé son père dont les gestes lents et précis lui donnaient des allures de magicien. Le petit tabouret sur lequel il s'asseyait était toujours là, son père avait toujours une mouche entre les mains. Rien ne semblait avoir changé.

— Elle est à toi la voiture dehors ?

— Non. Au commissaire de La Teste.

— Et il est où ton commissaire ?

— Rentré avec le procureur.

— Hé ben, ça en fait du beau monde.

Cette attitude n'étonna pas Pio. Son père avait toujours eu un problème avec le pouvoir et l'argent. Il n'appréciait ni les signes extérieurs de richesse, ni les hommes en costume, ni les titres, ni les grades. En fait, son père n'aimait pas grand-chose. Longtemps, Pio avait même douté qu'il ne l'aimât lui.

Dès l'instant où il avait montré ses talents sur un terrain, on s'était intéressé à lui : les gens de la fédé, des officiels, parfois quelques journalistes. Tout ce beau monde qu'on ne voit jamais « quand on patauge dans la bouillasse » comme disait son père. Tout ça était monté très vite à la tête du jeune homme. Il s'était acheté une belle moto, un beau blouson en cuir avec ses premières primes. Rien de bien méchant mais son père ne l'avait pas supporté. Pour lui, c'était comme si Pio se détournait de sa véritable famille. Famille qui n'existait pourtant déjà plus.

— J'ai vu ta boutique depuis le parking du port en face et…

— Tu t'es rappelé que t'avais un père.

— En quelque sorte.

Pio n'était pas dans la police depuis suffisamment longtemps pour maîtriser toutes les méthodes psychologiques d'un bon interrogateur mais il avait appris quelques roublardises qui l'aidaient souvent dans les conversations difficiles. Notamment celle-ci : celle du chat que l'on caresse, dont le dos épouse les mouvements de la main. Pio ne contredirait pas son père, il éviterait le conflit, le laisserait venir.

— Bon, maintenant, t'as vu.

Radu ne s'était pas retourné. Il n'était attentif qu'à sa mouche.

— T'as toujours l'appartement là-haut ?

— Non, je l'ai vendu à des Parisiens.

— Tu vis où maintenant ?

— Ailleurs.

Ainsi, l'appartement de son enfance disparaissait. Pio aurait bien aimé le visiter une dernière fois.

— Toi, tu vis où ?

— À Bordeaux. Pas loin de la grosse cloche.

Radu mit la touche finale à la mouche et la rangea dans une boite avec d'autres.

— Bon, qu'est-ce qui t'amènes ? Demanda-t-il en regardant enfin son fils.

— J'enquête sur l'incendie des cabanes ostréicoles.

— Je m'en doutais ! Et tu t'es dit, dans ta petite caboche de fonctionnaire que je savais des choses, vu que ostréiculteurs et pécheurs, c'est le même bourbier.

Pio dut admettre qu'il s'était fait cette réflexion.

— Et tu t'es dit aussi, continua Radu, parce que tu suis à la lettre le petit manuel du parfait inspecteur que j'accepterais de te raconter tout ce que je sais parce que je suis ton père et que tu es mon fils. C'est bien ça ?

— À peu près.

— Ah !

Radu fit un peu de rangement sur son établi avec des gestes brusques de colère contenue. Pio n'osait rien dire. Il aurait voulu s'asseoir sur le tabouret et ne plus bouger comme quand il était petit. Puis, son père se retourna.

— Je ne suis pas convoqué que je sache ? On n'est pas en garde à vue, là ?

— Non…

— Alors, tu ne peux rien exiger de moi.

— Ce n'est pas ce que je veux…

L'établi était rangé. Radu n'avait plus rien sous la main pour gagner du temps.

— OK, dit-il enfin. Peut-être que je sais une ou deux choses. Mais ne crois pas que tu les auras comme ça. Il faut les gagner.

— Comment ?

— Prouve-moi que tu ne résonnes pas comme un flic. Dis-moi ce que ta caboche de lieutenant a pu trouver jusqu'ici.

Pio voulut prendre son carnet pour relire ses notes mais il se ravisa. À la réflexion, c'était une très mauvaise idée.

— À première vue, ça ressemble à un bête accident. Certaines cabanes sont insalubres, le bois prend vite feu, il y a beaucoup de passage en ce moment, des touristes, un mégot a pu s'égarer…

— Ça ne me plaît pas beaucoup cette explication.

— Mais il faut également considérer qu'on ne meurt pas brûlé vif dans une cabane aussi facilement. La plupart du temps, il n'y a qu'une seule pièce, il est assez simple d'en sortir. Les premiers interrogatoires de témoins ne font part d'aucun cri ou appel à l'aide qui aurait pu être entendu.

— Et donc ?

— Donc si l'ostréiculteur n'a pu sortir, c'est qu'il en a été empêché. Par un sommeil profond peut-être…

— T'avoueras qu'il faut avoir le sommeil de plomb.

— Alors, c'est que quelqu'un l'en a empêché. Et là, il faut considérer sa réputation. Il était un peu agité, sanguin.

— C'était un chieur de première, oui ! Le genre qui ne garde pas sa langue dans sa poche, qui râle pour tout et pour n'importe quoi. Et qui aimait bien emmerder le monde.

— Ça pourrait donc être n'importe qui alors ? Un feu, ça s'allume vite.

— Oui mais t'admettras qu'il faut en avoir quand même gros sur la patate pour avoir envie de brûler vif un mec.

— Peut-être que l'incendiaire croyait la cabane vide…

— P'tet bien. P'tet bien aussi que c'est un mégot qui traînait.

— Ou peut-être que c'est Pujol-Barreyre.

Radu considéra son fils un instant.

— C'est ton commissaire qui t'a dit ça ?

— Oui. Ça te paraît crédible ?

— C'est une possibilité. Mais faudrait vraiment l'avoir énervé. Sacrément. Tellement énervé que tout le monde lui donnerait raison de l'avoir fait cramer. Comme pour le coup de la marina.

— C'est quoi le coup de la marina ?

— Normal que tu ne t'en souviennes pas. À l'époque, c'est à cause de la solidité de ton front qu'on t'appelait Casse-tête, pas pour ce qu'il y avait derrière.

Pio rougit légèrement.

— C'était le grand projet de Pujol-Barreyre au milieu des années 80. Transformer le port ostréicole de La Teste en une marina.

— Ce n'est pas si mauvais comme idée, ça.

— Ah, Pio, ne commence pas à résonner comme un flic ! C'est une très mauvaise habitude. C'est terrible comme idée, c'est une catastrophe. Déjà, ça veut dire la mort de l'ostréiculture à La Teste. Avec tout un tas de pauvres types sur la paille. Mais surtout, pour faire une belle marina, il faut des infrastructures, des restaurants, des hôtels et surtout une plage.

— Une plage ?

— Oui, une plage. Fabriquée de toutes pièces, en creusant les prés salés. Un chantier titanesque. Et pas précautionneux pour un sou des canards, des ragondins et de tout ce qu'on peut compter comme fichues plantes dans ce coin-là.

— Ça n'a pas plu au Sénateur…

— Tiens, tu l'appelles le Sénateur ?

— C'est comme ça que le commissaire Garenni l'a surnommé.

— Non, le Sénateur n'a pas aimé. Et il a trouvé tout un tas de gens qui n'aimaient pas non plus.

— Le projet a été abandonné ?

— T'as vu une plage et des baraques à frites, toi, sur le port ? Oui, le projet a été abandonné. Ça a fait trop de bruit, trop de vent, c'est remonté trop loin, trop haut.

— Pujol-Barreyre a dû l'avoir mauvaise. Ça constitue un vrai mobile, ça.

— C'était il y a des années.

— Quelque chose l'a peut-être ravivé. Ils se sont croisés, au restaurant, dans la rue.

— Et pour le savoir…

— Il faut que j'aille voir Pujol-Barreyre.

— Ah ! Bonne chance ! Il paraît qu'il n'est jamais à son bureau. Mais bon, c'est vrai que t'as des arguments convaincants, toi.

Pio se félicita de cette visite chez son père qu'il redoutait tant. Il voyait l'affaire d'un tout autre regard maintenant. Les idées, les pistes se bousculaient. C'était comme la foire aux Quinconces dans sa tête. Il lui tardait de pouvoir noter tout ça mais pas devant son père, c'était un réflexe de maréchaussée. Il fallait qu'il sorte et sans tarder : Pio avait le carnet qui le démangeait.

– 21 –

Il avait pris une chambre avec vue. C'est manifeste, elles sont toujours avec vue. C'est le principe d'une fenêtre qui veut ça. Mais il y a des fenêtres qui donnent sur des murs myopes et d'autres sur le local à poubelles. Il y en avait sûrement dans cet hôtel. Lui, il avait une fenêtre qui donnait sur le port. C'était une chance qui lui convenait.

Il avait roulé toute la matinée sans s'arrêter, presque cinq heures d'affilée. Il n'avait pas l'étoffe d'un fugitif, c'était sûr. Les nuits sans sommeil, les réveils précipités, les départs la chemise à la main, ce n'était pas pour lui. Tout comme les hôtels miteux, les bars sordides, les impasses sans lumière, les alcôves obscures. Il ne pourrait pas se faire à une vie qui se conjugue au conditionnel. Sur la route, il ne tarderait pas à être pris, il en avait la certitude. Il ne tiendrait pas la distance.

Il aurait pu se livrer au premier poste de police. Comme son espagnol était catastrophique, ça aurait pris quelques heures de plus avant qu'on vienne le chercher. Il aurait vu ça comme des vacances. Et puis l'idée de se faire quelques vacances, quelques dernières vacances, lui était venue. Il ne réfléchit pas bien longtemps à la destination. Il n'y avait qu'un endroit au monde où il avait envie d'aller. Chez l'ennemi de toujours, Marennes-Oléron.

Il ne se souvenait plus de la dernière fois où il avait dormi à l'hôtel. Il n'avait plus les automatismes, il en avait perdu l'habitude. Il fut soulagé de trouver du savon dans une corbeille sur le lavabo de la salle-de-bain. Et quand il voulut sortir, il se demanda s'il devait fermer la porte, laisser la clef à la réception ou la garder en poche.

Il partait sans but, sans plan, avec juste l'envie de marcher et de se laisser aller.

Il fit à peine dix mètres.

Il y avait là des huîtres dans des corbeilles en plastiques. Sous les corbeilles, une table recouverte d'une nappe en crépon bleu. Et derrière la table, une fille.

Elle devait avoir à peine dix-huit ans. Sans doute, moins. Une crinière un peu folle de cheveux bouclés qui tendaient parfois à cacher des yeux verts plein de promesses. Elle avait quelque chose dans la frimousse, un petit air, qui semblait dire « m'agacez pas, c'est pas le jour ». Mais il aurait pu jurer que lorsqu'elle le voulait bien, cette frimousse s'illuminait comme un matin d'été.

Il s'approcha, essaya de sourire.

— Elles sont belles vos huîtres. Elles viennent d'où ?

— De l'eau. Vous en voulez combien ?

— Hé bien, vous y allez directement, vous !

Elle plongea vers lui son regard désagréable.

— Vous êtes là pour acheter des huîtres, non ? Alors pas besoin de tergiverser. Vous annoncez le nombre et voilà. Pas de besoin de se faire la causette.

— Et la taille.

— Quoi ?

— Vous avez dit : « Annoncez le nombre ». Mais il faut que je vous dise aussi quelle taille je veux. Le nombre et la taille.

Elle poussa un soupir bien impoli.

— Ça va ? Vous vous amusez bien ?

— Pas vraiment. Ce n'est pas l'envie qui manque, hein ? Mais je ne vous sens pas d'humeur joueuse.

Elle s'énerva.

— Non, je ne suis pas joueuse. Vous croyez quoi ? Que parce que je suis jeune, je suis tout le temps de bonne humeur ? Que tirer la gueule, c'est un privilège réservé aux vieux ?

— La mauvaise humeur, ça arrive. Mais quand on a la chance de faire un beau métier que celui de l'ostréiculture, on essaie de passer outre. On fait semblant. On fait honneur au produit.

Tandis qu'il parlait, elle le regarda bouche bée.

— Non, mais je rêve, dit-elle après plusieurs hésitations, cherchant ses mots. Vous vous prenez pour qui ? Qu'est-ce que vous savez de mes problèmes ou de mon job, hein ?

— Pas grand-chose, je l'avoue.

— Vous êtes comme tous les touristes ! Vous croyez que parce qu'une région est belle et que vous passez de bonnes vacances, les gens doivent vous sourire, vous faire des courbettes. Mais je n'en ai rien à faire de vous. Je ne vous connais pas.

Il commença à sentir une gêne. Il regarda autour de lui. Certains passants se retournaient sans s'arrêter de marcher.

— Écoutez, je crois qu'on est parti du mauvais pied. Je me présente…

— Mais je m'en fous de comment vous vous appelez, interrompit-elle. Je vends des huîtres, moi. Pas pour le plaisir, pas pour rencontrer des gens, même pas pour la conversation. Parce que j'ai besoin de fric. C'est tout. Mais vous savez quoi ? Je peux quand même me permettre des libertés. Je ne demande pas l'aumône. Alors, vous, juste à vous, je vais vous dire non. Je vais vous dire de passer votre chemin. Il n'y a pas d'huîtres ici pour vous.

Il écarquilla de grands yeux. Jamais personne ne lui avait parlé comme ça. Surtout pas une gamine. Il sentit un sentiment nouveau monter en lui. Un mélange de gêne et de…Non, pas de colère. Il n'aimait pas la colère. C'était de la frustration, une profonde frustration. Une pensée intrusive. L'image d'une claque bien touchée sur ce beau visage. Aussitôt née, l'image s'enfuit. Il la réprouva.

— Mais…je…, balbutia-t-il.

— Vous voulez des huîtres, vous en trouverez d'autres. Il y en a partout ici. Vous n'avez qu'à traverser la rue. Y'a un resto tous les cinq mètres.

Elle sortit alors son téléphone et s'y absorba.

Pendant un moment, il se demanda si tout ça était bien arrivé, s'il devait se pincer ou quoi. Il regarda autour de lui. La conversation n'avait pas échappé à certains passants qui le dévisageaient avec un air curieux, comme s'ils étaient en attente d'une réaction de sa part. Il ne réagit pas. Il aurait pu, c'est sûr. Il en avait maté plus d'un. Il avait de la répartie, du vocabulaire, la voix qui portait. Quelque chose en lui, un tout petit rien, s'y opposait pourtant. Elle pianotait furieusement sur le clavier de son téléphone. Il la laissa tranquille. Il s'éloigna, reprenant sa promenade. Au bout d'une vingtaine de mètres, toutefois, il se retourna et observa la jeune fille.

C'était la première fois qu'il se laissait faire.

– 22 –

Pio finit de gratter en tout début d'après-midi. Il referma son carnet et se dit qu'il était temps d'appeler son équipe.

Rageot décrocha.

— Ah ! Lieutenant ! On commençait à s'inquiéter. Ça fait une bonne heure que le commissaire Garenni est rentré. Des ennuis avec sa voiture ?

—Je me suis arrêté en chemin. Vous en êtes où ?

— On constitue un dossier sur la victime. Il était pas mal engagé. S'il y a crime, ça peut venir de là.

—Je suis au courant. Ensuite ?

— On épluche les comptes rendus d'interrogatoire des premiers témoins. Il n'y a rien de très probant. Enfin, peut-être si...

— Quoi ?

— Il y a plusieurs vidéos de l'incendie qui tournent sur YouTube. Bon, la plupart sont bidons comme il fallait s'y attendre mais il y en a une qui sort un peu du lot. Le vidéaste est arrivé très tôt et a presque tout capté. En plus, ce n'est pas mal filmé.

— C'est peut-être lui.

— C'est ce qu'on a pensé.

— Bien. Continuez là-dessus.

— Flexo est sur le coup.

— Quoi d'autre ?

— Il y a un bar en face qui est pas mal animé.

— Oui, le Waimea.

— Beaucoup de témoins y ont passé la soirée. J'ai demandé à une équipe d'aller interroger le personnel ce soir à l'ouverture.

— Bonne idée.

— Sinon pas grand-chose. Le rapport d'autopsie n'est pas arrivé, ni celui de l'expert incendie. C'est un peu tôt, évidemment.

— Appelle-les quand même. Et du côté du port ?

— Personne ne sait rien, personne n'a rien vu. La victime ne fréquentait que son voisin, un jeune, récemment arrivé. Il n'a rien vu non plus. Il était pourtant là hier soir.

— Renseigne-toi sur lui. Du côté de la famille ?

— Il n'en avait pas. Pas d'amis non plus. À part le jeune ostréiculteur.

— Très bien. C'est du bon boulot. Ah, et pour mes huîtres sous stéroïdes ?

Pio perçut un amusement dans la voix de Jonathan Rageot. Sûr qu'il aurait voulu partager son enthousiasme avec Lexovitch et Jeannette mais ce n'était pas le genre de la maison.

— Alors là, lieutenant, tu nous as bien fait chercher. Et je suis dans l'obligation de te dire, avec tout le respect, que ta source ne doit pas être très fiable.

Rageot pouffait comme une adolescente. Il prenait souvent des libertés, avait un comportement à la limite de l'insubordination mais Rageot était un excellent flic. Pio le laissait faire.

— Accouche, John.

— Ce sont des huîtres triploïdes, lieutenant. Triploïdes.

Pio pensa à la gentille serveuse sur le port. Oui, bien gentille.

— Je t'écoute.

— Tu connais l'adage? «On ne mange pas d'huîtres les mois sans r»?

— Ça me dit vaguement quelque chose.

— Les mois sans «r»: mai, juin, juillet, août. À cette époque de l'année, les huîtres développent je ne sais quelle substance laiteuse et qui les rend moins bonnes. En principe, il ne faudrait pas les consommer.

— Pas une aubaine pour le tourisme, ça.

— Exactement. Mais il ne faut pas sous-estimer l'ingéniosité humaine. Ils ont trouvé comment modifier l'ADN de l'huître pour l'empêcher de produire cette substance laiteuse la rendant ainsi comestible toute l'année. En plus, elle est stérile et grandit plus rapidement.

— Tordu et totalement anti-écolo.

— Ça, je ne te le fais pas dire.

— La victime s'est opposée à ça, je suppose?

— On est en train de faire des recherches mais il y a de fortes chances.

— Ce qui fait un mobile de meurtre idéal.

Pio réfléchit quelques instants. Il savait pertinemment que, malgré les apparences, malgré la relative tranquillité du quotidien, on trouve toujours des tas de mobiles pour assassiner son prochain. Il n'était pas nécessaire d'être fou ou illuminé pour cela. Une tondeuse dominicale trop matinale, un refus de priorité, un canapé en cuir trop luxueux, parfois même un simple regard. Tout était prétexte à la violence. Qu'est-ce qui empêchait que la moitié de la société ne saute à la gorge de l'autre moitié? Pio n'était plus sûr de connaître la réponse.

— Ça ne nous fait pas mal de choses à vérifier. Je vais demander du personnel à Garenni. Bon, j'ai une dernière visite à faire et je rentre. Trouve-moi l'adresse des bureaux de Pierre Pujol-Barreyre, s'il te plait.

— Euh...oui, un instant.

Pio démarra puis éteignit le contact juste après. Cette histoire d'huîtres génétiquement modifiées l'intriguait. Il flairait le scandale et quelque chose lui disait que son père avait certainement un mot à dire là-dessus.

En retournant vers la boutique, il flairait autre chose également. L'impression qu'il allait passer un mauvais quart d'heure. Car de toute évidence, son père ne manquerait pas l'occasion de le chambrer.

– 23 –

Il avait prolongé jusqu'à la dernière minute. On aurait pu croire que ça lui plaisait d'être là. En fait, il suivait surtout les conseils du vieux: « T'as pas de dimanche, oublie le poulet-frites. À midi, toi, tu travailles ». Le vieux avait raison, comme d'hab. Il ne lui restait plus qu'une demi-caisse. La journée était gagnée. Il rangea donc son matériel dans le coffre de sa voiture. Ce fut vite fait et il adora ça.

Après avoir salué la boulangère, qui essaya une nouvelle fois de le faire parler, et acheté une baguette, il s'éclipsa. Il se gara juste devant sa cabane. Il avait faim. Il n'avait rien dans le ventre depuis la veille. Il prit quelques huîtres, dénicha un fond de blanc et alla s'asseoir sur le banc. C'était là qu'il prenait la plupart de ses repas. Il aimait bien la vue, même s'il la connaissait par cœur à présent.

À cette heure-là, le port était vide. Les touristes avaient quitté les restaurants et les terrasses des cabanes. Ils étaient tous à la plage. Le calme était revenu.

—Je deviens comme le vieux, moi ! Pensa-t-il.

Il sourit. Il se souvenait d'une époque pas si lointaine où il attendait les touristes comme un gamin la récréation. Les touristes, ça voulait dire le retour des beaux jours. Tous les bars ouverts, tous les soirs. Ça voulait dire apéro, barbecue, plancha. Ça voulait surtout dire de jeunes et jolies touristes inconnues que l'on croisait sur la plage ou dans une soirée, à la faveur d'une bière. Il était comme le Bassin : il revivait l'été.

Et le voilà, même pas un an plus tard. À passer presque tout son été à la cabane ou sur les parcs. Et à râler sur les touristes. Oui, il devenait comme le vieux. Un vieux con.

Il s'en voulut. Il ne devait pas penser au vieux comme ça. Il était mort comme un cafard. Comme s'il n'était rien. Et pourtant, il y avait tant à apprendre de lui. Denis avait tant à apprendre. Tout ce qu'on ne lui avait pas appris au Lycée de la Mer, il le devait au vieux. Il avait transmis son savoir-faire, son expérience. Un cadeau immense pour un jeune imbécile comme lui qui se lançait tout seul.

Mais ça ne suffisait pas. Non, il avait encore tant de choses qu'il voulait savoir, qu'il comprenait à peine. La technique, oui, il l'avait. Mais le jour où un problème surviendrait ? Pourrait-il faire face ? Saurait-il se débrouiller ?

Il repensa à toutes les fois où il lui avait filé un coup de main, à tous les trajets en bateau, à toutes les soirées dans sa cabane à écouter ses anecdotes, à toutes les fois où ils avaient partagé une bière et un bout de saucisson sur ce même banc. Puis, il se rappela son premier chaulage où le vieux avait crié que sa quantité de sable était trop importante et que son mélange n'allait pas tenir. Il lui avait même forcé à le refaire. Six mois après, lors de la récolte du naissain, il ne l'avait pas regretté. Au début, par contre…

— Oui, c'était vraiment un vieux con.

Il sourit.

— Et le naissain ?

Il n'y avait pas pensé de la matinée. À l'heure qu'il était, ses tuiles avaient dû commencer à se couvrir. À bien y réfléchir, c'était sa partie préférée du boulot. Après en avoir bavé sur le chaulage puis sur la pose des tuiles sur les tables, rester là à attendre que la nature fasse son œuvre, que ces millions de bébés huîtres se baladent, trouvent leur chemin en évitant les crabes, les poissons et les étoiles de mer, c'était comme attendre un miracle. Un fichu miracle.

Il lui tardait déjà d'aller jeter un œil vite fait, comme ça, en passant, les surveiller, jouer le rôle de berger de la mer. Le captage du naissain, c'était sa kermesse, son dimanche de Pâques. Puis, quand dans quelques mois, il irait les récupérer, il savait déjà qu'il essaierait de les compter. De compter combien de larves s'étaient accrochées à ses tuiles. C'était impossible évidemment, il y en avait trop mais il essaierait quand même. Plaisir de gosse.

En plus, le plus beau dans ce phénomène, c'était son énorme part d'incertitude. Il y avait tellement de facteurs. La température de l'eau, la bonne santé des huîtres, la concentration des prédateurs et puis surtout, la qualité de son chaulage. Et s'il avait foiré son mélange, une fois de plus ? Le vieux l'aurait assassiné.

— Dis pas ça, Denis.

Il devait à tout prix penser à autre chose. Il aurait donné beaucoup pour changer ses idées, pour changer même toute sa cervelle. Il devait penser à ses huîtres, à ce qui s'accomplissait en coulisses. L'essence même de son métier. Même les chevronnés, même le vieux, étaient impuissants devant le frai. Ils ne pouvaient que s'asseoir et attendre. Pour Denis, il n'y avait rien de plus kiffant au monde. Peut-être qu'il était fait pour ce métier après tout.

Il prit une bonne gorgée de vin blanc à la bouteille.

— Ah, si le vieux était encore là. On l'aurait attendu ensemble ce captage.

Bien sûr, tout le monde ne se contentait pas d'attendre. Il y avait trop de choses à faire, d'autres huîtres plus âgées à s'occuper. Mais c'était une sorte de rituel chez le vieux. S'asseoir et boire un coup.

— Et quand je me la glisserai, disait-il, si on me demande pourquoi je buvais autant, je répondrai que c'était parce que j'attendais le naissain.

Rituel auquel Denis avait immédiatement accroché. C'était un peu fou, c'était un peu idiot. Autant dire que c'était pour lui.

— Et les parcs du vieux ?

Il ne s'était pas encore posé la question. Comment ça allait se passer pour ses parcs ? Pour son naissain, pour ses huîtres sur les tables et les autres en affinage ? Et tous les clients avec qui il s'était engagés ? Comment ça se passait dans ces cas-là ? Comment ça s'était passé pour son père ?

Il se promit d'aller poser la question à qui saurait le soir même. Au pire, peut-être que lui pourrait s'en occuper. Assurer un peu l'intérim en attendant de trouver une solution.

— De toute façon, si je ne le fais pas…

Il ne parlait jamais tout seul avant. Depuis hier, tout le temps. Est-ce que c'était l'absence du vieux ? Est-ce qu'il avait besoin de le faire ? Il n'aimait pas se prendre la tête. Et puis, il sentait que c'étaient des questions auxquelles il ne trouverait pas de réponses.

Son en-cas terminé, il rentra. Il était fatigué et décida de faire une petite sieste. Les journées suivantes allaient être dures, il le pressentait.

– 24 –

Pio n'avait pas fait les choses comme il le fallait et ça l'agaçait. En laissant passer la jolie demoiselle en rouge qui entrait tandis qu'il sortait, il se dit que ce qui lui avait manqué c'était une pointe de charme. La secrétaire n'avait rien voulu entendre.

— Police ou pas police, je vous répète que monsieur Pujol-Barreyre n'est pas là, c'est qu'il n'est pas là. Je ne sais pas où il est et franchement, cela ne m'intéresse pas.

Son père lui avait bien dit que l'entrepreneur avait la réputation de ne jamais être à son bureau mais Pio sentait le coup fourré. Quelque chose que la secrétaire ne disait pas. Il aurait voulu la cuisiner un peu mais il s'était mal débrouillé. Une carrure comme la sienne effrayait la plupart des gens. Les confessions spontanées n'étaient donc pas courantes.

En rentrant au commissariat, il alla directement rendre ses clefs à Garenni qui ne lui posa aucune question mais qui lui adressa pour la forme un regard désapprobateur. Il rejoignit ensuite son équipe. Lexovitch était assis devant un de ses ordinateurs, Rageot penché derrière lui et Jeannette, dans un coin, regardait l'écran elle-aussi.

— Hé bien ! Vous faites une réunion ?

— Ha, viens voir ça, chef ! Dit Rageot.

C'était une vidéo. Celle dont ils avaient déjà parlé. Elle montrait l'incendie presque depuis le début sans doute. Les flammes avaient déjà jailli sur le toit mais la cabane était encore debout. Pio eut une drôle d'impression. C'était bien la première fois qu'il voyait le film d'une affaire sur laquelle il enquêtait. Habituellement, il devait se le refaire tout seul, dans sa tête, par petits bouts qu'il mettait côte à côte, comme sur un logiciel de montage vidéo. On ne voyait pas grand-chose et il était impossible de dire si le vidéaste était ou non l'incendiaire. C'était souvent le cas.

— Vous avez trouvé quelque chose ? Demanda-t-il.

— Oui, après deux-trois visionnages, répondit Lexovitch.

Il la montra une nouvelle fois au lieutenant.

— Regarde bien cette zone-là, à gauche des cabanes.

Lexovitch indiqua du doigt un point sur l'écran.

— Tiens, tu vois ?

Pio ouvrit de grands yeux. Derrière la cabane, deux ombres surgirent. Elles fuyaient l'incendie. Cependant, Pio trouva bizarre qu'une fois sur les prés salés, ces deux personnes ne cherchèrent pas à rejoindre la route là où se massaient les badauds mais s'en éloignèrent au contraire.

— Il y a quoi par là ? Demanda Rageot.

— Rien.

Nul besoin de dire ce que chacun avait dans la tête. Ces deux ombres étaient suspectes.

— T'as travaillé dessus ?

— Oui, expliqua Lexovitch. J'ai récupéré la vidéo sur le site avec un downloader. J'ai zoomé et amélioré un peu le rendu. Bon, sans le fichier original, je ne fais pas de miracle, hein.

— Montre-moi.

Il passa la nouvelle vidéo. On distinguait un homme et une femme.

— Ils ont l'air jeunes. Qu'est-ce qu'ils foutaient sur le port en pleine nuit ?

— Balade romantique, dit Pio. Recherche d'un endroit tranquille pour boire ou fumer, ou même ostréiculture tardive, ce ne sont pas les raisons qui manquent. Mais en tout cas, ce sont deux suspects. Beau travail, Franck.

Lexovitch ferma le lecteur vidéo, tout le monde retourna à son poste.

— On a des nouvelles sur les rapports d'incendie et d'autopsie ?

— J'ai eu le médico-légal, répondit Rageot. Ils font aussi vite qu'ils peuvent.

— OK. L'incendie ?

— J'ai parlé à l'expert. Il m'a promis qu'il finirait le rapport incessamment sous peu.

— Il ne t'a rien dit d'autre ?

— Si. Pour lui, à première vue, il n'y a rien qui puisse affirmer que l'incendie soit criminel. Ça pourrait très bien être un mégot égaré.

Pio nota tout ça dans son carnet puis réfléchit un moment.

— Bon, résumons-nous. Principaux mobiles et suspects.

— N'importe quel ostréiculteur ou professionnel qui vit du commerce de l'huître, comme les petits commerçants, les restos, les supermarchés aussi, parce que la victime s'opposait aux huîtres triploïdes, commença Rageot.

— Un couple de jeunes gens, dit ensuite Lexovitch. Pas de mobile pour l'instant.

— Il faut découvrir rapidement qui ils sont.

— Ça ne va pas être simple...

— On peut lancer un appel à témoins, voir si quelqu'un sait quelque chose.

— J'irai faire le tour des vidéos sur le net, lire les commentaires, proposa Lexovitch. On ne sait jamais. Les forums aussi.

— Bonne idée. Qui d'autre ?

— Pierre Pujol-Barreyre. Apparemment la victime et lui se sont affrontés à plusieurs reprises.

— La rumeur dit qu'ils se détestaient, souligna Pio.

— Ça a donné quoi ta visite là-bas ?

— Rien. Il n'était pas là. Reste qui ?

— À peu près tout le monde en fait. Le coin est plutôt animé. Il y a un bar juste en face. Un mec un peu bourré et...hop !

— Faut enquêter sur le Waimea. John, tu t'en occupes. Le personnel comme les clients. Franck, tu essaies de me trouver ce couple sur la vidéo. Jeannette, tu te charges des ostréiculteurs. Moi, je reste sur Pujol-Barreyre. Fouillez, grattez, déterrez-moi tout ce que vous pouvez.

— Et dire qu'on risque de découvrir que c'est un banal accident, s'amusa Rageot.

- 25 -

C'était la troisième fois qu'il vérifiait les horaires. Le bus, il ne l'avait jamais pris. Il préférait la bagnole.

— Ligne 1. C'est ça ?

Il regarda l'abribus pour la troisième fois. Le chiffre « 1 » était bien marqué, en jaune.

— Ça doit être ça.

Il se mit à marcher à nouveau en long et en large autour de l'arrêt. Bien vingt minutes qu'il faisait ça. Il était à bout. Déjà qu'il n'avait pas dormi, qu'il avait pris des médocs alors qu'il détestait tous ces trucs et qu'il lui avait laissé des tas de messages et de textos. Il tournait en rond, il tournait en rond et à force de tourner en rond, il finissait par ne plus tourner rond.

Toute la journée était passée comme ça, lentement, comme s'il fallait une force surhumaine pour faire avancer les aiguilles de la pendule. Comme si l'univers entier était suspendu à la bouche d'Antoine, guettant chacune de ses décisions. L'ennui, c'est qu'il n'y avait jamais la moindre idée qui passait par la tête d'Antoine. C'était le Petit Nice, par une matinée de novembre.

En fait, Antoine, ce qu'il voulait, c'était qu'on lui dise quoi faire, qu'on le *drive*, comme son entraîneur. Il y en a qui sont nés pour diriger, d'autres pas.

Enfin, un bus remonta l'allée des Miquelots. Il se dressa droit comme un « i ». Elle descendit. Ce qu'elle était sexy. Ce n'était pas facile pour lui de décrire l'indescriptible car il manquait cruellement de vocabulaire. Elle était sexy, oui. C'était comme une star de cinéma, une nageuse olympique, une de ces filles célèbres dans les pubs que l'on ne reconnaissait jamais. Et puis elle ne portait qu'un haut de bikini et en bas, un de ces trucs qu'on nomme paréo, noué autour de sa taille et qui laissait voir ses jambes sexy, à chaque fois qu'elle mettait un pied devant l'autre, et puis sa planche de surf, elle était classe aussi, ça la rendait même encore plus classe, plus belle que toutes les autres, et ses cheveux mouillés, coiffés par l'océan, et ses lèvres pulpeuses et ses fossettes et ce corps, ce corps sublime, sexy. Bordel ! Dire qu'il se l'était envoyée y'avait pas vingt-quatre heures.

— Qu'est-ce que tu fous là, Antoine ?

Il s'approcha et lui parla à voix basse. Depuis la veille, il ne parlait qu'à voix basse.

— Faut que je te cause.

— Causer ? De quoi veux-tu qu'on cause ?

— Pas là. En privé.

Antoine montra du regard le chemin forestier qui longeait la partie du lotissement où elle habitait.

— Écoute, j'ai passé l'âge de discuter en cachette avec un mec dans la forêt. Et puis, franchement, ce n'est pas pour ta conversation que je te fréquente.

Il ne se vexa pas. Il n'aimait pas causer, il n'avait jamais rien à dire. Et puis, pas sûr qu'il ait compris que c'était blessant.

— Faut que je te parle de hier soir.

— De hier soir ? Tu me prends pour quoi ? Pour un SAV ?

Il ne comprit pas l'allusion.

— Faut que je te parle des cabanes.

— Mais arrête de chuchoter, putain ! Y'a personne qui nous écoute, Scarface !

Le bus était reparti. Il y avait bien quelques voitures mais pas de passant.

— T'as vu les infos ?

— Vaguement. Et alors ?

Il regarda autour de lui.

— Ils ont trouvé un cadavre.

— Et ?

— Il est mort brûlé. Peut-être qu'il était vivant avant.

— Oui, bah, c'est un pauvre gars qui était au mauvais endroit au mauvais moment.

Il attendit que passent deux voitures qui, pourtant, avaient les vitres fermées.

— Tu ne te dis pas que c'est peut-être nous qui l'avons tué ?

Elle partit d'un grand rire, franc, si naturel, si spontané, qu'il lui en décrochait la mâchoire.

— Mélina...C'est pas drôle. On pourrait finir nos jours en taule.

Elle n'arrêtait pas de rire, elle dût passer sa planche à Antoine pour ne pas la laisser tomber.

— Mais que t'es con, putain, mais que t'es con.

Même de la belle bouche de Mélina, ça ne faisait pas plaisir à entendre.

— Tu crois qu'on aurait fait ça comment, hein ?

— Bah, je ne sais pas moi. En bousculant un truc dans la cabane.

— En bousculant un truc ? Genre, pendant qu'on baisait ?

— C'est possible…

— Mais comme c'est aussi possible que ce soit nos ébats qui ont réchauffé l'atmosphère et que la cabane s'est embrasée toute seule.

Il réfléchit un instant à la faisabilité de cette hypothèse. Il avait eu une bonne note, une fois, en physique. Mais c'était sur les aimants.

— J'en sais rien, finit-il par admettre.

— Oui, bah, ne me fais par perdre mon temps.

Elle reprit sa planche et emprunta le chemin.

— Attends ! Même si ce n'est pas nous, on y était. Et puis, t'oublies l'effraction. On peut quand même se faire accuser. Des erreurs de justice, ça arrive tout le temps.

— Tu as dit à quelqu'un qu'on était là ?

— Hein, t'es folle ! Non, non, je ne l'ai dit à personne.

— Continue comme ça. Et personne ne remontera jusqu'à nous. On n'a rien fait, Antoine. Garde ça en mémoire. Sur ce, tu permets, faut que j'aille prendre ma douche.

— Attends, attends, s'il te plaît.

Il lui saisit le bras. Elle lui lança un regard chargé d'éclairs. Il lâcha de suite son étreinte.

—Je n'ai pas dormi de la nuit. Je ne sais pas ce qu'il m'arrive. J'ai pris un médoc, hier, et je crois que ça me fait des trucs bizarres.

— T'as pris quoi ?

—Un Temesta.

—Un seul ? Ricana-t-elle. Bah, rassure-toi, il ne risque pas de t'arriver grand-chose.

— Rigole pas. Il y a plein d'effets secondaires. Je te montrerai la liste.

— T'es un vrai crétin, en fait. Je ne pensais pas que c'était possible.

Il fit une triste mine. Jamais, on ne lui avait parlé comme ça.

—Écoute, Antoine. Tu vas me laisser maintenant, OK? On a bu quelques verres, on a baisé. C'était loin d'être assez bon pour que ça reste inoubliable. Alors, on va en rester là, OK? Ne m'attends plus à l'arrêt de bus.

Elle s'éloigna. Antoine se liquéfia sur place. Il n'avait pas encore compris qu'il l'avait perdue, que la soirée n'avait pas été aussi intense pour l'une que pour l'autre. Il le comprendrait sans doute plus tard. Ce qu'il arrivait bien à saisir en revanche, c'était que sa tentative avait échoué. Mélina n'allait pas décider à sa place. Il en était au même point que la veille. L'angoisse le reprit. Il se sentit perdu, éreinté, totalement impuissant. Il imaginait déjà la lame du bourreau sur la nuque. Il allait faire une connerie, c'était sûr.

– 26 –

Pio raccrocha le téléphone. Quatrième fois qu'il essayait de joindre Pujol-Barreyre. Il commençait à perdre patience. Il parcourait en diagonale le site web de l'entrepreneur.

— Cadre de vie, bla bla bla, lisait-il à haute-voix, idéal famille bla bla bla luxe, calme et volupté bla bla bla…

À l'évidence, le lieutenant ne trouverait rien par ici. Comme il l'avait souvent constaté, il n'était pas très doué avec un ordinateur. Il avait d'ailleurs recruté Lexovitch pour ça. Il avait fait des recherches, consulté des archives : il n'avait rien appris qu'il ne sache déjà. Il préférait les énigmes, les casse-têtes. Fouiner, partir à la recherche d'indices, dénicher un embryon de piste, il laissait volontiers cela aux autres.

Il regarda le plafond et poussa un profond soupir. Le champ des possibles était trop large. Il fallait le rétrécir. Il regarda autour de lui. Lexovitch était penché sur ses ordinateurs et n'avait pas prononcé le moindre mot depuis presque deux heures. Rageot faisait des recherches sur le personnel du Waimea dont une équipe de policiers lui avait ramené la liste un peu plus tôt. Quant à Jeannette, elle était partie pour le port.

Soudain, Rageot poussa son cri habituel lorsqu'il tenait une piste. Quelque chose qui oscillait entre l'inquiétude du supporter devant la télé et l'enthousiasme du pécheur à la ligne devant une belle prise. Quelque chose qui sonnait comme « hop hop hop ».

— Quoi ? Demanda Pio.

— Je crois que j'ai une piste.

— Dis voir.

— Un témoignage qui signale une absence curieuse. Attends, je te lis : « À un moment, je l'ai cherchée, parce qu'avec elle, on ne sait jamais si elle est en salle ou au bar, elle touche à tous les râteliers. Bah, elle n'était pas en salle. Ça, je le savais déjà parce que je ne la voyais pas mais elle n'était pas non plus au bar, parce qu'il n'y avait que les mecs. Elle n'était nulle part. Puis dix, peut-être vingt minutes plus tard, elle est apparue l'air de rien. Elle était au comptoir, elle attendait une commande. Elle avait l'air fatiguée. Enfin, je veux dire, on est tous fatigués, c'est pas un métier facile. Mais, elle, on aurait dit qu'elle venait de courir ou de faire quelque chose de physique intense ».

— Hé bien…

— Oui.

— Une absence suspecte, une employée qui n'est jamais à sa place.

— Son poste justifie peut-être sa polyvalence.

— Ou lui sert d'excuse.

— Tu sais à quoi je pense ?

— Que dix-vingt minutes, ça suffit pour aller au port, mettre le feu et revenir.

Pio rejoignit Rageot à son bureau.

— Son témoignage à elle, tu l'as ?

— Oui, je pense… Ah, le voilà.

Ils parcoururent ensemble la version des faits de la serveuse.

— Elle ne fait pas allusion à cette absence !

— Oui mais ça ne prouve rien, temporisa Pio. Elle a pu oublier ou ne pas la juger importante. Creuse là-dessus, vois si on a quelque chose sur elle.

Il y aurait quelque chose, Pio le sentait. C'était comme ces instants fugaces pendant un match où l'on sent que tout va basculer, que l'effort ne sera pas vain, qu'on peut y croire. Il devait y avoir quelque chose.

— Hop, hop, hop, hop ! Cria Rageot.

— Quoi ?

— Ça va te plaire, chef.

Pio lut le dossier qui s'affichait sur l'écran. Il y avait bien quelque chose. Il le savait.

— T'as vu l'adresse ?

Pio n'en crut pas ses yeux.

— Pute borgne ! Souffla-t-il. On se croirait dans un mauvais roman.

Lexovitch, qui suivait la conversation depuis son bureau, ne put résister et s'approcha. Rageot lui montra du doigt les deux points essentiels à ne pas rater.

Pio regarda l'heure. Vingt-et-une heures.

—John si t'as son témoignage, c'est que les agents l'ont croisée tout à l'heure au Waimea ?

— Oui, sans doute.

— Donc, elle doit travailler ce soir ?

— Euh…je suppose, oui.

Pio réfléchit un instant. Il fallait la jouer fine. Débarquer comme ça au Waimea n'était pas une bonne idée. Après tout, rien ne prouvait que c'était elle. De fortes suspicions, oui, mais aucune preuve, aucun indice.

— On ira la voir demain matin tous les deux. À la première heure.

— OK, sourit John.

— C'est du beau boulot.

Aller la voir chez elle, au réveil. C'était la meilleure solution.

— Ce serait elle ma criminelle ? Pensa-t-il. Une gamine de même pas vingt ans ? Une jeune arcachonnaise nommée Maud Béloze ?

Il eut envie de passer au Waimea de manière officieuse. Boire une bière, l'air de rien, prendre la température, voir à quoi elle ressemblait. C'était une mauvaise idée. Sa carrure ne passait pas inaperçue et il y avait toujours le risque d'être reconnu. Il pouvait envoyer John mais c'était presque pire en fait. Lui profiterait de l'occasion pour boire et draguer et tout le monde capterait que c'était un flic. Restait Lexovitch. Mais, il avait beau faire des efforts, il n'arrivait pas à se l'imaginer dans un bar. L'avait-il déjà vu boire un verre ? Il faudrait qu'il consulte ses carnets.

Non, la meilleure solution était d'attendre. À la première heure demain, il aurait sans doute ses réponses. Une serveuse adolescente tueuse. Après tout, il avait vu plus curieux. Il ne devait pas s'emballer pour autant. Il savait que chaque affaire détenait son lot de surprises auxquelles, la plupart du temps, on ne s'attendait pas.

- 27 -

Elle n'y avait pas mis les pieds depuis des années. Lors de cette soirée d'Halloween partie en cacahuète. Camille ne reconnut rien. Ni le bar à sushis, ni le coin burger ni même l'arrière-salle où l'on bouffait devant des écrans géants qui diffusaient du sport en boucle. Elle se crut propulsée dans un épisode de *Doctor Who*.

De son côté, Sophie faisait preuve d'une grande aisance. Elle dandinait déjà sur une musique à la mode que Camille avait déjà entendue plus d'une fois mais dont elle n'aurait pas su dire le titre.

— On se prend à boire !

— Tu ne voulais pas qu'on mange ?

— Si. Mais d'abord, il me faut une bière.

Avant même que Camille puisse expliquer à Sophie que les deux n'étaient pas forcément incompatibles, celle-ci était devant le comptoir, sur la pointe des pieds, hurlant sa commande à un barman, caisson de basse oblige. Elle revint avec deux énormes pintes de Guinness. Camille faillit défaillir à la perspective de savoir qu'elle allait devoir boire tout ça.

— Bon, on se trouve une table ?

Sophie l'entraîna dans l'arrière-salle où elles s'assirent le plus loin possible des écrans.

Camille regarda autour d'elle. Il y avait beaucoup de monde, beaucoup de bruit et de l'insouciance en pagaille. Camille les enviait un (petit) peu. Elle aurait voulu être comme eux, se fondre dans la masse mais son esprit était sans cesse occupé, tourné ailleurs, réquisitionné à plein temps à gérer le cataclysme qui s'était abattu dans son corps et le feu qui bouillonnait dans son cœur. Les garçons, les filles, ceux qui s'aimaient, ceux qui essayaient, ceux qui oubliaient, Camille les regarda tous. Elle était détachée, à part. Elle n'était pas vraiment venue pour s'amuser.

— Allez, à la tienne, Erin !

Toute la journée, Sophie avait usé de ce surnom pour désigner Camille. Une référence à Erin Brokovitch, la gentille fille qui met son nez partout.

Elles burent une gorgée de bière. Une serveuse s'approcha.

— Bonsoir, je suis Maud. Vous savez ce que vous voulez ou je vous apporte la carte ?

— Je me damnerais pour un burger. Pas toi ?

— Pas à ce point-là mais un hamburger, oui, pourquoi pas.

— Vous avez la carte des burgers sur cette pancarte, indiqua la serveuse. Je vous laisse regarder. Je reviens dans cinq minutes.

Camille la regarda s'éloigner. Une idée se baladait dans sa tête.

— Tu craques pour les jolies serveuses ? Osa Sophie.

— Non…non. Je me disais que…

— Ouais, je sais ce que tu te dis. Mais n'oublie pas qu'on est surtout là pour s'amuser.

— C'est vrai, tu as raison.

La serveuse revint et prit la commande. Camille la dévisageait, elle avait envie de lui poser une question, non des tas de questions, mais elle n'osait pas. La serveuse remarqua les regards de Camille et lui sourit gentiment.

— T'es vraiment une obsédée, dit Sophie une fois qu'elles furent à nouveau seules.

— Pardon ?

— Non, rien.

Sophie prit une gorgée de bière et s'attarda un peu sur la foule. Camille se sentit un peu bête. Comment s'était-elle retrouvée là ? Elle repensa à tout ce qui s'était passé depuis la veille. Surtout, elle repensa au feu. Elle le revit, elle le ressentit de nouveau. Elle l'entendit gronder au plus profond d'elle-même.

Et elle se reprit.

La serveuse revint avec deux belles assiettes pleines à ras-bord.

— Vous étiez là le soir de l'incendie ?

Demanda Camille sans préambule.

Sophie écarquilla de grands yeux.

— Oui.

— C'était impressionnant, hein ? Je veux dire, c'était époustouflant, si…puissant.

La serveuse l'observa quelques instants. Elle semblait vouloir lire ses pensées.

— On peut dire ça, je suppose.

—Vous connaissez des gens qui y étaient? Je veux dire, aux premières loges.

—Y'a plein d'ostréiculteurs dans ce port, vous savez.

La serveuse tenait son plateau contre elle. Elle n'attendait plus que la fin de cette conversation qui, selon elle, semblait avoir déjà trop duré.

—Je pensais plutôt à des clients qui auraient pu se trouver là-bas, un peu par hasard et…

—Vous voulez en venir où, au juste?

Elle s'agaçait. Camille ne savait pas comment s'y prendre. Elle y alla franchement.

—Il y a une vidéo sur YouTube. On voit nettement deux personnes s'enfuir après le début de l'incendie. Deux personnes assez jeunes, la vingtaine, je dirais.

—Vous êtes quoi? Flic? Vous ne ressemblez pas à une flic. Journaliste, peut-être?

—Pas du tout, répondit Camille un peu décontenancée. Je m'intéresse juste au sujet. J'y étais et je…

—Ah, je vois. Une fouineuse. Écoutez-moi, je suis serveuse. Serveuse. Pas indic. Je ne sais pas dans quel polar de seconde zone vous avez lu qu'il n'y a qu'à se pointer dans un bar pour obtenir toutes les informations du monde de la trop crédule serveuse mais vous vous gourez, OK? Je ne sais pas qui a tué Kennedy, je ne sais pas où se trouve la chèvre d'or et je n'ai pas l'ombre de la moindre info sur l'incendie! Bon appétit!

La serveuse s'éloigna, furibarde.

— Alors, toi, tu te poses là, Érin Bourricot-vitch, commenta Sophie. J'espère que tu vas lui filer un énorme pourboire.

Camille s'en voulait. Encore une fois. Elle n'avait pas agi avec tact, avec discernement. Cela n'aurait servi à rien de retenter l'expérience avec une autre serveuse. Le mot passerait vite. La soirée était fichue et son enquête n'avançait pas. Peut-être qu'elle n'était pas faite pour ça. Les vrais enquêteurs avaient une véritable formation, avaient passé du temps avec des anciens qui avaient partagé leur savoir. La serveuse avait raison. Camille n'avait trouvé son expérience qu'à la lecture d'Agatha Christie, de Camilla Lackberg et d'un Bussi, un jour de faiblesse. Elle n'était pas à la hauteur.

Elle regarda Sophie qui mangeait son hamburger sans rien dire et avisa ses frites. Elle les couvrit de ketchup. Voilà ce qui lui fallait. Du sucre. Une tonne de sucre.

- 28 -

Il se sentait bien. Il s'était toujours senti bien dans les bars. Depuis les premiers jours de son adolescence. Il y avait eu les flippers, il y avait eu les demis, il y avait eu les clopes et la pièce de dix francs que l'on posait sur un coin du billard pour signaler aux joueurs qu'il était temps de passer la main.

Il réalisa alors qu'ils étaient nombreux à fumer. Même les dents du proprio derrière le bar serraient nonchalamment un brûle-gueule. Voir ça, des années que ne lui était pas arrivé. Le siècle dernier. Il aurait pu demander des explications à un habitué mais il se doutait un peu de la réponse. À son avis, si tout le monde fumait, c'était parce que tout le monde s'en foutait. Il regarda alors au plafond : la chape de fumée grise laissait présager du mauvais grain et nul n'y faisait attention.

L'un était plongé dans la lecture du journal local, l'autre dans le fond de son verre. Quelques-uns jouaient aux cartes, tous avec leur santé. Et tout ça se passait dans un brouhaha incompréhensible, comme si on se trouvait au cœur de l'océan et que tous les sabirs de la planète s'étaient donnés rendez-vous.

La porte s'ouvrit avec fracas, laissant entrer quatre jeunes gens et un peu du crachin qui s'y sentit comme chez lui.

— Patron ! À boire ! Cria l'un des nouveaux venus.

Visiblement, ils avaient déjà commencé la soirée ailleurs avant de venir. Tous les regards se tournèrent vers eux, même le sien. Il y avait deux garçons et deux filles et l'une d'entre elle perdit sa bonne humeur quand elle croisa celui de l'étranger assis dans un coin. Ils s'étaient reconnus.

Les jeunes se dirigèrent vers une table à l'opposé de la salle et commandèrent des bières. Pendant un moment, il ne se passa rien, si ce n'est quelques regards furtifs, gênés. À la fin, quand il fut à deux doigts de se lever pour regagner son hôtel, elle s'avança vers lui, deux bières à la main et la posa sur sa table.

— Tenez. C'est pour vous.

—J'avais demandé des huîtres.

Elle fit une moue de gêne trop exagérée pour être honnête. Il se félicita : elle était bien aussi belle qu'il l'avait imaginée plus tôt dans la journée lorsqu'elle abandonnait son visage de rancœur.

Elle s'assit. Ils se regardèrent sans rien dire pendant un moment, puis se servant de l'alcool comme la meilleure des excuses, ils levèrent leur verre et burent une gorgée.

—Je n'ai pas été cool, ce matin.

— Ce sont des excuses ?

— Non. C'est comme ça. Je n'ai pas été cool.

— Non, c'est vrai. Et moi, j'ai fait mon vieux con.

— Oui, c'est pas faux.

Ils échangèrent un sourire.

— Je m'appelle Émilie.

— Pierrot, mentit-il.

Il s'interrogea. Pourquoi mentir ? Ce n'était pas son truc d'habitude. Il préférait les emmerdes aux mensonges. Il disait toujours la vérité au détriment des conséquences. Alors pourquoi mentir ? Surtout à une inconnue qui ignorait totalement les derniers événements survenus sur le Bassin. Il ne savait pas pourquoi. Peut-être pour se protéger ?

— En vacances ?

— Oui. Les premières depuis des années. Peut-être les dernières.

— Ah, ça, si vous n'en prenez que tous les trente ans…

Il l'observa un instant. Elle lui rappelait quelqu'un.

— Vous êtes toujours directe comme ça ?

— Non. Enfin, si. On me reproche souvent de ne pas réfléchir avant de parler, de dire ce que je pense.

— Dire ce qu'on pense, ce n'est pas forcément une mauvaise chose.

— Ouais, c'est sûr. Mais, bon, parfois, je me mets dans tous mes états et je dis ce qui me passe par la tête et…

— C'est un pauvre type qui en fait les frais.

— C'est assez l'idée. Même si, bon, pauvre type, faut pas pousser, vous l'avez quand même bien cherché. Qu'est-ce qui vous a pris de me faire la morale, comme ça ?

— Je ne sais pas trop. Un réflexe de vieux con.

— Vous êtes dans l'ostréiculture ?

— Euh… non. Pourquoi ?

— Bah, c'est vous, pourquoi ? Pourquoi me faire la morale sur le métier si vous ne le pratiquez pas vous-même ?

— Je ne sais pas. Peut-être que je trouve que c'est un métier noble et…

— Un métier noble ? Hé ben, on voit bien que vous ne savez pas ce que c'est.

— Quand même, être paysan de la mer, c'est…

— Paysan de la mer, vous avez trouvé le bon terme. Et un paysan, ça ne prend jamais de vacances, ça n'a pas d'horaires, pas de week-end. Pas de vie, en fait. Et puis faut lutter contre la nature, le vent la pluie…

— Le sel qui vous bousille les mains.

Elle but une gorgée de sa bière et regarda vers la table où étaient ses amis.

— Allez les rejoindre. Vous avez suffisamment passé de temps avec moi.

— Non, c'est bon. Ne vous inquiétez pas.

— J'ai du mal à vous saisir. Vous aimez l'ostréiculture ou pas ?

— Je m'en fous.

— Pardon ?

— Je m'en fous. Je n'ai pas à l'aimer ou ne pas l'aimer. J'avais besoin de thunes, j'ai pris le premier boulot qui passait. Ici, c'est souvent dans l'huître, les premiers boulots qui passent.

— Et c'est pour ça que vous étiez désagréable ?

— Hein ? Ça ne va pas la tête ? Vous me prenez pour qui ? Vous croyez vraiment que je serais assez dégueulasse pour gueuler sur un pauvre type sous prétexte que je me fous de mon taf ? Non, mais vous n'êtes pas bien.

— Pourquoi alors ?

Elle but une autre gorgée de bière puis avisa la quantité qui restait dans son verre et le finit d'une traite. Son visage était subitement devenu grave, presque sombre.

— Ça, c'est mon signal. Allez à plus, Monsieur Pierrot. Si vous restez, on se reverra peut-être.

— À bientôt, Émilie. Merci pour le verre.

— Je le mettrai sur votre note.

Elle se leva et alla rejoindre ses amis. En une seconde, son visage s'illumina. Il resta à peu près quinze minutes de plus, le temps de finir sa chope. Les quelques regards qu'il lança à la dérobée ne rapportèrent qu'une seule chose : Émilie riait à gorge déployée, pleine de cette insouciance juvénile qui l'avait toujours fasciné.

Oui, il n'aurait pas su dire exactement pourquoi, parce que c'était trop confus, un peu trop complexe à expliquer avec des mots simples mais Émilie le fascinait.

- 29 -

Éric commençait à sentir son corps brûler. Même si ce n'était rien – il pouvait encore tenir longtemps – c'était quand même un message qu'il ne pouvait ignorer: il n'avait plus vingt ans. Sa forme était cependant excellente, bien plus que la plupart des gens. En arrivant à la caserne, il jeta un œil sur l'application mobile qu'il avait téléchargée la veille: I-Footiz. On la lui avait conseillée et elle avait 4,3 étoiles sur le store. Elle indiquait le nombre de kilomètres parcourus, la durée ainsi que la vitesse moyenne. Il eut une petite pincée au cœur. C'était légèrement en deçà de ce qu'il espérait, de ce dont il était encore capable il y a peu. Certes, il était fatigué – les petits étaient plutôt difficiles en ce moment – mais il devait se faire une raison. Le temps des records était révolu.

—J'aurais mieux fait de télécharger un jeu, pesta-t-il pour lui-même.

Il salua deux collègues qui nettoyaient un camion et entra dans la partie privée.

Il était rentré tard et s'était levé tôt. Il avait à peine croisé sa femme qui emmenait les petits à l'école. Il était difficile de mener une vie de famille avec son mode de vie. Peut-être que plus tard, lorsqu'il aurait pris sa retraite... À qui mentait-il? Il n'y avait personne d'autre dans sa tête, alors à quoi ça servait? La vérité n'était pas belle à entendre. Elle ne faisait pas bien, pas morale. La vérité, c'était que sa vie de famille l'étouffait. Il aimait ses enfants sincèrement. Il voulait le meilleur pour eux, il aurait donné sa vie pour eux. Mais au fond de lui, une idée avait germé puis, entretenue bien inconsciemment par lui-même, l'idée s'était développée et l'arbre qu'elle était devenue plantait ses racines au fond de son estomac et étendait ses branches partout dans son corps: il regrettait la décision d'avoir de nouveaux enfants. Sa fille aînée, issue de son premier mariage désastreux lui suffisait amplement. En terme d'amour et d'investissement. Il avait déjà du mal, à l'époque, à gérer les problèmes d'une adolescente, qu'est-ce qui lui avait pris de replonger là-dedans? De remettre le nez dans les couches, les terreurs nocturnes, les courses à rallonge, la crèche, la nounou, l'école? Il n'en savait rien. Il avait dit oui pour elle, c'est certain mais était-ce une raison suffisante? Elle était si jeune, si belle, elle rêvait tant d'être mère. Il avait cédé, bien malgré lui. Résultat: il étouffait.

Depuis quelques temps déjà, il était entré dans une routine malsaine, celle de toujours trouver une raison pour s'absenter, même lorsqu'il était de repos. Il trompait sa famille avec le reste de l'univers. À cette heure-là, au moins, il ne croiserait que sa fille aînée et elle n'aurait sans doute pas envie de discuter. Il irait jusqu'à la douche, grignoterait un bout et redescendrait. Ainsi allait sa vie, celle qu'il s'était choisie.

En montant les escaliers, il croisa deux inconnus, ce qui n'arrivait quasiment jamais.

Le premier était une vraie force de la nature. Carré, massif. Éric douta de pouvoir le croiser sans forcer le passage. Un jour, il avait aidé une copine à déménager. Elle habitait un vieil immeuble bordelais avec un escalier tout en pierre, étroit et qui partait en colimaçon. Il avait fallu faire descendre un frigo américain, marche par marche parce que sa taille rendait toute manœuvre impossible. Voilà l'idée que Éric avait en tête quand il vit ce type. De l'électroménager.

L'autre était plus jeune, autour de trente ans peut-être. Celui-là, il avait la tête parfaite pour y mettre des claques. C'était un crétin, ça se voyait. Pas stupide, non, mais un de ces crétins tout feu tout flamme qui agissaient avant de penser à réfléchir. Il devait aimer la vitesse, les sports extrêmes, ce genre de trucs. L'été, Éric en croisait à la pelle et le samedi vers quatre heures du matin sur la voie rapide, il sortait les gants pour les ramasser en petits morceaux.

Éric avait suffisamment travaillé avec les flics pendant sa carrière pour en reconnaître quand il les croisait d'aussi prêt. C'était marqué sur leurs gueules, sur celle du jeune surtout.

— Bonjour, commença Éric.

— Bonjour, monsieur.

— B'jour.

— Vous cherchez quelque chose ? Quelqu'un peut-être ?

— Nous avons trouvé merci, répondit le baraqué.

— Je suis le capitaine Lestricat. À qui ai-je l'honneur ?

— Ah, capitaine Lestricat. Nous sortons justement de chez vous.

— De chez moi ? S'étonna-t-il. Mais…

— Lieutenant Wojceikowski. Et voici l'officier Rageot. Nous sommes du SRPJ de Bordeaux.

— Ah, vous êtes là pour les cabanes. Je peux vous raconter si vous voulez. Juste le temps de monter et…

— Ce ne sera pas nécessaire, merci. Je dispose d'un rapport très complet.

— Mais alors ?

— Alors, ce n'est pas vous que nous sommes venus voir, capitaine. C'est votre fille.

— Ma fille ?

Éric écarquilla de grands yeux. Il se noyait entre surprise et confusion.

— Pourquoi ? Que se passe-t-il ? Que lui avez-vous dit ?

Le lieutenant se tourna un instant vers le jeune flic avant de répondre.

— Comprenez que je ne puisse rien vous dire. Votre fille est majeure. Et c'est une enquête pour meurtre.

— Ah mais je veux savoir ! J'exige de savoir !

— Vous ne pouvez rien exiger.

— Enfin si, vous pouvez, ajouta le jeune crétin. Mais ça ne change rien pour nous. Si on n'a pas envie de vous le dire, bah, on ne vous le dit pas.

Éric lui lança un regard énervé. Pour qui se prenait-il celui-là ?

— Écoutez, je ne suis pas n'importe qui.

Le lieutenant le regarda fixement pendant longtemps. C'en était presque gênant à force ce silence qui s'imposait.

— Je suis un policier, capitaine Lestricat, dit-il enfin d'une voix douce. J'ai dans ma poche un carnet dans lequel je note tout. Absolument tout. Si je le fais, c'est parce que j'ai tendance à oublier. Je suis né du matin, voyez-vous. Alors un nom ou un autre, ce n'est guère plus qu'une ligne. Tout le monde est n'importe qui dans mon carnet.

Pio reprit la descente de l'escalier. Comme prévu, Éric dut se coller au mur pour le laisser passer.

Lorsqu'ils eurent quitté la cage d'escalier, il se précipita dans son appartement. Sa fille, encore en tenue de nuit, regardait par la fenêtre.

— Maud ?

Elle se retourna. Elle avait une mauvaise tête, celle qu'il ne connaissait que trop bien. C'était celle de la culpabilité, celle du remords. Celle qu'il avait déjà trop souvent vue.

— Maud, ne me dis pas que ça recommence…

Elle ne répondit rien et retourna à la contemplation de la fenêtre et de ce qui s'y passait derrière.

– 30 –

Il n'avait pas bien dormi. Pas assez bu, trop pris de fumée. Il avait l'habitude de se lever tôt. Aussi, quand les premiers rayons de soleils passèrent entre les lames des volets, il sut qu'il avait raté le coche. Il ne se rendormirait plus.

Il se leva, entra dans la salle-de-bain et se servit un verre d'eau. Il n'avait pas bonne mine. Et ça n'irait pas en s'arrangeant. Il se dit que la prochaine fois qu'il croiserait sa gueule dans un miroir, ce serait peut-être en prison mais il éloigna rapidement cette pensée.

Il devait rester concentré. Concentré sur ses vacances, sur ses derniers moments d'homme libre.

Il ouvrit les volets et la lumière envahit toute la pièce. Il ne plissa même pas les yeux, habitués depuis bien longtemps à regarder le soleil en face. Dehors, la vie avait déjà repris son cours. On voyait plusieurs bateaux de pêche au large, quelques passants et des commerçants ouvrant leurs rideaux de fer. Même Émilie était en place, le nez rivé sur son portable.

—Je me ferais bien quelques huîtres, se dit-il. Avec du pain.

Il enfila pantalon et chaussures ainsi qu'un t-shirt propre puis se passa de l'eau sur le visage et se brossa les dents. Il prendrait sa douche plus tard.

En repassant devant la fenêtre, il jeta machinalement un coup d'œil. Émilie n'était plus derrière son stand. Il s'approcha, la chercha du regard. Elle était un peu plus loin avec un homme qu'il n'avait jamais vu. Il était sans doute un peu plus âgé qu'elle mais pas beaucoup plus. La discussion semblait houleuse. Enfin, ce n'était pas à proprement parler une discussion puisqu'il n'y avait que lui qui parlait. Et il semblait parler fort, s'énerver, l'invectiver. Émilie restait tête baissée ou de côté, le regard vague. Il repensa à leur propre conversation de la veille. Pourquoi se laissait-elle faire ?

Un client s'approcha du stand avec l'air de ne pas vouloir déranger. Émilie sauta sur l'occasion. L'autre resta où il était, quelques mètres en arrière. Lorsque le client fut servi et envolé, elle resta derrière le stand. Après quelques secondes, le type s'approcha vivement, lui prit le bras sans délicatesse. Elle essaya de se débattre mais il la tenait fermement.

Il devait faire deux bonnes têtes de plus qu'elle et semblait assez costaud. Émilie grimaça. Elle ouvrit alors la bouche à son tour, sans ménagement. Derrière sa fenêtre, il aurait tout donné pour entendre ce qu'elle lui disait. Ça ne plut pas au type, en tout cas, qui la menaça du doigt, lui posant même sur la joue. Elle essaya de s'en dégager mais il insistait, pesant avec force. Elle donna des coups avec son bras de libre, lui cria dessus. Il la lâcha et regarda autour de lui. De là où il était, il ne pouvait pas voir le bas de la rue mais nul doute que certains passants se retournaient. Ça allait devenir une sale habitude dans le coin.

Le type ne se calma pas pour autant. Il éleva la voix. Elle portait loin. Ses gestes étaient saccadés, vindicatifs. Émilie avait perdu de sa fougue. Elle baissait la tête, semblait vaincue.

Il en eut assez. Il sortit à toute vitesse de la chambre, sans prendre ses clefs — manque d'habitude — et descendit l'escalier quatre à quatre. Émilie l'aperçut au moment où il sortit de l'hôtel et devinant ses intentions, elle lui fit un « non » de la tête. Il resta donc là, un peu penaud, comme un cheval arrêté dans son élan.

La scène reprit là où il l'avait quittée. Le type déchargeait sa colère contre Émilie qui ne se défendait pas beaucoup, même si parfois, elle se permettait quelques fulgurances. Enfin, elle se retrouva seule. Il traversa la rue.

— Je n'ai pas envie de vous causer, dit-elle avant qu'il soit à moins de cinq mètres. Pardon, ce n'est pas vous. Mais je n'ai pas envie, là.

— C'est ça, tes emmerdes ?

— On se tutoie maintenant ? Tu crois quoi ? Que t'es devenu mon pote parce que tu as voulu me porter secours ?

Il ne savait pas quoi en penser. Elle était encore sous le coup de la colère et avait besoin de la passer sur n'importe qui, n'ayant pas pu le faire sur l'autre.

— C'était qui ce type ? Ton mec ?

— Mon ex.

Elle lui adressa un regard très dur. Ce n'était pas vraiment lui qu'elle regardait. C'était le reflet d'elle-même. Il baissa un peu les yeux.

— Je suis ridicule, hein ? Tu ne croyais pas que j'étais ce genre de fille ?

— Pas le genre de filles à te faire marcher sur les pieds, ça, c'est certain.

— Je n'ai pas envie d'en parler.

Elle se pencha sur la table des huîtres et fit mine de les ranger pour les mettre en valeur. Il resta un instant à la regarder puis s'éloigna. Il allait remonter dans sa chambre quand, avisant que son portefeuille se trouvait bien dans la poche arrière de son pantalon, il s'assit à la terrasse d'un café.

Il était assez loin pour ne pas imposer à Émilie une présence qui aurait pu être mal interprétée mais assez bien placé pour jeter parfois un coup d'œil sur elle à la dérobée.

Pendant une heure, il ne se passa rien de plus. Plusieurs clients qui n'obtinrent même pas un sourire et de nombreux SMS échangés. Il essaya de se faire le film de la vie d'Émilie. D'imaginer toutes les situations possibles qui auraient pu déboucher à ça, à cette mascarade d'amour. Il dût reconnaître bien vite son échec. Il n'était pas doué pour ça. En réalité, il n'était pas doué pour tout ce qui touchait de près ou de loin à l'amour. Des preuves, il en avait obtenues récemment.

Il n'avait jamais été amoureux. Enfin, pas vraiment. Pas une fille qui lui ai fait battre le cœur une fois sur deux. Pas un chagrin d'amour, pas une passion dont il pouvait s'enorgueillir. Toutes celles qui avaient partagé ou juste croisé sa vie n'avaient pas percé la couche de graisse qui entourait son cœur. Il n'avait jamais su pourquoi. Comment pourrait-il comprendre ce qui se passait dans celui d'une fille tout juste sortie de l'adolescence ?

Il décida de remonter dans sa chambre. Par la fenêtre, il jeta encore un coup d'œil vers elle.

— Elle doit rester jusqu'à treize heures, estima-t-il par rapport à ce qu'il avait pu observer la veille. Je profiterai du coin cet après-midi.

Pendant plusieurs heures, il tourna en rond dans sa chambre. Comme un lion en cage qui attend la moindre faiblesse de son geôlier pour bondir et disparaître. Plusieurs fois, de nombreuses fois, il se jura intérieurement que si le type réapparaissait, il dévalerait les escaliers et lui montrerait de quoi il était capable.

— De quoi suis-je capable ? se demanda-t-il enfin au bout d'une heure ou deux. De lui péter la gueule comme ça en pleine rue ?

Il reconnut qu'il n'était plus tout jeune et que même quand il était jeune, il n'était pas à la baston. Ça n'avait jamais été son truc. Il laissait ça aux autres. Bien sûr, il avait bien foutu un pain ici ou là mais toujours en légitime défense, parce qu'il fallait bien. Se battre, il ne savait pas. Il n'avait jamais pris de véritable pain, n'avait jamais eu à regarder sa gueule toute cabossée dans un miroir. Il ignorait ce que ça faisait. La voir tuméfiée, toute déformée, comme un animal, avec du sang séché qui la couvrait, qui la salissait, c'était un spectacle auquel on n'était jamais préparé. Il fallait avoir la vocation. Lui ne l'avait pas, ne l'avait jamais eue. Et l'autre, il était jeune, il était costaud, il avait la colère. À l'affronter, c'était sûr, il se rendrait ridicule. Que pouvait-il bien faire alors? Et que devait-il faire? Après tout, il ne la connaissait pas. Ils avaient échangé une engueulade et une bière. Pas assez pour se connaître, pas assez pour avoir le droit de se mêler de sa vie. Ce qu'il y avait de mieux, c'était de laisser faire, de ne pas interférer, reprendre ses vacances, rencontrer d'autres gens sans problème et de profiter.

— Mais les gens ont toujours des problèmes, hein? Demanda-t-il à voix haute.

Évidemment, personne ne répondit.

Il y avait quelque chose avec cette fille. Il n'aurait pas su dire quoi. Il avait envie de la protéger, de prendre soin d'elle, de poser un pansement sur ses blessures. Il voulait la tenir à l'écart de tout ce qui pourrait lui faire de la peine. Il ne comprenait pas ce qui lui arrivait. Elle lui rappelait quelqu'un, c'était certain. Mais qui?

Lorsque sa montre indiqua midi et quart, il se posta à la fenêtre et guetta chacun de ses gestes. Les passants se faisaient plus rares, les clients aussi. Un homme, dans la cinquantaine, habillé comme un marin, s'approcha d'elle. Ils échangèrent quelques mots, il récupéra la petite boite en fer jaune qui servait de caisse puis, ensemble, ils commencèrent à ranger les caisses d'huîtres dans une fourgonnette garée juste à côté.

Il dévala l'escalier quatre à quatre.

– 31 –

Pio restait sur une impression étrange. Maud semblait honnête mais elle avait répondu avec un tel aplomb, une telle assurance que c'en était déconcertant. Elle avait fourni des explications un peu gênantes, donné un nom et un numéro. On vérifierait son alibi. Pourtant, quelque chose clochait. Il n'aurait pas su dire quoi. Rageot n'avait pas trop d'avis. Il était encore sous le charme de la suspecte. Oui, elle était belle, très belle même, surtout au réveil, à peine jetée hors du lit. Et pourtant, elle n'avait pas eu besoin de faire usage de ses charmes pour tenter de les amadouer. Elle était sûre d'elle, de son alibi. Elle n'avait pas besoin d'autre chose.

Il appela les bureaux de Pujol-Barreyre. Toujours sans nouvelle. La secrétaire commençait à perdre patience. Pio aussi. Il appela Lexovitch et lui demanda une adresse. Ce dernier lui fit remarquer qu'il disposait d'internet sur son portable. Pio ne releva pas.

— Changement de trajet, dit Pio à Rageot. On ne rentre pas, on va chez Pujol-Barreyre.

— Aaah ! S'enthousiasma le chauffeur.

C'était une grande maison, très moderne, donnant sur la forêt, juste après le golf. On y était noyé dans les pins. Même une souche au bord du terrain, trop massive sans doute pour être retirée, avait été laissée à sa place. La clôture s'était adaptée et les deux fusionnaient parfaitement.

Il n'y avait ni voiture ni le moindre signe de présence. Pio soupira. Il le sentait mal. Rageot sonna une fois, deux fois.

— Décidément, c'est un fantôme ce Pujol-Barreyre.

— Ou un suspect idéal.

Le téléphone de Pio vibra. Un SMS de Jeannette.

— Denis Delfino est fiché pour voies de fait et petite délinquance, lut-il à haute-voix.

— C'est qui déjà, Denis Delfino ?

— L'ostréiculteur. Tu sais, le petit jeune.

— Ah, ah ! On y va direct ?

— C'est sur le chemin de toute façon.

Denis était affairé sur son bateau. Un problème avec le moteur apparemment. Il n'eut pas l'air ravi de voir Pio et Rageot s'approcher.

— Je ne vous dis pas que j'ai déjà tout dit à vos collègues car c'est inutile, hein ?

— Oui, Denis. La situation a changé.

Pio s'aperçut alors que l'ostréiculteur n'était pas seul. Assise sur un banc devant la cabane, côté port et donc invisible depuis le chemin, il y avait une jeune femme. Pio l'avait déjà vue quelque part mais il n'aurait pas su dire où.

— Mademoiselle…

— Messieurs.

— Qu'est-ce qui a changé ? Demanda Denis.

Pio observa la jeune femme. Il n'aimait pas étaler au grand jour les secrets des autres. Qui était-elle ? Pouvait-il parler devant elle ?

— Vous êtes fiché chez nous, vous ne l'avez pas dit aux collègues, lança Rageot avec moins de principes.

— Non, en effet.

— Pourquoi ?

— Parce que la justice française dit qu'on redevient un citoyen normal lorsqu'on a payé sa dette à la société.

L'ostréiculteur et le jeune policier se toisèrent un moment. C'était un talent inné de Rageot, ça, que de se faire détester instantanément par les suspects. Pio observait la jeune femme. Elle semblait surprise par la réaction de Denis. Elle ignorait donc son passé tumultueux. Quant à l'ostréiculteur, il semblait un peu contrarié qu'elle soit là. Il la regardait parfois avec agacement.

— Pour nous, du coup, vous êtes un suspect idéal.

— Ça ne m'étonne pas. Mais je vous rappellerai au cas où ça vous intéresse que je n'ai jamais donné dans l'incendie criminel et encore moins dans le meurtre.

— Y'a un début à tout.

— De quoi ?

Denis lâcha ce qu'il était en train de faire. Il semblait à bout. Rageot avait encore réussi à tirer la bonne corde sensible.

— On a lu votre dossier, souligna Pio. On a tout lu. Maintenant, si on pouvait se calmer. C'est juste une enquête de routine.

Il regarda Denis puis John avant de reprendre.

— À moins que vous ayez quelque chose à nous dire ? Quelque chose que vous auriez pu oublier l'autre jour ?

— Ça arrive à tout le monde d'oublier, précisa John. Le stress, l'émotion…

— …et que vous auriez envie de partager avec nous, aujourd'hui. À tête reposée.

Denis jeta un coup d'œil rapide à la jeune femme qui n'échappa pas à Pio.

— Rien de plus. J'étais dans ma cabane. Je venais juste de finir mon calibrage quand j'ai senti la chaleur. J'ai touché le mur, il était brûlant. Alors, je suis sorti. Quand j'ai vu que les cabanes étaient en feu et que je ne pouvais rien y faire, je me suis tiré.

— Où ça ? Demanda Rageot, connaissant déjà la réponse.

— Vers la rue, avec les autres.

— Et vous n'avez rien vu de particulier ?

— Non. Rien.

— Vous connaissiez bien la victime ?

— Oui. C'était mon voisin.

— Je suis sûr qu'il y a des tas d'ostréiculteurs sur ce port que vous ne connaissez pas, sourit Pio.

— Oui, admit Denis. C'était mon ami.

— Il avait des ennemis ?

— Pas que je sache.

— Mais c'était un emmerdeur, non ? Lança Rageot.

Le faisait-il exprès ? Pio se le demandait souvent.

— Oui ! s'énerva Denis. C'était un emmerdeur mais seulement avec ceux qui l'emmerdaient !

— Ça veut dire quoi, ça ?

— Qu'il ne s'attaquait pas aux gens gratuitement ! Qu'il y avait une raison derrière tout, que tous ceux qui se sont affrontés à lui, ils ne respectaient pas les règles ou la nature ou je ne sais quoi d'autre et que c'est bien qu'il y ait ce genre de mecs qui ont pas peur de prendre des coups !

Pio jeta un œil vers la jeune femme. Elle écoutait attentivement en ouvrant de grands yeux.

— Vous n'y comprenez pas grand-chose, hein ? Persifla Rageot.

— Non, pas vraiment, admit Denis. L'important, c'est qu'il ne méritait pas de crever comme ça. Faut être un beau dégueulasse pour faire cramer un mec.

— Vous connaissez quelqu'un qui en serait capable ? Demanda Pio.

— Pff ! Allez savoir !

Denis regarda autour de lui, au loin, vers le Bassin. Pio se demanda s'il soupçonnait un ostréiculteur. Il se tourna alors vers la jeune femme.

— Et vous, mademoiselle ? Vous auriez des choses à nous dire ?

— Euh…moi ? Oui, non, je veux dire…

— Qui êtes-vous, déjà ?

Elle ouvrit la bouche pour répondre. Le téléphone de Pio sonna. Le procureur. Pio n'en crut pas ses oreilles.

— J'ai le rapport d'autopsie sous les yeux, assura Bruneau. La victime retrouvée dans les décombres n'est pas Jean Cameleyre dit « Le Sénateur ». Le médecin légiste qui a travaillé grâce au dossier dentaire est formel. Il avait un implant sur une dent. La vingt-sept, si ça vous parle. L'implant n'y est pas. Aucune trace de chirurgie à cet endroit-là.

— Mais alors, si ce n'est pas le Sénateur, qui est-ce ?

— Ça, lieutenant Wojceikowski, j'attends que vous le découvriez. Vous n'avez pas une petite idée ?

Pio faillit répondre : « Que voulez-vous que j'en sache ? », mais soudain, dans sa tête, de minuscules pièces se mirent à bouger, à s'emboîter les unes aux autres. Au bout du compte, cet amas de pièces ressembla à quelque chose, une image apparaissait. Le puzzle était en place.

— Il faut faire des recherches d'identification pour Pierre Pujol-Barreyre.

Il y eut un silence.

— Vous êtes sérieux, lieutenant Wojceikowski ?

— Tout à fait. Si l'ostréiculteur n'est pas la victime, c'est qu'il est le coupable.

— Et en fuite !

— Absolument, monsieur le procureur. J'ai besoin de tous les moyens disponibles.

— Je m'en charge.

— Et je dois aller perquisitionner immédiatement le domicile du Sénateur.

— Je m'occupe de cela aussi. Vous pouvez y aller.

Après avoir raccroché, Pio fit signe à Rageot de le suivre et ils montèrent en voiture. Pio était pressé. Il avait perdu beaucoup de temps, trop, à chercher un faux coupable. Il n'y avait plus une seconde à perdre. Lorsque la voiture s'emballa, Pio ne jeta pas un regard en arrière. Il ne vit donc pas que Denis avait subitement disparu.

– 32 –

Denis ne s'était pourtant pas envolé. Il avait juste fait le tour de la cabane jusqu'à l'endroit où Camille avait garé son scooter. Lorsque les deux flics montèrent en voiture, il alluma le moteur. Lorsqu'ils furent à bonne distance, il démarra. Ils allaient dans la même direction et il devait y être avant. Ils étaient devant et plus rapides.

Au rond-point du port, ils prirent à gauche sur l'avenue Leclerc. Lui, il prit en face vers le Waimea mais obliqua tout de suite à gauche, sur le passage de la Traîne. En contrebas, caché par les boutiques, il put rouler à fond et combla son retard. Cela ne suffit pas pour les dépasser. Ils prirent la rue du port et il les suivit à quelques mètres derrière. Ils ne pouvaient sans doute pas le reconnaître mais ils pouvaient le repérer. Cela avait-il de l'importance ? Après tout, il ne faisait rien de mal, pas encore du moins.

Le vieux habitait rue Gaston de Foix. Ce qui était un avantage considérable pour Denis. Les flics allaient devoir emprunter la rue Jean de Grailly jusqu'au rond-point des cabanes tchanquées puis repartir dans l'autre sens par la rue du président Carnot avant d'entrer rue Gaston de Foix. Lui, opterait pour un parcours sensiblement différent. Au rond-point de la pharmacie, ils prirent à gauche sur Charles de Gaulle, lui prit tout droit, par derrière la boulangerie. Il remonta la partie piétonne et le parking, se fit insulter par un promeneur qui ramassait les déjections de son chien et tourna à gauche. Il obliqua ensuite à droite, sur la rue Carnot sans se formaliser du sens interdit. Il roula à fond sur la piste cyclable, zigzagant entre deux touristes et tourna vers la rue Gaston de Foix. À l'autre bout, il vit la voiture des flics qui avait ralenti. Il eut peur qu'ils prennent eux aussi le sens interdit mais ils continuèrent sur la rue Jean de Grailly. Il arriva donc le premier chez le vieux. Bénis étaient La Teste et ses sens uniques !

Il ouvrit le portail, le referma derrière lui et poussa le loquet. Un jour, il avait vu le vieux cacher une clef sous une pile de tuiles à côté de la porte. Il faillit pousser un hurlement quand il la trouva. Il entra, se précipita dans le salon et parcourut la bibliothèque des yeux.

Le vieux lisait beaucoup, principalement des « Que sais-je ? » qu'il dénichait à droite et à gauche. Sa bibliothèque, c'était en fait un rayon entier de « Que sais-je ? ». Mais il y avait quelque chose d'autre. Quelque chose qui n'échapperait pas à une perquis' et qui ne devait surtout pas tomber entre de mauvaises mains. Surtout pas dans les mains des flics en fait. Par chance, il le répara assez vite.

C'était un cahier petit format, grands carreaux, comme on en trouvait partout, comme en avaient les écoliers. Il avait souvent vu le vieux avec ça dans les mains. Il ne l'emportait pas partout tout le temps mais la concentration dont il faisait preuve à chaque fois qu'il se plongeait dedans pour écrire quelques lignes suffisait pour laisser penser que c'était important. Denis ne savait pas encore s'il allait le lire mais il devait le mettre en sûreté.

Il entendit le loquet du portail. Il glissa le cahier à l'arrière de son pantalon et le couvrit bien de son t-shirt. Il se précipita alors dans la cuisine.

— Il y a quelqu'un ? Demanda une voix.

— Oui ! Dans la cuisine !

Denis regarda autour de lui. Il ne disposait que de deux secondes pour trouver une justification à sa présence.

— Denis Delfino ? S'interloqua le lieutenant Wojceikowski. Qu'est-ce que vous faites là ?

— Je viens nourrir le chat, répondit-il en montrant le paquet de Purina One qu'il venait d'attraper.

— Comment vous avez fait pour arriver si vite ? Nous sommes venus directement.

Denis joua l'étonné.

— Ah bon ? Bah, je ne sais pas. Peut-être que je connais mieux La Teste.

Le lieutenant grommela quelque chose. C'était assez vexant pour lui qui avait grandi ici. Mais les sens de circulation changeaient souvent et il était donc possible que les deux policiers aient fait un détour. L'autre flic ne lâcha pas l'affaire pour autant. Apparemment, il n'avait jamais été doublé.

— C'est pas clair, dit-il. On est parti avant vous.

Denis emplit une gamelle qui traînait devant le lave-vaisselle. Il sentit sur son dos les regards inquisiteurs.

— Il s'appelle comment le chat ? Demanda le lieutenant.

— Qu'est-ce que j'en sais, moi ? Répondit Denis du tac au tac. Le chat, c'est le chat.

Bien. Il était content. Il avait bien réagi. Jouer le naturel. C'était moins bien qu'un bon mensonge bien ficelé mais c'était toujours mieux qu'une fausse vérité bidonnée que l'on pouvait vérifier. Surtout que le vieux n'avait jamais eu de chat. Ce paquet de croquettes, ça devait bien faire un mois qu'il était ouvert. Il servait pour les chats errants qui venaient miauler parfois à sa porte.

— Denis, je vais vous demander de quitter les lieux.

— OK…

— Nous allons procéder à une perquisition. Nos collègues ne devraient pas tarder et vous ne pouvez pas rester ici.

— Très bien. Vous espérez trouver quoi ?

— Ça ne vous regarde pas ! Lança l'autre flic.

— Discrétion de l'enquête, Denis. Mais soyez sûr qu'à la moindre nouvelle information, vous serez tenu informé.

— Tu parles ! Pensa Denis. Je t'ai dit que le vieux était mon ami et tu ne me dis même pas qu'en fait il n'est pas mort. Tu te fiches de ce qui se passe dans ma tête. Fugitif, coupable peut-être mais bordel, il n'est pas mort ! Il n'y a que ça qui compte pour moi.

Denis reposa le paquet de croquettes sur le buffet et sortit. Le lieutenant, qui était massif, recula dans la pièce d'à côté pour le laisser passer. L'autre flic ne fit pas même un mouvement et Denis dut le frôler de très près. Il sentit sur lui son regard bouffi d'arrogance.

À peine dans le jardin, le lieutenant l'interpella.

— Denis, restez quand même dans le coin. J'ai encore des questions à vous poser.

— Pas de soucis, vous savez où me trouver. Pour mes horaires, consultez ceux des marées.

Denis quitta la propriété. En posant le casque sur sa tête, il ne put s'empêcher d'esquisser un sourire.

– 33 –

Elle avait repensé toute sa stratégie. Elle voulait désormais attaquer sous un autre angle. En fait, elle s'était rendue compte de l'absurdité d'entamer une enquête sur l'ostréiculture sans y piper goutte. Alors, elle se renseigna sur Internet et découvrit qu'il y avait à Gujan-Mestras, un musée de l'ostréiculture. Son enthousiasme étant, depuis peu, diaboliquement communicatif, elle réussit à y traîner Sophie, avec la promesse toutefois, d'aller déguster quelques huîtres après la visite.

Camille visita le musée comme une enfant sage, les lunettes vissées sur les yeux, un calepin et un crayon à la main. Sophie le visita, portable à la main, Facebook ouvert. Elles eurent toutes les deux l'impression d'être de retour à l'école. Camille apprit beaucoup de choses sur le métier d'ostréiculteur et sur l'huître en général. Elle ne savait pas ce qui allait lui servir ou pas. Alors elle nota tout : le nom des instruments des ostréiculteurs, même ceux qui étaient obsolètes, le calendrier de culture, les mots savants, même ceux qui étaient en latin. Il lui tardait de rentrer chez Sophie et de surligner tout ça au fluo jaune. Elle prit également plein de photos. Les maquettes, les illustrations, elle prit même les photos en photo. Elle était contente. Elle se félicitait intérieurement. Elle n'aurait plus l'air d'une cruche la prochaine fois qu'elle irait acheter des huîtres.

Dans une salle décorée façon 18ème siècle, on lui conta une curieuse histoire. Celle d'un cargo longeant les côtes aquitaines une nuit de grand vent et à deux doigts du naufrage. Pour alléger le navire et tenter de sauver sa peau, le capitaine n'eut pas d'autre choix que celui de balancer toute sa cargaison à la baille. Emportée par les flots, celle-ci se dispersa dans les eaux du Bassin d'Arcachon. Là où cela devint réellement intéressant – parce que jusque-là, hein, des histoires comme ça, on en a entendu à la pelle – ce fut quand on apprit que la cargaison était entièrement constituée d'huîtres. Et pas n'importe laquelle ! Des huîtres creuses bien différentes des plates que l'on trouvait dans les eaux du Bassin. Pendant un temps, les deux huîtres cohabitèrent pacifiquement. Un jour, pourtant, une maladie arriva comme arrivent toutes les maladies. On ne sut pas trop d'où, on ne sut pas trop comment. Toujours est-il que cette maladie éradiqua quasiment l'entière population des huîtres plates, les vraies, les authentiques, celles que les Romains avalaient à leur petit-déj. Cela aurait pu être juste la fin du monde. Heureusement, curieusement, l'autre huître, celle du naufrage, avait survécu. Elle remplaça l'huître plate au pied levé, de manière hégémonique. L'ostréiculture du Bassin était sauvée.

En écoutant cette histoire, Sophie envoya deux SMS et prit un selfie.

La saga ostréicole ne s'arrêtait pas là pour autant. Camille était tout ouïe, le crayon qui n'arrêtait pas de gratter.

Quelques années plus tard, une deuxième maladie entra dans le Bassin d'Arcachon sans y avoir été invitée. Cette fois, l'huître n'y survécut pas ou presque. Et peut-être que les choses en seraient restées là, avec tous les ostréiculteurs sur la paille, si quelqu'un n'avait pas eu l'idée de faire venir une huître très résistante, de l'autre côté du monde : l'huître japonaise. Elle s'adapta très vite et l'ostréiculture du Bassin, une nouvelle fois, fut sauvée.

— C'était passionnant ! S'écria Camille. On aurait dit un roman-feuilleton !

La guide sourit. Les visiteurs aussi enthousiastes étaient rares.

En sortant, Camille avait des images plein la tête. Elle acheta même deux caramels au beurre salé qui se trouvaient à côté de la caisse. Par gratitude, par envie. Prolonger un peu l'expérience, s'immerger dans tout ça.

— Bon, on va se les bouffer, ces huîtres ? Souffla Sophie en avalant le sien.

— Soit ! Tu l'as bien mérité.

Elles avancèrent sur le port. Camille nota les cabanes larges et joliment décorées, les tuiles chaulées parfaitement alignées. On aurait dit un joli petit village témoin, de ceux que l'on voit sur les cartes postales, où l'on dit : « Tiens, mais, c'est où, ça ? ».

— Ça change de La Teste, dis-donc.

— C’est sûr. Mais ne t’y méprends pas, le port n’est pas entièrement comme ça. Cette allée, c’est avant tout pour les touristes.

— Oh…

— C’est une bonne chose. Le commerce a besoin de ça, aussi. Vois ça comme de la publicité. Une belle vitrine décorée pour noël. En revanche, si tu veux de l’authentique, il suffit de s’éloigner un petit peu.

— Oui, pourquoi pas…

— Bah, une autre fois ! Je me suis coltinée ton musée, somme toute très intéressant, mais là ce que je veux, c’est manger. Et puis boire aussi, tiens.

Elles s’arrêtèrent à la première cabane et s’installèrent en terrasse. Camille nota avec surprise le goût avec lequel cela avait été décoré. Tout était en bois de récup. Les banquettes étaient faites main, les tables aussi. Il y avait quelques rideaux, de gros coussins moelleux, d’autres en forme de dalles bien confortables. On aurait pu se croire transporté au bord de la méditerranée.

Elles s’assirent à une table au bord du chenal.

— Du vin, par pitié, demanda Sophie à la serveuse qui s’était avancée vers elles.

— Bien sûr. Deux verres de blanc ?

— Oui. Chacune.

Elle s’affala ensuite sur la banquette.

— Haaaaa ! poussa-t-elle avec exagération. Heureusement qu’il y a l’alcool. Heureusement, qu’il y a les huîtres.

— Et le soleil.

— Oh, oui ! Et le soleil ! reconnut-elle en admirant ce dernier derrière ses lunettes. Et la mer ! Et le sable ! Juste après les huîtres, on va aller dans l'eau.

— Je n'ai pas mon maillot.

— Moi non plus ! Tu sais ce qu'on devrait se faire ? Un pique-nique.

La serveuse apporta les quatre verres de vin.

— Je vous apporte déjà ça. Si j'ai bien compris, c'est pour une urgence.

— C'est tout à fait ça. Bravo ! Et merci !

— Avec plaisir.

— Allez, bois, Camomille.

Elles trinquèrent. Sophie but une belle gorgée, s'étira sur la banquette, pencha sa tête en arrière. C'était bien la première fois qu'elle l'appelait Camomille. Cela la fit sourire. Comment avait-elle pu se passer de Sophie pendant toutes ces années ? Elle n'avait jamais peur d'être ridicule. Elle était spontanée, rieuse. Elle disait toujours ce qu'elle pensait. On ne devait jamais s'ennuyer avec elle.

Lorsque les huîtres arrivèrent, Camille pensa à tout ce qu'elle venait d'apprendre. Elle était ravie. Elle pouvait à présent nager dans ce milieu sans craindre de se noyer. Et elle savait par qui elle allait commencer ses investigations.

- 34 -

Cette fois, une voiture était bien stationnée devant. Une alpha romeo d'un jaune curieux, assez difficile à définir, genre qui a été passé, dilué. Ce fut Pio qui sonna, avec l'impatience d'un cycliste du Tour de France qui après avoir franchi un col voit le drapeau de l'arrivée s'agiter au loin.

Une femme de cinquante ans environ vint les ouvrir.

— Oui ?

— Madame Pujol-Barreyre ? Lieutenant Pio Wojceikowski du SRPJ de Bordeaux.

— Je parie que ça a un rapport avec mon mari.

Elle avait dû être très belle. Elle en gardait les marques comme certains tableaux aux couleurs jaunies, passées. On devinait quelques traces de chirurgie esthétique mais Pio n'était pas un expert. Elle était surtout habillée d'un déshabillé qui suggérait des formes élancées, délicates, qui ne laissèrent pas les deux policiers indifférents.

— Oui, Madame. J'ai le regret de vous informer que votre mari a été retrouvé mort.

— Ah.

Pio laissa passer un moment. Il ne savait jamais comment les proches allaient réagir et il ne savait jamais comment il devait réagir lui. Elle le fit à sa façon, bien à elle. Elle prit une grande inspiration comme si elle voulait garder en elle tout ce qui ne demandait qu'à en sortir.

— Venez, entrez, dit-elle enfin. Je suppose que vous allez refuser un verre mais vous pourrez toujours me regarder boire.

Elle rentra et emprunta un escalier. Durant la montée, Pio et John eurent tout le loisir de l'admirer. C'est surtout sa démarche qui fascina le lieutenant. Elle semblait calculée, millimétrée, comme celle des mannequins qui connaissent par cœur le nombre de pas jusqu'au bout de l'estrade. Ses hanches ondulaient à chaque marche. Dans sa main droite, pendait, délicatement tenu par deux doigts, un verre de whisky.

L'étage était quasiment occupé par un salon cuisine décoré avec goût et luxe où chaque chose était à sa place. Un beau canapé blanc flottait sur une moquette comme sur des nuages. Une table basse design meublait l'espace. Un bar tout en bois délimitait la cuisine. Une bibliothèque bien que peu fournie occupait tout un pan de mur. Il y avait aussi des photos dans des cadres modernes et épurés, des sculptures d'artistes, des photos d'objets typiques du bassin comme des pignots ou des arbousiers, des reproductions d'œuvres connues et aussi quelques bibelots inutiles qui pourtant trouvaient leur place. Pio se dit que ça devait être bien de vivre là, qu'il pourrait y passer toute sa retraite à mater le rugby et des thrillers sur la télé grand écran. Parfois, il irait sur la terrasse en bois suspendue aux portes de la forêt. Il écouterait tomber la pluie.

Elle but d'une traite son verre de whisky et s'en resservit un autre. Elle s'assit dans le canapé et croisa les jambes. Pio aperçut un shorty en dentelle bleu clair.

— Alors, il est mort de quoi ?

— Il faut attendre la fin de l'expertise pour le savoir avec précision mais selon toute vraisemblance, votre mari est décédé dans l'incendie d'une cabane ostréicole sur le port de La Teste.

Une lueur terrible passa à travers les yeux de Martine. Son visage se contracta. Pio crut même qu'elle allait en briser son verre.

— Je croyais…

Elle prit un moment, ferma les yeux.

— Je croyais que c'était le cadavre d'un vieil ostréiculteur qu'on avait retrouvé.

— En effet, c'est ce qu'on a cru de prime abord mais l'autopsie a révélé que non. J'ai demandé de refaire les analyses concernant votre mari. Elles ont été concluantes.

— Qu'est-ce qu'il foutait dans cette cabane ?

— Ça, j'espérais que vous me le diriez, Madame Pujol-Barreyre.

Elle eut un petit rictus de dédain.

— Ah ! Si vous pensez que je savais la moindre chose des agissements de mon mari ! Demandez plutôt dans les bars à toutes les pétasses que vous y croiserez… En fait, demandez à tout le monde. Le monde entier sera plus au courant que moi.

— Vous n'avez donc pas la moindre idée de… ?

— On l'a retrouvé à poil, le froc à l'air ?

— Difficile à dire, Madame, mais je ne pense pas.

— Alors, non, je n'en ai pas la moindre idée.

Elle but une autre gorgée de whisky. Elle semblait très affectée mais Pio ne décelait pas de tristesse ou alors juste un peu. Il devinait surtout de la contrariété et beaucoup de colère.

— Pourriez-vous me dire, Madame…

— Au diable avec vos « Madame » ! Je m'appelle Martine.

— Pourriez-vous me dire, Martine, si vous connaissiez celui que l'on nomme Le Sénateur ?

— C'est le… Enfin, c'était le cadavre retrouvé dans les cabanes.

— En effet. C'était surtout un grand adversaire de votre mari. Peut-être vous en avait-il parlé ?

— Non. Ou alors je ne m'en souviens pas. De toute façon, on ne causait pas beaucoup. Ça nous évitait d'avoir à nous mentir.

Martine pencha sa tête en arrière. Debout comme ils étaient, Pio et John avaient une vue qui ne ratait rien.

— Quand avez-vous vu votre mari pour la dernière fois ?

— Il y a bien une semaine.

— Une semaine ?

— Oui, j'étais partie sur la côte basque. En vacances. Je ne suis rentrée que hier.

Pio lança un regard à John. Celui-ci ne semblait pas très concerné par l'interrogatoire. Il avait d'autres idées en tête. Idées qui avaient pourtant un rapport avec la belle veuve.

— Mais vous n'avez pas essayé de joindre votre mari ? Lui peut-être ?

— Vous êtes marié, lieutenant ?

— Non.

— Alors, vous ne pouvez pas comprendre. Il arrive un moment dans certains couples où le téléphone ne sert qu'aux relations extérieures.

Pio resta interloqué.

— Je vous choque, hein ? Je ne fais pas trop veuve éplorée ?

— Non, je…

— Je le suis pourtant. On ne balance pas trente ans de sa vie comme ça. Et puis même si on ne supporte plus son mari, si on le déteste, on n'a pas envie de le voir partir comme ça. J'ai toujours cru que je le retrouverais mort au lit avec une pute ou baignant dans son vomi dans un caniveau.

— Sympa, souligna John.

— Chaque homme a la mort qu'il mérite. Enfin, apparemment pas. Cet imbécile avait peur du feu en plus.

Pio regarda à nouveau John. L'interrogatoire ne se passait pas comme il l'avait prévu.

— Revenons au Sénateur.

— Vous le soupçonnez, c'est ça ?

— En effet. Il est absent et les absents ont toujours tort, n'est-ce pas ?

— Sans doute.

— Nous cherchons donc à le localiser. Il est sans doute en fuite. Auriez-vous une information, même infime, qui puisse nous mettre sur sa piste ?

— Non, je vous ai dit que je ne le connaissais pas.

Pio se retourna vers John. Ils se firent un signe de tête.

— Hé bien, Madame… Martine. Nous allons vous laisser. Permettez-moi de vous adresser toutes nos condoléances.

— Merci. Revenez quand vous voulez, j'adore recevoir ce genre de visites impromptues.

Pio regarda le sourire niais qui s'affichait au ralenti sur le visage de John. Il emprunta l'escalier.

Au moment, où elle allait refermer la porte derrière eux, Martine les interpella :

— Dites, quand est-ce que je vais récupérer l'Audi ? J'ai horreur de l'alpha. Elle braque mal.

— De quelle Audi parlez-vous, Madame ?

— Hé bien, celle de mon mari, bien sûr. Elle n'est pas là, c'est donc qu'il l'a prise pour aller au port. Enfin, je suppose que vous la gardez à cause du fusil.

— Attendez, je ne suis pas sûr de bien comprendre. Nous n'avons retrouvé aucune Audi. Et de quel fusil parlez-vous ?

Martine parut étonnée. Lui aussi. Il soupçonnait ce que cette disparition pouvait signifier.

— Vous pensez que c'est son meurtrier qui l'a… ?

— Je vais avoir encore quelques questions à vous poser, Martine.

Pio dégaina son carnet.

OCTOBRE 1981.

Voilà une date qu'il faut marquer d'une pierre blanche ou alors à la chaux si on ne trouve pas le caillou adéquat.

Première fois chez le toubib. Je sais que c'est rare, de nos jours, les types qui n'y sont jamais allé. Du coup, c'est un peu comme si je venais au monde. C'est une sorte de baptême.

Habituellement, je me soigne à la «ça passera tout seul». Autant dire que je ne me soigne pas. Sauf que là, ce n'est plus possible. C'est les travaux de la cabane qui m'ont foutu dedans. Je porte des poutres et des planches dès que j'ai un moment de libre. Combiné au reste qu'est déjà pas mal physique… Ouais, diable de mauvais mélange.

C'est une douleur au dos qui ne me lâche pas. Pourtant, elle me semble familière. J'ai l'impression que c'est la même que d'habitude. Sauf que d'habitude, elle disparaît au bout de quelques jours, parfois une bonne semaine. Là, ça doit faire deux mois. Ça se barre, ça revient, ça se barre encore, ça revient toujours, bref c'est toujours là. J'ai beau chercher des positions, réfléchir à chacun de mes gestes, y'a pas, ça reste.

Alors bon, voilà, je vais chez le toubib. Je ne suis pas allé le chercher bien loin. Il a son cabinet juste en face du port. Je ne sais pas s'il est bon ou si c'est un charlatan mais ce n'est pas grave. Façon, je n'en connais pas d'autre.

Je m'y suis pointé pour l'ouverture. J'ai commencé par être un peu couillon. Je ne savais pas si je devais attendre devant le bureau de la secrétaire qu'était pas là ou me poser dans la salle d'attente et qu'on vienne me chercher.

C'est là qu'est arrivé un jeune type, presque un gosse, en blouse blanche. Je me suis dit que c'était un apprenti ou un genre de stagiaire. Il m'a salué et m'a demandé pourquoi je venais. Je lui ai dit que c'était à cause de cette saloperie de mal de dos mais que c'était sans doute pas grand-chose. Il m'a demandé si j'avais rendez-vous et comme j'en avais pas, il a eu l'air embêté. Puis après avoir réfléchi un moment, il m'a dit qu'on pouvait me prendre tout de suite et j'ai dit d'accord.

Il m'a fait passer dans le cabinet et m'a invité à me dessaper. J'ai demandé où était le docteur, il a souri et m'a dit que c'était lui. Ça m'a scié. Le type devait avoir quoi, pas trente ans, et le diplôme accroché au mur, c'était le sien ! Alors c'est peut-être un peu bête mais la confiance que je n'avais pas en entrant, elle s'est barrée quand même. Mais comme il me faisait une fleur à me prendre comme ça sans rendez-vous et qu'il avait déjà tout préparé, il était là à m'attendre à côté de sa table de médecine, bah, je n'ai pas osé partir, j'ai ôté ma chemise.

Et là, il s'est passé quelque chose de curieux. Ça devait faire quoi dix secondes qu'il passait des doigts tout froid sur mon dos, qu'il me demande si je ne serais pas ostréiculteur des fois. Je lui demande s'il lit ça parce que c'est marqué sur ma trogne. Il me répond que non, c'est marqué sur mes vertèbres lombaires. La cinquième pour être précis. « Ah, ça ! qu'il s'est écrié. La cinquième vertèbre lombaire, c'est la maladie du siècle chez les ostréiculteurs ! » Et voilà qu'il m'explique que c'est à cause des gestes que l'on fait, toujours à se baisser, toujours à pivoter avec du poids dans les bras et puis la station debout qui n'aidait pas à prendre du repos et les nuits trop courtes. Il rigola que la cinquième vertèbre lombaire, c'était un peu son fonds de commerce. Moi, je souriais comme un gamin devant qui on a ouvert le pot à bonbons.

Les gens, ils croient souvent que les ostréiculteurs, on est une sorte de bande, d'association, qu'on se connaît tous, qu'on est une grande famille. Alors que la plupart du temps, même dans la difficulté, c'est plutôt chacun pour soi et le naissain sera bien capté. Et là, je découvrais, par un presque môme, qu'en fait, il y avait depuis toujours quelque chose qui nous unissait, qui faisait notre identité. S'il ne m'avait pas filé des médocs, je crois bien que je l'aurais embrassé.

– 35 –

Il ne savait pas ce qu'il cherchait. Ce qu'il attendait. Il feuilletait le cahier du vieux comme on lisait un magazine, en espérant tomber sur un article un peu plus aguicheur que les autres. Pour l'instant, ça n'avait pas donné grand-chose. Au contraire, il regrettait d'avoir pris ce cahier. Il supportait très mal l'idée de fouiner dans sa vie, d'être entré sans avoir demandé la permission. Qu'est-ce qu'il croyait trouver ? « C'est moi qui ai foutu le feu aux cabanes » ? Il posa le cahier sur la table et alla faire quelques pas dehors.

Le port était pas mal animé. La faute aux marées. D'ici une heure, tout le monde serait sur ses parcs. Il lui tardait ce moment. Un peu de travail manuel lui ferait du bien. Retourner des poches sans réfléchir, il n'y avait rien de mieux pour chasser les pensées vagabondes.

Il ne s'était toujours pas racheté de téléphone. Il vivait comme un ermite. Camille le tenait un peu au courant mais il y avait entre eux beaucoup de non-dits. Faut dire aussi que leur rencontre s'était plutôt mal passée. Elle s'était excusée, lui aussi, un peu. Il avait apprécié le geste. Il gardait quand même ses distances. Il ne lui avait rien dit pour le cahier et n'avait pas demandé. Pourtant, il avait emprunté son scooter sans permission, avait fait la course avec les flics. Elle avait la légitimité de poser toutes les questions qu'elle voulait. Ce n'était pas qu'il se méfiait d'elle mais il avait tellement l'habitude de se protéger, d'entourer sa vie de mensonges, qu'il n'arrivait pas à vivre différemment. Il n'était jamais totalement honnête même quand il se sentait en confiance.

Comme il allait rentrer, il remarqua un attroupement. C'était juste cinq-six ostréiculteurs qui discutaient mais le fait était suffisamment rare pour le souligner. Il les connaissait de vue, bien sûr - le port était petit - mais il n'aurait pas pu les nommer. Comme ils se tenaient juste en face des cabanes brûlées, soit à quelques mètres de la sienne, il décida de s'approcher.

— Vous pourrez dire ce que vous voulez, moi je dis qu'il l'a bien mérité.

— Ça commence bien, se dit Denis.

C'était un type au béret rouge qui avait parlé. Denis le croisait souvent. Sa cabane était presque voisine de la sienne. Antipathique, sévère, il ne disait jamais bonjour. Le gros con, quoi.

— Tu ne peux pas dire ça. Personne ne mérite d'être brûlé vif.

— L'a quand même voulu nous buter. Alors, moi je dis que c'est de la légitime défense.

— Nous buter, hé l'autre, tu crois pas que t'exagères ?

Lui, c'était un petit gros. Assez sympa. Il lui avait serré la main une fois.

— Oui, nous buter, parfaitement ! Parce que toutes ces conneries de marina là, et d'hôtels grand luxe, c'est tuer le port, c'est nous faire disparaître. Tu crois peut-être que les richousses et les yachts, ils te veulent pour voisin ? Alors, moi, si le port, il disparaît et que nous avec, bah moi, j'appelle ça un meurtre.

— Un meurtre…

— Parfaitement ! Un assassinat !

Béret rouge remarqua la présence de Denis et le dévisagea.

— N'empêche, être brûlé vif dans une cabane ostréicole quand on veut tout détruire, c'est quand même un sacré coup du sort.

— C'est que justice.

— T'en penses quoi, toi ?

C'était un grand. René, Renaud, un prénom comme ça. Denis le connaissait parce qu'il était venu les aider pour nettoyer les parcs du vieux un jour. Pas le genre à faire chier.

— Moi ?

Tout le monde regardait Denis. Certains avec une petite pointe de dédain. Il n'était pas encore accepté.

— Ouais, t'en penses quoi de tout ça ?

— Je ne sais pas grand-chose mais je sais un truc. C'est qu'on ne tue pas les gens.

— Quoi ?

— On ne tue pas les gens. Quelle qu'en soit la raison. On peut avoir envie de les punir, de les frapper à la limite mais on ne tue pas les gens. Quoi qu'il ait fait ou qu'il ait voulu faire, ce Pujol-Barreyre là, il ne méritait pas de crever et surtout pas d'être brûlé vif.

Il y eut un silence. Il avait réussi son petit effet. Bien involontairement d'ailleurs parce qu'il ignorait totalement de quel coin de son cerveau ces mots étaient sortis.

— Non mais écoutez-le, lui, fit Béret rouge. Il nous donnerait des leçons.

— C'est beau ce que tu dis, reconnut le Gros. C'est beau parce que c'est vrai.

— Tu crois que c'est le Sénateur qu'a fait le coup ? Demanda le Grand.

— J'en sais rien. Je le vois mal foutre le feu à ses propres cabanes surtout en sachant qu'il y avait un mec à l'intérieur.

— Ils se détestaient !

— Peut-être mais moi des gars capables de brûler des gens vivants, j'en connais pas.

Certains acquiescèrent. D'autres ne firent rien mais Denis fut certain qu'ils n'en pensaient pas moins.

— Le port, c'était toute sa vie, rappela le Grand. Même si ce n'est pas lui, qu'il est innocent, il a tout perdu là.

— Il lui reste ses parcs, dit le Gros.

Il y eut des regards gênés qui se voulaient discrets mais que Denis perçut quand même.

— Oui, il lui reste ses parcs, renchérit-il.

Nouvelle gêne. Denis avait assez croisé de menteurs dans sa vie, notamment dans son miroir, pour les reconnaître.

— C’est quoi le problème avec ses parcs? Demanda-t-il.

Personne ne voulut répondre. Le Gros semblait tout ignorer mais il était bien le seul.

— Ils ont été pillés, dit enfin le Grand, qui ne supportait sans doute plus le poids de ce silence.

— Quoi?

— J’y suis passé hier. C’est sur le chemin pour aller aux miens. Il n’y a plus une poche. C’est du travail de dégueulasses parce que même les tables ont été retournées et les pignots renversés.

Denis sentit l’émotion monter. Il ne devait pas, il ne devait pas craquer devant eux. Il devait tenir bon, tenir. Garder son cerveau sur « ON ».

— Pas la première fois que ça arrive, ironisa Béret rouge.

— Pas de cette façon. Ça m’a fait mal au cœur.

— Celui qui aura de la peine, c’est le Sénateur quand il rentrera, souligna le Gros.

— S’il rentre un jour.

— Comment ça?

Denis savait bien qu’il aurait dû y aller. S’occuper des parcs du vieux en attendant qu’il revienne.

— Ah, parce que tu crois qu’il va revenir, toi?

— Faudra bien.

— C’est pas obligé. Et s’il revient, ce sera pieds et poings liés. Police, menottes, prison, oui, monsieur.

— Rien ne dit que ce soit lui qu’a fait le coup.

— La police croit que si et moi je ne fais pas mieux que la police.

Denis était encore sous le choc, il entendait la moitié de ce qui se disait. Nul doute qu'en pleine possession de ses moyens, il aurait eu envie de mettre son poing sur le nez de ce Béret rouge.

— Et depuis quand t'es du côté des flics, toi ? T'es aussi mouillé que le Sénateur, toi ! Et depuis toujours !

— Moi ?

— Ouais, t'es avec lui depuis le début, t'as fait autant d'actions politiques que lui.

— Militantes, pas politiques.

— Bah, c'est pareil.

— Non, ça ne l'est pas.

— On s'en fiche de comment t'appelles ça, dit le Gros. L'important, c'est qu'il faut reconnaître que le Sénateur, il s'est toujours cassé le cul pour nous aider et des fois avec des moyens tellement capillotractés que je ne les comprenais pas. Alors, ouais, il était chiant avec son écologie et ses normes qu'il voulait imposer, que ça ralentissait le travail et nous faisait des frais mais, pute borgne, c'est pour nous qu'il se battait ! Contre le ministère ! Contre la région ! Contre Pujol-Barreyre ! Il a toujours été de notre côté. Alors, hé, soyons du sien, un peu. Accordons, comme on dit là…

— Le bénéfice du doute.

— Oui, voilà. Accordons-lui le bénéfice du doute.

Ça, Denis l'avait parfaitement entendu et c'était tant mieux. C'était pile-poil ce dont il avait besoin. Et les autres aussi parce qu'ils souriaient tous sans exception.

— C'est vrai que sous ses dehors de chieur, c'était un gars bien.

— C'est. C'est un gars bien. L'est pas mort, je te rappelle.

— Qu'est-ce qu'on peut en savoir ? Tu sais où il est, toi ? On le cherche partout mais si ça se trouve, il est cané dans un fossé à pas cinquante bornes d'ici.

— Parle pas de malheur.

— Bah, on n'en sait rien. Et toi, t'as des nouvelles ?

Ils se tournèrent à nouveau vers Denis.

— Allez, tu peux nous le dire. Tout le monde sait que vous êtes potes.

— Non, pas de nouvelles. En plus, mon portable à fondu pendant l'incendie.

— Fondu ?

— Ouais, il était posé contre le mur qui a noirci.

— Pas de chance.

— Rachète-t'en un, petit. Si ça se trouve, ça fait des jours qu'il essaye de te joindre.

Denis écarquilla de grands yeux. Il n'y avait pas pensé la moindre seconde. Il devait en racheter un au plus vite, demander une nouvelle carte SIM. Il regarda sa montre. Avait-il le temps d'aller à la boutique ?

— Oh, le temps file, les gars, dit le Grand. Faudrait pas rater la marée.

Et tandis que Denis réfléchissait, ils se séparèrent tous comme une volée de mouettes.

– 36 –

Les ostréiculteurs avaient défilé toute la journée. Jeannette les avait convoqués au grand complet ajoutant à la liste des questions déjà établies, celles liées aux nouvelles pistes. Le Sénateur avait-il agi seul? Avait-il eu recours à l'aide de complices? Quelqu'un savait-il quelque chose qui permettrait de le localiser? Toute la journée, Jeannette avait répété les mêmes questions. On ne la surnommait pas «Ficus» pour rien. Elle avait la patience d'une plante en pot.

Dès la description de la voiture et le numéro d'immatriculation connus, infos fournies par Martine Pujol-Barreyre, Pio avait lancé des recherches à grande échelle. En ville d'abord, puis sur le bassin, le département, la région. Tout était passé au crible: les caméras de sécurité des autoroutes et des stations-services, les comptes bancaires du Sénateur, ses relations, son passé. On espérait trouver une adresse où il aurait pu se réfugier ou à défaut un endroit qu'il affectionnait particulièrement. La perquisition de son domicile n'avait rien donné. Son ordinateur et ses dossiers avaient quand même étaient saisis. Lexovitch planchait dessus.

L'appel à témoins à propos des deux personnes que l'on voyait s'enfuir du port sur la vidéo n'avait rien donné. Tout comme les différentes recherches sur Internet. Pio soupçonnait, vu leur âge apparent, qu'ils devaient fréquenter le Waimea. Il s'était donc concentré également là-dessus et avait convoqué David Koenig, l'homme avec qui Maud Béloze, la barmaid, avait soi-disant passé les quinze minutes pendant lesquelles elle semblait avoir disparu.

Il arriva pile à l'heure, comme un courant d'air qui aurait ouvert la porte. Il était grand, élégant et parlait d'une voix, pas douce, non, mais cajoleuse. Cajoleuse mais puissante. Ténébreuse. La jeune policière qui se trouvait à l'accueil en fut toute retournée. Il patienta tranquillement le temps que Rageot vienne le chercher. Très à l'aise, il était debout les mains dans les poches. Il regardait les affiches sur les murs, les reproductions de Toulouse-Lautrec. Parmi la foule qui se pressait ce jour-là, il était remarquable car il était le seul qui ne fixait pas ses pieds.

Ce fut avec un grand sourire, non forcé, qu'il salua Rageot et le suivit jusqu'à leur bureau. Il dit bonjour à Lexovitch et serra la main de Pio. Lorsqu'il s'assit, le lieutenant eut une impression étrange. Il était mal à l'aise. Il demanda ses papiers à David et les passa à Lexovitch pour qu'il vérifie son identité.

— Savez-vous pourquoi on vous a convoqué ?

— Pas du tout, répondit David. « Une affaire vous concernant », c'est bien vague.

— Une petite idée, peut-être ? Insista Rageot.

— Selon toute vraisemblance, avec tous ces ostréiculteurs qui garnissent vos couloirs, je me dis que c'est peut-être lié à l'affaire des cabanes incendiées.

— Bingo ! Vous voyez le rapport avec vous ?

— Non, pas le moins du monde.

— Vous étiez pourtant là le soir de l'incendie.

— J'étais là…je n'étais pas loin disons. J'étais au Waimea, le bar d'en face.

Il ne bougeait pas de sa chaise. Il était assis confortablement, une jambe posée sur l'autre, un bras sur le dossier.

— Vous avez vu l'incendie ? Demanda Pio.

— Oui, comme tout le monde. Depuis la terrasse du bar.

— Impressionnant, hein ? Demanda Rageot.

— Carrément. À un moment, j'ai bien cru que c'est le port entier qui allait s'enflammer.

— Connaissez-vous Maud Béloze ?

David leva les yeux au plafond un moment pour réfléchir. Il répéta le nom plusieurs fois à voix basse.

— Non…non, ça ne me dit rien.

— Elle travaille au Waimea.

— Ah, Maud ! Comment vous dîtes ? Béloze ? Ça lui va bien. Oui, je la connais. Plutôt bien.

— Bibliquement, vous voulez dire ! Persifla Rageot.

Pio regarda John d'un air curieux. Il était surpris qu'il connaisse cette expression.

— Il y a des secrets qu'un gentleman se doit de garder pour lui, inspecteur.

— Un gentleman ? Tu te l'es quand même envo…

— Stop, John.

Le jeune policier s'interrompit de suite. Pio ne se permettait jamais de canaliser ainsi son équipier. Ça faisait partie de leur stratégie habituelle que de parler l'un et l'autre sans se concerter. Cela rendait les suspects nerveux. Remettre John à sa place n'était pas la chose à faire, Pio le savait. Il pressentait pourtant qu'un interrogatoire classique ne fonctionnerait pas avec ce David. Il fallait marcher sur des œufs, le laisser venir. Pio voulait l'entendre dire de sa bouche.

— Vous avez vu Maud Béloze, le soir de l'incendie ?

— Oui, fit David avec un minuscule sourire, presque imperceptible.

— J'aimerais avoir des détails, monsieur Koenig.

— Comme la couleur de sa culotte ?

Pio le savait ! Il en était sûr. Il y avait bien quelque chose de curieux, de malsain chez lui. Lui, si élégant, si charmeur. Ce qu'il venait de dire, c'était comme balancer un pavé dans une mare.

Pio regarda autour de lui. Lexovitch s'était arrêté de travailler et fixait David. John ne disait rien et Pio ne voulait pas vraiment savoir ce qui se passait dans sa tête. David, tranquille sur sa chaise, souriait, visiblement ravi de son petit effet. L'interrogatoire venait de basculer.

— Pas besoin d'aller si loin, précisa Pio avec tout le flegme qu'il put rassembler. Racontez-moi juste la soirée.

—Je suis arrivé avec quelques potes mais on s'est vite séparés. Chacun sa proie. Moi, c'était Maud, mon premier choix.

—Pourquoi ?

—Parce qu'elle est grave sexy, tiens ! Vous l'avez déjà vue ? Oui, je vois à vos têtes que vous la connaissez.

—Un peu jeune, peut-être.

David devait avoir dans les trente ans. À peu près dix ans d'écart avec Maud. Si ce n'était plus.

—Pas le genre de chose qui m'arrête, inspecteur. Comme vous, je suis sûr.

—Il était quelle heure ? S'empressa de demander Pio avant que John ne fasse une réponse qu'il aurait regrettée.

—Je ne sais pas trop. Je ne porte pas de montre. J'ai horreur des bracelets. Mais c'était peu de temps avant l'incendie.

—Continuez.

—Maud, je l'ai de suite branchée. Ça se voyait à ses yeux qu'elle avait envie de moi, qu'elle me désirait comme une dingue. Elle frétillait, on aurait dit un poisson hors de l'eau. Et vous savez quoi ? C'est elle qui a proposé qu'on aille aux toilettes. Moi, j'aurais attendu la fermeture, *no problem*. On serait allé dans ma caisse. Non, pas Maud. Maud, elle voulait goûter tout et tout de suite.

Pio n'en croyait pas ses oreilles. Enfin, il s'attendait à cette version des faits mais il y avait un tel décalage entre l'élégance, les manières de David au début de l'entretien et sa façon de parler. C'en était déconcertant.

— Vous avez fait quoi, alors ? Demanda John aussi déstabilisé que Pio, même si ce n'était pas forcément pour les mêmes raisons. Visiblement, il gardait toujours un bon souvenir de son entrevue avec la jolie barmaid.

— C'est une vraie question ? Qu'est-ce que tu crois ? On est allés aux toilettes.

John ne releva pas le tutoiement.

— Vous y êtes restés longtemps ?

— Ça, je dois dire que ce passage-là ne plaide pas en ma faveur. Ça a duré un petit quart d'heure. Mais c'est la faute de Maud. Excitée comme elle était, elle m'a littéralement sauté dessus. Et puis appliquée avec ça, experte même.

— Et après ?

— On est sorti l'un après l'autre. Je suis sorti en deuxième pour reprendre mon souffle.

— Elle n'était pas essoufflée, elle ? Ricana Rageot.

— Oh, si, elle l'était. Mais elle a vite repris ses esprits. Question d'habitude, peut-être.

— L'incendie s'est déclenché combien de temps après ?

— Pas longtemps. J'ai juste eu le temps de passer au bar pour lui refiler mon numéro puis je suis sorti sur la terrasse fumer une clope. C'est là que quelqu'un s'est mis à crier qu'il voyait des flammes.

— Vous avez revu Maud ?

— Non. Elle ne m'a même pas filé son numéro. Question d'habitude, je vous dis. Mais bon, elle a quand même gardé le mien puisqu'elle vous l'a refilé.

— Vous êtes malin, vous, hein ? Demanda Rageot.

— On fait ce qu'il faut.

— Vous vous êtes approché du port ?

— Non, bien au contraire. Quand j'ai vu la merde que c'était et que j'ai entendu les sirènes, je me suis dit que le coin allait bientôt grouiller de flics et que j'allais y passer la nuit. Alors, j'ai rejoint ma caisse et je suis allé me pieuter.

— Sans prévenir vos potes ?

— Ouais.

— Vous êtes sympa, vous.

— Ne vous méprenez pas. Mes potes et moi, on est des chasseurs. Des lions. Chacun sa proie, chacun pour sa gueule. Je suis le seul à avoir dormi dans son propre lit cette nuit-là.

— Ce sont les lionnes qui chassent, se permit Pio.

— Ah ouais ? Bah, j'en ai rencontré une. Maud, c'est une putain de lionne chasseresse.

Pio avait du mal à le supporter. Et il sentait que Rageot et Lexovitch étaient dans le même état que lui. Qui était ce David ? Pouvait-on lui faire confiance ? Il était écœurant. Pio en avait vu d'autres pourtant. Des bien pires. De véritables ordures qui crachaient tout leur venin. David était différent. On aurait dit que chacun de ses mots avait été préparé, répété. Pourtant, il parlait avec une telle aisance, un tel naturel. Soit c'était un acteur né, soit il disait la vérité. Admettre qu'il y a des gens qui nous échappent, voilà quel était le secret d'un bon interrogatoire.

— Alors, j'ai bon, lieutenant ?

Pio était déstabilisé. Il avait parfaitement répondu, ça concordait avec la version de Maud. Que pouvait-il apprendre de plus ? Pourtant, quelque chose en lui lui soufflait de garder David encore un peu.

— Encore une ou deux questions. Vous aviez déjà rencontré Maud avant cette soirée ?

— Bien sûr. Elle ne se manque pas, hein ? Je veux dire, elles sont toutes canons les serveuses au Waimea. À croire qu'ils les choisissent pour ça. Maud, c'est différent, c'est le dessus du panier. Elle ne boxe pas dans la même catégorie. Mais on ne s'était jamais parlé. Juste « Bonsoir, Mademoiselle, une bière, s'il vous plaît » et ce genre de choses.

— Donc, vous ignorez pourquoi on s'intéresse à elle ?

— Ah, oui, ça, je ne sais pas.

Pio ouvrit le dossier de Maud Béloze sur l'ordinateur et lut une ligne à voix haute. Il ne révéla pas tout bien entendu, juste ce qu'il fallait pour faire naître une réaction chez David.

L'intéressé sourit. Et ce sourire trahissait une véritable surprise.

— Ah, ah, je me suis envoyé une criminelle ! Je vais pouvoir le mettre sur mon tableau de chasse, ça.

Il l'ignorait jusque-là. Pio aurait pu le jurer. Disait-il la vérité ? Maud était-elle innocente ? Non, ils n'étaient pas innocents, ni lui, ni elle. Ils étaient coupables, pas de l'incendie peut-être mais d'autre chose. Pour le moment, ça lui suffisait.

—Je ferai peut-être bientôt à nouveau appel à vous.

—J'adore aider la police.

David se leva, salua tout le monde et sortit de la pièce avec Rageot. Il avait retrouvé son élégance, ses manières. Nul doute qu'il ferait tourner des têtes dans les couloirs.

Pio était songeur. Il sortit son carnet, griffonna, non pas ce qu'il avait entendu mais ce qu'il avait ressenti. Des pièces de puzzle sorties de leur boite tapissaient l'intérieur de sa tête. À présent, Pio en était sûr. David et Maud, même s'ils ne se connaissaient pas plus que ça, partageaient quand même un point commun: ils avaient beaucoup de secrets. Des secrets aussi noirs que le coin sombre où ils étaient enterrés.

– 37 –

La soirée avait été horrible et elle s'était étirée, étirée à n'en plus finir. Il y avait beaucoup de monde au restaurant, notamment des groupes de six à dix personnes. Ça arrivait, il fallait l'accepter. Mais dans ces cas-là, hors de question pour Maud d'aller servir au bar. Ça lui avait pesé sur le moral toute la soirée. Tandis qu'elle montait l'escalier vers son appartement, brassant malgré elle une odeur de graillon, elle se disait qu'elle se damnerait pour sentir l'alcool.

Elle s'allongea sur son lit, n'allumant que la petite lampe de chevet et sembla prête à partir dans une longue contemplation du plafond. Mais le téléphone sonna. « Appel privé. Numéro inconnu ». À cette heure tardive, impossible que ce soit un démarcheur. Elle hésita à répondre. La plupart des gens ne répondait pas à ce genre d'appels. Mais la plupart des gens n'avait aucune raison de masquer leur identité. Maud et ceux qui avaient son numéro, si. Des tas de raisons.

Au bout de quatre sonneries, le téléphone se tut. Maud attendit de savoir si on allait lui laisser un message. Au lieu de ça, elle reçut un deuxième appel. « Appel privé. Numéro inconnu ». Après un nouveau temps d'hésitation, elle décrocha.

Au silence dans le combiné, elle comprit immédiatement à qui elle avait affaire. Le corps ne mentait pas. Les frissons qui lui parcouraient l'échine non plus.

— Bonsoir, petite demoiselle, fit la voix crépusculaire de David. Je t'ai manqué ?

Sa main trembla. Elle la soutint avec l'autre. Elle ne voulait pas qu'il l'entende.

— Non.

— Oh, cruelle ! Ce ne sont pas des choses à dire à un ami cher. Parce que c'est ça que nous sommes tous les deux, n'est-ce pas ? Des amis chers qui se veulent mutuellement du bien.

— J'ai déjà viré tes bitcoins.

— Oh, je sais, je sais. Et je t'ai rendu service. C'est comme je dis, on se fait mutuellement du bien.

Il laissa passer un silence. Mais les silences de David étaient comme les mots qui sortaient de sa bouche. Lourds, pesants. Maud savait que son intérêt n'était pas de briser ce silence ni même de raccrocher. Alors, elle attendit.

— J'ai parlé de toi aujourd'hui. J'ai raconté en détail toutes les saloperies que l'on a faites tous les deux et toutes les cochonneries dont je ne t'aurais pas crue capable.

Elle eut envie de hurler. Elle faisait des efforts harassants pour ne pas pleurer, pour ne pas lui montrer ne serait-ce qu'une once de son trouble. Chacun de ses mots, même le plus petit article, était comme une lame de rasoir crachée directement sur sa peau, qu'elle avait sensible. Extra-sensible même lorsque David était à portée.

— Ça a beaucoup intéressé mes nouveaux amis. Il y en a même un qui s'est montré particulièrement attentif. Tu l'aurais vu, coincé dans son petit costume, on aurait dit qu'il allait exploser. Je crois que si tu étais entrée dans la pièce à ce moment-là, il t'aurait arraché tous tes vêtements et t'aurait bouffée toute crue. Tu as dû lui faire un sacré effet quand il t'a rencontrée. Faut dire, je le comprends, tu es diablement sexy.

Elle avait envie de vomir. Elle repensa à ce flic, le plus jeune, un peu crétin et au regard lubrique plongé dans son décolleté. Elle se demanda ensuite comment David pouvait savoir qu'elle était sexy. La dernière fois, déjà, elle s'était demandée s'il n'était pas venu au Waimea. À présent, elle en était sûre et certaine. À moins que ce ne soit qu'un jeu, du simple bluff?

— Moi aussi, j'ai trouvé ça intéressant, tu sais. J'en ai appris de belles sur toi, petite demoiselle.

Nouveau silence.

— Tu ne veux pas savoir?

— Si, se força-t-elle à répondre.

— J'ai appris qu'on n'avait pas été sage, qu'on avait fait de vilaines bêtises.

C'était à craindre. Maud ne fut pas surprise. Elle craignit pourtant l'idée de ce que pourrait faire David de cette information.

— Hein, que tu as fait de grosses bêtises?

— Oui.

— Oui, quoi?

— Oui, j'ai fait de grosses bêtises.

— Tu as été vilaine ?

— Oui, j'ai été vilaine, dit-elle dans un sanglot à demi étouffé.

David sourit. Maud en fut certaine. On a coutume de dire que le sourire s'entend au téléphone. Elle n'en douterait plus jamais. Ce sourire-là, pourtant léger, fit du bruit. Les lèvres qui se tendirent, les dents découvertes et ce petit souffle, cette légère ondulation… rien n'échappa à ses oreilles. David savait qu'elle pleurait, qu'elle était à bout de nerfs. Il pouvait sourire car il savait à présent qu'elle était devenue une proie facile, une gazelle blessée prête à rendre gorge. Au plus profond d'elle-même, elle savait que la mise à mort tarderait à venir. Le prédateur jouerait un peu avec sa proie avant.

— C'est tout à fait ce que j'aime entendre, tu sais. Qu'on me confie les bêtises d'une charmante demoiselle. Je crois que je vais commencer une collection. En tout cas, je comprends mieux pourquoi tu as fait appel à mes services. Tu as été maline, très maline. Tu les as bien menés en bateau ces flics si talentueux, si entraînés. Tu as pris les devants, tu n'as pas perdu une seconde. C'est une marque de caractère et j'aime le caractère chez les petites demoiselles.

Elle en avait assez, elle n'en pouvait plus. Non, elle avait dépassé ce stade depuis longtemps. David, sa voix, ses mots avaient un effet désastreux sur elle. Elle se sentait sale, souillée, comme un vieux mouchoir que l'on retrouve au fond de la poubelle, que l'on a tordu dans tous les sens, qui n'est plus qu'une masse informe, ridicule, que l'on peut briser à tout moment. La douleur et le danger qu'elle ressentait à chaque seconde avaient fini par l'anesthésier. Elle n'avait plus le contrôle. Elle n'avait plus mal mais elle savait que la douleur était là. Elle espéra alors qu'elle ne se réveillerait jamais.

—Je t'ai rendu un bien plus grand service que celui que tu m'as demandé au départ. Tu as joué sur les mots, tu m'as menti.

—Non, poussa-t-elle de toutes ses forces.

—Non?

—Non. Je...Tu ne me l'as pas...

—Qui t'a autorisée à me tutoyer?

Un frisson glacé parcourut son échine. Elle avait gaffé. Elle craignit le retour, la punition. Elle trembla à l'idée de ce que pouvait être son courroux.

—Pardon, répondit Maud comme une zombie.

—Je plaisante, petite demoiselle. Je plaisante. Dis-moi «tu», je t'en prie. Appelle-moi David. Appelle-moi comme tu veux.

—David, ça ira.

—Très bien, ria-t-il, très bien. Tu as envie de me demander quelque chose, n'est-ce pas? Ça te brûle les lèvres, hein? Hé bien, vas-y, n'aies pas peur.

Maud hésita. C'était sans doute un piège.

—Vas-y, petite demoiselle. Confie-toi à moi. Nous ne devons pas avoir de secret entre nous.

—Qu'est-ce que tu me veux? Demanda-t-elle, rassemblant ses forces.

— Oh, mais rien du tout. Rien, je t'assure. Juste causer. Tu n'aimes pas causer avec moi ?

— Si, dit-elle sans montrer son émotion.

— Oh, la petite menteuse. Oh, oh, vilaine fille. Tu voudrais être n'importe où ailleurs, n'est-ce pas ?

— Non...je...oui.

— Oui, quoi ?

— Oui, je voudrais être ailleurs.

— Oui, tu aurais voulu que je ne t'appelle pas ?

— Oui.

— Oui, tu aimerais n'avoir jamais eu affaire à moi ?

— Oui.

— Oui, tu regrettes que je t'ai rendu service ?

— Oui !

Un silence. Elle avait répondu trop vite. Elle le regretta. David pouvait très bien retourner voir la police et leur dire qu'il avait menti dans sa déposition, que c'était bien elle l'incendiaire recherchée. Ça ne faisait certainement pas peur à un homme comme lui.

—Je suis déçu, petite demoiselle. Vraiment très déçu. Je pensais que tu m'aimais bien.

—Je...Non, je ne voulais pas...je...s'il te plaît, ne...

Il éclata d'un grand rire, franc, sauvage.

— Tu vas me supplier, maintenant ?

Maud hésita. Devait-elle le faire ? Ne pas le faire ? Quelle serait la sanction dans un cas ou dans l'autre ? Laquelle était la moins pire ?

— Rassure-toi, je n'ai pas envie que tu me supplies. Pas que ça me dérange d'habitude mais avec toi, non. Tu as trop de classe pour t'avilir ainsi. Tu es bien trop belle. Mais tu permets que je te donne un petit conseil, petite demoiselle ?

— Oui…

— Un petit conseil de rien du tout. Élémentaire. Ne te mets pas à dos des gens dont tu es redevable. Surtout qui peuvent te briser comme du verre.

De longues larmes coulaient le long de ses joues.

— Allez, à bientôt, Maud. Repose-toi, tu le mérites. Tu n'as pas eu une soirée facile.

Il raccrocha. Il fallut un moment pour qu'elle se rende compte que la torture était terminée, que ce retrait ne faisait pas partie du jeu. Elle poussa alors une sorte de cri silencieux. La gueule ouverte, les muscles tendus, ce n'était pas sa voix qui expulsait sa rage, mais tout son corps, par soubresaut. Chaque centimètre carré de son épiderme, chaque millimètre de ses veines participait à ce grand mouvement, uniforme, celui d'une masse de chair et de vie qui hurlait. C'était un cri qui venait du profond de son être, de ses plus lointaines angoisses, une terreur primale. Son corps entier lui hurlait sa peur. Elle était comme une épileptique terrorisée, une hyperventilée de la peur.

Lorsqu'elle fut épuisée, exténuée, elle s'arrêta.

Elle réalisa ensuite plusieurs choses. David l'avait vue dans son bar, c'était certain. Donc il s'était renseigné sur elle. Le téléphone avait sonné à l'instant même où elle s'était allongée sur son lit. Elle pouvait donc supposer qu'il l'avait suivie. Enfin, et ça elle ne le réalisa que trop tard, ce n'était pas sur le prépayé qu'il avait appelé. Mais sur son téléphone personnel dont elle ne lui avait pas communiqué le numéro.

Elle était prise dans ses filets. Il fallait qu'elle l'accepte. Il était cajoleur, charmeur mais il n'en restait pas moins un prédateur. La moindre parcelle de sa peau le ressentait, le hurlait. Et les prédateurs n'ont qu'une idée en tête, se délecter de leur proie. Combien de temps cela prendrait, c'était un mystère. Et c'est bien ça qui l'effrayait le plus.

- 38 -

Pio n'avait jamais vu Jeannette dans cet état. Elle était lessivée, essorée, amidonnée. Elle qui ne disait jamais plus de trois ou quatre mots par jour avait rempli son quota pour plusieurs décennies. Le bilan n'était pas plus brillant qu'elle : l'interrogatoire des ostréiculteurs n'avait rien donné. Personne ne savait rien, n'avait rien vu, ne soupçonnait rien. Même les huîtres triploïdes, sujet qui pouvait mettre le feu aux poudres, n'avait rien donné. Jeannette avait bien remarqué parfois quelques animosités ou rancœurs envers la victime mais rien, selon elle, qui pouvait justifier un meurtre ou un incendie criminel. Elle n'avait pas l'ombre du début d'une piste.

Rageot n'était pas à la fête non plus. Ce qui, chez lui, était assez rare. Il avait épluché tous les témoignages des clients comme du personnel du Waimea et n'avait strictement rien trouvé. La seule piste sérieuse, celle de Maud Béloze, avait volé en éclat avec la déposition de David. Pourtant, si ça n'avait tenu qu'à lui, il aurait continué à la creuser.

— Il n'est pas net, avait-il dit à Pio après le départ de David.

— Ça, c'est le moins que l'on puisse dire.

— On fait quoi alors ?

— Rien.

— Quoi ?

— Je sais que ça a l'air de sonner faux mais leurs dépositions concordent. Alors, pour le moment, on va les considérer comme innocents.

— Mais on pourrait vérifier les faits, interroger ses potes.

— Je suis sûr que David nous fournirait les noms de types aussi à l'aise que lui pendant un interrogatoire. Non, nous n'avons pas de temps à perdre avec ça.

— On pourrait alors vérifier les infos…

— Tu veux aller demander à Maud Béloze la couleur de sa culotte ?

John Rageot eut envie de lui répondre oui. Après tout, il était flic, il avait tous les droits ou presque, sur une enquête criminelle.

— Il ne faut pas laisser traîner. Si on y va maintenant, ils n'auront pas le temps de se retourner.

— Laisse tomber, John. On va les garder à l'œil mais pas question que je bloque quelqu'un là-dessus.

John fit une moue de dépit et retourna à ses dossiers.

Du côté de la vidéo, c'était pire. Pas l'ombre du début d'une piste. Et pendant ce temps, le Sénateur était en fuite, quelque part. Tout le dispositif mis en place pour le retrouver n'avait pour l'instant servi à rien. Pourtant, plus le temps passait, plus Pio se disait que quelque chose n'allait pas.

— Faudrait qu'on m'explique.

— Expliquer quoi, Pio ?

Pio s'aperçut qu'il avait parlé à haute-voix sans s'en rendre compte. Ses trois coéquipiers le regardaient. C'était assez embarrassant.

— Expliquer…ce que Pujol-Barreyre foutait dans cette cabane.

— Il a été attiré par le Sénateur, sans doute.

— Peut-être…mais si je devais tuer un mec, je ne l'attirerais pas chez moi avant d'y foutre le feu.

— Peut-être qu'il n'avait pas prévu de le tuer. Peut-être qu'il a mis le feu pour effacer les traces.

Pio prit le rapport d'autopsie et le parcourut rapidement. Il savait où chercher.

— Il n'est fait état d'aucune trace de violence ou même d'une cause de décès autre que le feu.

— Son taux d'alcoolémie était assez élevé, souligna Lexovitch.

Pio jeta un nouvel œil au rapport.

— OK mais pas plus que celui d'un étudiant, place de la Victoire, un jeudi soir. Est-ce qu'on l'a vu au Waimea, ce soir-là ?

— Non. Aucun témoin n'en parle. Il a dû se saouler ailleurs. Ce ne sont pas les bars qui manquent.

— On va quand même essayer de définir son parcours. Appelez tous les bars de La Teste et d'Arcachon.

Et devant les regards un peu abattus de ces coéquipiers, il ajouta :

— Commencez par ceux à la mode. Au Pyla : Les Mouettes, La Fin et le Promontoire. Au Moulleau :

le Zinc et le Paris-Texas. À La Teste : Le Zen. Plus tous les bars à bière. Mais ils ferment assez tôt.

Chacun nota sur son carnet les noms cités par le lieutenant.

— Il a très bien pu se saouler chez lui.

— Possible. Sa veuve n'a pas pu le confirmer. J'ai bien l'impression que ces deux-là auraient pu se trouver dans la même pièce sans s'en rendre compte.

— La beauté du mariage.

— Elle boit beaucoup, elle aussi, rappela Lexovitch.

— Oui. Écoutez, je sais que c'est mince mais nous ne pouvons pas nous payer le luxe d'ignorer certaines pistes. Si l'on découvre où Pujol-Barreyre s'est procuré de l'alcool, on déterminera peut-être ce qui l'a conduit jusqu'à la cabane. T'as fini d'éplucher ses appels téléphoniques, Franck ?

— Rien de concluant. Aucun appel reçu après dix-neuf heures. J'ai déjà contacté les dernières personnes avec qui il a conversé. Personne ne l'a vu ce soir-là. Quant au téléphone, on l'a retrouvé dans les décombres. Je ne veux pas faire mon Mulder mais la vérité est ailleurs.

Rageot sourit. Les blagues de Flexo étaient rares.

— Allez, au travail.

L'ambiance fut studieuse pendant une petite heure. Temps que Pio mit à profit pour chercher autre part, proférant avec raison qu'il faut savoir s'éloigner d'un problème pour mieux le résoudre.

Il s'était procuré les statuts de la société Pujol-Barreyre. Il les épluchait lorsqu'il tomba sur une information qui fit écho quelque part au fond de sa caboche. Il était précisé qu'en cas où le directeur se trouve en impossibilité d'exercer, une solution serait mise en place suivant le cas de figure. Si le directeur, à savoir Pierre Pujol-Barreyre, était en état de désigner un successeur, sa décision serait actée. Si le directeur ne pouvait pas choisir de successeur, dans l'hypothèse d'un décès par exemple, ce serait au conseil de surveillance de la société d'en désigner un.

Pio réfléchit un instant. C'était un vrai mobile, ça. Un membre du comité de surveillance, voire plusieurs, auraient très bien pu…Restait à savoir qui siégeait à ce conseil.

— Franck ? Tu pourrais me trouver le nom des membres du conseil de surveillance de la société Pujol-Barreyre ?

— Oui. Ça doit être faisable.

— Fais-le tout de suite, s'il te plaît. John, prends sa liste de bars.

— Tu flaires un truc, chef ?

— Peut-être…

Franck transmit à son collègue le nom des bars qu'il n'avait pas encore appelés avec un petit sourire en coin. Rageot avait du mal à cacher son déplaisir.

Le portable de Pio sonna. Bruneau.

— Allo ?

— Lieutenant Wojceikowski ? Jean-Vincent Bruneau à l'appareil. L'enquête avance ?

— Oui.

— Soyez plus explicite, je vous en prie.

Pio raconta les derniers éléments récoltés et les nouvelles pistes qu'il creusait.

Il y eut un court silence.

— Faîtes attention de ne pas importuner certaines personnes.

— C'est à dire ?

— Ce conseil de surveillance doit sans nul doute compter parmi ses membres quelques notables de la ville. Il ne faudrait pas les bousculer sans raison. Vous me comprenez, j'en suis sûr, lieutenant Wojceikowski.

— Pas vraiment, mentit Pio.

— Politique. Pensez politique. Un élu ou un entrepreneur important ne s'interroge pas comme un petit délinquant. On prend des gants. Vous ne l'ignorez pas.

— Chacun est égal devant la loi.

— Bien sûr, bien sûr. Mais veillez à ne pas vexer certaines personnes, lieutenant Wojceikowski.

— OK, j'y veillerai, monsieur le procureur.

— Bien. Vous avez vu Mme Pujol-Barreyre ?

— Oui, je lui ai appris moi-même la disparition de son mari.

— Vous la soupçonnez de quelque chose ?

— Non, pas pour le moment. Je devrais ?

—Je n'en sais rien, lieutenant Wojceikowski. Dans ce genre de drames, c'est souvent le conjoint, non ?

— Ça arrive.

—Je vous demanderai donc de ne pas l'importuner également. Si vous trouvez quoi que ce soit d'inhabituel la concernant, faites-m'en part directement. Ceci afin d'éviter tout scandale. Vous comprenez, l'entreprise Pujol-Barreyre est une des plus importantes du Bassin d'Arcachon. Son image doit rester intacte.

Pio n'en croyait pas ses oreilles. Il n'était pas familier de ce milieu-là et n'en connaissait pas encore toutes les règles. Il ne savait pas comment réagir et décida une fois de plus de laisser venir.

—Entendu.

—Je vous remercie, lieutenant Wojceikowski. Je saurai me rappeler de votre attitude. J'attends de vos nouvelles.

Bruneau raccrocha. Pio resta un moment le téléphone en main. Son équipe jetait parfois des regards discrets dans sa direction. Ils avaient flairé quelque chose qui ne sentait pas très bon.

Pio avisa la porte. Elle était entrouverte. Il se leva, la ferma correctement puis s'approchant de ses hommes, il leur dit à voix basse :

—Ce que je vais vous dire ne doit pas sortir de cette pièce. Je n'ai pas la moindre confiance en Garenni. Jeannette, tu vas suivre Martine Pujol-Barreyre. Jour et nuit. Je veux une surveillance constante et discrète. Discrétion absolue car tu n'auras aucune légitimité à te trouver là. Tu ne dois donc, à aucun prix, te faire repérer. Tu as bien compris ?

Jeannette hocha la tête.

—Ce sera difficile. Tu seras seule. Et tu n'auras de relations qu'avec moi.

— Et si ça doit se prolonger, Pio ? demanda Rageot.

— Alors on s'arrangera pour te relever, deux, trois heures par jour, pendant qu'elle dormira. Je sais que je t'en demande beaucoup, énormément même.

Jeannette ne répondit pas. C'était sa manière à elle d'approuver.

Franck, quant à toi, tu me trouves les infos sur le conseil de surveillance le plus vite possible. Là encore, discrétion absolue. Personne ne doit savoir ce que tu recherches ni trouver une trace de ton passage.

— Compris.

— Qu'est-ce qui se passe ?

— Je n'en sais rien encore. Rien probablement. Mais je ne serais pas étonné de voir Bruneau siéger au conseil de surveillance de Pujol-Barreyre.

— Le procureur ? Mais…

— Pas de précipitation. Ce n'est qu'une simple impression. Les prochaines heures seront peut-être décisives. Attendons.

— Bien. Et pendant ce temps, que faisons-nous ?

— Nous deux ? Hé bien, John, comme nous n'avons pas les mêmes talents pour la furtivité que nos deux collègues, nous allons faire chichement l'inverse. Nous allons chercher ailleurs tout en faisant bien attention d'attirer tous les regards sur nous.

Rageot sourit. Enfin une mission dans ses cordes.

- 39 -

Décidément, la violence, ce n'était pas son truc. Il l'avait toujours su, toujours répété, comme pour s'en convaincre, comme une profession de foi. À présent, il en était certain. Il l'avait compris immédiatement, dès que son poing s'était écrasé sur la figure de ce type. Il avait dû ensuite se ruer dans l'appartement, enjamber l'autre qui était tombé à la renverse. Il avait mal à la main, il songea qu'elle était peut-être cassée. Le type s'était rattrapé à une commode. Il lui donna un coup de pied dans le ventre, l'allongea de tout son long sur le tapis. Il donna encore trois, quatre coups de pied en y mettant toute sa force. Il visait le ventre, il visait le sternum. Il ignorait ce qui faisait le plus mal. L'autre suffoquait, poussait des râles. Il lui monta dessus, appuya fort avec ses genoux pour éviter de se prendre des coups, maintint comme il put ses bras au sol. Les deux hommes étaient à présent très proches. Il se demanda s'il devait lui mettre un coup de boule. Son nez semblait cassé, le sang coulait avec abondance. Il lui donna un coup de poing très fort. Puis un autre, puis un autre. Il ressentit une douleur atroce dans la main. L'autre ne se débattait plus. Il avait son compte.

Il s'étonna de la facilité avec laquelle cela s'était passé. Son adversaire était à terre, à sa merci.

—Je pourrais l'achever, pensa-t-il. Ce serait si simple.

Encore une pensée intrusive ? Il n'en était plus sûr. Lui qui s'était toujours tenu à l'écart de la violence avait bien décidément des manières de barbare. Il repensa à sa réaction face à l'incendie. Tandis qu'il contemplait les cabanes ravagées par le feu, il avait ressenti une sensation de toute puissance. Il réalisa alors qu'il n'était pas le type sympathique qu'il pensait être. Il y avait en lui une part d'ombre plus importante que son côté ronchon et râleur. Une part d'ombre bien enfouie qui ne demandait qu'à sortir et qui lui serait impossible à contrôler.

Il pensa alors à la gamine. Il lui avait parlé quelques heures plus tôt après qu'elle eut chargé le reste de la vente d'huîtres dans la fourgonnette de son patron. Il lui avait proposé de boire un verre et de manger un morceau. Évidemment, elle ne commanda pas d'huîtres.

—Vous me voulez quoi ? Demanda-t-elle.

—« Tu ». Dis-moi « tu ».

—Tu veux quoi, merde ?

—T'aider.

—Mais je n'ai pas besoin d'aide.

—Manifestement, si. Je n'ai pas l'impression que tu aies beaucoup d'alliés.

—D'alliés ? Hé, réveille-toi papy, on n'est plus à la guerre là.

—Je suis trop jeune pour avoir fait la guerre.

— Ah, ouais ? Peut-être. L'Histoire, ça n'a jamais été mon truc.

— C'est quoi, ton truc ?

Émilie avait souri. Elle le repoussait sévèrement parce qu'elle n'avait pas envie de montrer ses faiblesses. De cela, il en était certain. Il ne pigeait pas grand-chose à cette fille mais ça, oui, il le comprenait.

Elle lui raconta alors qui était le type qui était venu l'emmerder en début de matinée. Un ex, oui. Son ex. Le dernier en date. C'était parti sur des chapeaux de roue. Ce n'était pas son premier, elle avait déjà eu une histoire sérieuse. Elle s'y ennuyait ferme. Alors quand lui, Steph, était arrivé, ça avait été comme une bouffée d'air frais, de celles qui vous emporte, qui ravage tout sur son passage. Une tempête. Ça avait duré un an et puis ça s'était étiré un peu sur les mois qui avaient suivi. Les soucis étaient là. Sûr qu'elle n'était pas toute blanche mais elle ne parla pas d'elle et il ne posa pas de questions. De toute façon, c'était lui le vrai problème. Ses colères, surtout. De vraies, de grosses colères, imprévisibles, incontrôlables. La première fois où il l'avait frappée, elle avait rompu avec lui.

Évidemment, comme on pouvait s'en douter, Steph n'avait pas compris. Il était revenu. Sinon, il ne serait pas étendu dans son entrée, le pif en vrac avec un type à califourchon sur lui. Ça avait commencé par des appels, à des heures impossibles. Elle avait décroché à chaque fois. Pourquoi ? Il ne le comprenait pas bien. Mais chacun de ces appels était une torture. Puis, il était passé chez elle, souvent en pleine nuit, il escaladait la clôture pour toquer à son volet. Et comme Émilie ne changeait pas d'avis, il en était venu aux menaces. Comme ça, sans voir venir, leur amour s'était transformé en haine.

Steph respirait mal, crachait un peu de sang. Il se demanda s'il ne lui avait pas brisé les côtes ou autre chose. Il s'aperçut alors qu'il avait laissé la porte ouverte et qu'ils étaient parfaitement visibles depuis la cage d'escalier. Il se leva et alla la fermer. Il dut forcer un peu car les jambes de Steph dépassaient hors de l'appartement.

Émilie ne dormait plus, prenait des antidépresseurs. Elle se sentait vidée de son énergie comme si elle avait été sucée par un vampire. Elle avait un comportement instable, illogique, elle était parfois au bord de la crise de nerfs. Puis, parfois, puisant une force nouvelle on ne sait où, elle repartait de plus belle, souriante, sortant avec ses amis, déconnante, vivante. Mais cela ne durait pas, c'était comme un cycle sans fin. Il comportait pourtant deux issues : il fallait que l'un des deux protagonistes en sorte, d'une manière ou de l'autre. Violente, selon toute probabilité.

Elle ne lui avait pas demandé, pas ouvertement. Alors, que faisait-il là ? Il avisa son reflet dans un miroir. Il eut presque un mouvement de recul. Il avait des yeux de fou, injectés de sang. Y prenait-il du plaisir ? Il regarda Steph, toujours à moitié dans les vapes. Il ne l'avait pas mis K.O. mais c'était tout comme. Il avait toujours aimé discuter, prônait le débat. Là, il n'avait même pas essayé. Il n'avait pas eu l'envie, n'en avait même pas eu l'idée. Il découvrit que c'était plus facile, que ce problème serait réglé tellement plus vite de cette façon. Il se regardait dans le miroir et croyait ne pas se reconnaître. C'est parce qu'il se voyait pour la première fois.

Il se remit à califourchon sur lui et le saisit par le col de sa chemise.

— Tu m'entends ? T'es conscient ?

Il laissa passer quelques secondes.

— Oh ! Je te cause. Tu m'entends ?

Steph hocha la tête.

— Tu as vu, je sais où t'habites. Je sais comment t'atteindre. Je peux donc revenir quand je veux, hein. Tu comprends ça ?

Steph hocha la tête.

— Dis-le.

— Oui, fit-il.

Ça le faisait apparemment souffrir. C'était difficile.

— Tu vas laisser Émilie tranquille. Tu ne vas plus chez elle, tu ne vas plus la voir à son travail. Tu ne l'appelles plus. Tu l'oublies. Tu oublies même jusqu'à son nom.

— Putain ! T'es là pour Émilie ? Cria-t-il en crachant du sang.

— Pourquoi d'autre ?

— Mais bordel, je croyais que tu bossais pour les frères Netouche.

Il ne savait pas qui ils étaient mais il en eut une vague idée.

— Ça vaut mieux pour toi. Parce que par respect par Émilie, je vais en rester là.

— D'où tu la respectes, toi ? D'où tu la connais ? Émilie, elle est à moi, OK. C'est ma chose. Nous deux, c'est du béton armé.

Il n'était pas si mal en point qu'il avait bien voulu le faire croire. Il était resté couché, sans trop se défendre, parce qu'il avait peur qu'on soit venu pour le tuer. Maintenant qu'il le savait envoyé par Émilie, il ne le prenait plus au sérieux.

Il eut envie de le frapper à nouveau, plus fort, plus sérieusement. De lui casser quelque chose. De le détruire. Fallait-il qu'il le tue ?

— C'est terminé. Elle ne veut plus de toi. Plus jamais. Laisse-la tranquille.

— C'est à elle de me dire. Pas à toi. Toi, t'es personne.

— Elle te l'a déjà dit, bordel. T'es tellement con que tu ne veux pas l'entendre.

— Tu la veux pour toi, c'est ça, hein ?

— Quoi ?

— Oui, c'est ça, tu la veux pour toi, sourit-il. T'es pas un peu trop vieux ? T'aimes ça, t'envoyer des gamines ?

— Arrête tes horreurs !

Steph éclata de rire. Il le regarda sans savoir que faire. Et, se déconcentrant, l'autre en profita pour lui mettre un coup de boule. Il recula, porta la main sur son nez. L'autre se débattit, le fit basculer. Il réalisa assez vite ce qui sans doute lui épargna la vie. Il tint bon, serra fortement les jambes. Steph n'arrivait pas à se dégager de son étreinte. Chacun donna des coups au hasard. Il s'agissait de frapper un point sensible, de faire mal. Alors il cibla le sternum, essaya de toucher le même endroit à plusieurs reprises. Quand l'autre cracha du sang, il sut qu'il visait juste. Il redoubla d'intensité et finit par obtenir l'avantage. La tête de Steph retomba sur le sol. Il donna encore un coup de pied, pour la forme, comme un réflexe reptilien. Quand il fut sûr qu'il avait son compte, il se releva.

L'autre était en mal en point. Pour de vrai, cette fois. Lui avait pas mal morflé aussi. Il avait reçu deux beaux directs à l'œil, sur le pif et ses côtes le faisait souffrir. Rien d'irréparable.

— T'as ton compte ?

Steph gémit.

—Je pourrais le tuer, pensa-t-il. Je pourrais. Ce serait tellement facile.

Il regarda ce type qu'il ne connaissait pas, qu'il n'avait jamais vu auparavant et qu'il ne reverrait sans doute jamais. Il regarda son visage tuméfié, le sang qui le salissait et qui se répandait sur le plancher. Sans doute, y en avait-il du sien aussi. Il n'avait jamais rien vu d'aussi vrai de toute sa vie.

— Tu vas oublier Émilie, d'accord ?

— Ouais…

Il lui donna un grand coup de pied dans le dos. L'autre ne poussa même pas un gémissement.

— Tu écoutes ce que je dis ?

— Oui.

— Dis-le.

— C'est bon, je vais l'oublier cette pute. Prends bien du plaisir avec, mec.

— Si tu l'ennuies à nouveau, je reviendrai. Je reviendrai même si tu prononces son prénom à voix haute. Même si tu ne fais que penser à elle.

Steph ricana. Il toussa et cracha un peu de sang.

— Est-ce que cela va suffire ? pensa-t-il. Va-t-il comprendre la leçon ?

Les types comme lui ne comprenaient jamais la leçon. Il le savait parfaitement. Qu'allait-il pouvoir dire à Émilie ? Pourrait-il lui promettre qu'elle serait en paix ? Pourrait-il lui mentir ? Ou devait-il s'assurer de ne pas avoir à le faire ?

Il se posa la question longtemps.

Quand il eut pris sa décision, il sortit de l'appartement. Il se retourna un instant pour regarder s'il n'avait rien oublié. Steph était encore en vie. Ça valait mieux ainsi. Il n'eut pas envie de détruire ce souvenir. Ce jour où il s'était senti lui-même.

En sortant de l'immeuble, il frissonna de tout son corps. Pourtant, la journée était belle.

– 40 –

Elle n'aimait pas quand il y avait trop de beurre. Ça laissait une sorte de pâte très désagréable sur la langue. Et puis, c'était un beurre fade, industriel. Pour elle qui avait l'habitude de n'acheter que du beurre fermier baratté au marché, c'était presque une torture. Elle se dit qu'il ne fallait vraiment pas être doué pour rater un jambon-beurre. Comme à chaque fois qu'elle était en planque, Jeannette regretta de ne pas avoir préparé son casse-croûte elle-même au lieu d'être allée dans le bar-tabac du coin.

Depuis presque trois heures déjà, elle était en planque devant la maison des Pujol-Barreyre. Elle s'était garée dans une rue voisine qui offrait une vue dégagée sur sa cible. Pour l'instant, il ne s'était rien passé. Martine avait bu plusieurs verres, avait regardé la télé, passé un ou deux coups de fil, avait fait quelques allers-retours dans la pièce voisine. Bénies soient les baies vitrées !

En trois heures, Jeannette s'était demandée plusieurs fois ce qu'elle fichait là. Son lieutenant ne lui avait rien dit. Il la suspectait, ça, c'était évident. Ce qui l'était moins, en tout cas, c'était le contenu du coup de téléphone qu'il avait reçu du procureur cinq minutes avant. Il n'aimait pas Bruneau, cela se sentait. Mais quel était le lien entre eux et Martine Pujol-Barreyre ? Et qu'attendait le lieutenant de cette filature ?

Pendant un moment encore, elle échafauda quelques théories jusqu'à ce que la lumière à l'étage s'éteigne. Martine sortit de la maison une minute plus tard, visiblement pressée. Jeannette remarqua qu'elle était plutôt bien habillée. Lorsqu'elle eut roulé quelques dizaines de mètres, elle démarra.

C'était la première fois que Jeannette venait sur le Bassin. Elle n'en connaissait ni les rues ni les lieux. Cela rendait la filature difficile. Mais elle n'avait jamais été repérée ou semée et elle se jura que ce n'était pas ce soir que ça allait commencer.

Martine roula pendant à peine cinq minutes. Elle entra dans le parking de la salle du Tir au Vol. Jeannette passa devant puis fit demi-tour un peu plus loin. Elle stationna sa voiture sur le même parking à plusieurs mètres de celle de Martine. La précaution était pourtant inutile, on la remarquait aisément : on aurait pu acheter cinq voitures comme celle de Jeannette avec la vente d'un seul des véhicules qui étaient stationnés là.

Elle s'approcha de la salle. Il y avait beaucoup de monde et elle paria que sa tenue ne se plierait pas au dress code de la soirée. Elle décida alors de passer par la cuisine où personne, évidemment, ne la remarqua. Les serveuses étaient toutes en chemisiers blanc. Ça tombait bien, elle en portait un. Elle ôta son pull qu'elle roula en boule derrière des caisses de vin, prit un plateau et entra dans la salle par la porte de la cuisine.

Il y avait du monde, du beau. C'était une de ces soirées luxueuses où l'on dépense beaucoup pour laisser penser aux invités que l'on a dépensé sans compter. Aux petits drapeaux français que l'on trouvait sur chaque table, ça sentait le cocktail de parti politique. Lequel ? Elle n'aurait su le dire. Elle en avait un peu honte mais n'avait jamais voté.

Les hommes étaient tous en costume et les femmes rivalisaient entre elles. C'était à qui se montrerait la plus élégante, la plus remarquable. Martine ne dépareillait pas dans ce tableau, apprêtée qu'elle était en vraie femme du monde. Elle était surtout plantée en plein milieu à tourner la tête dans tous les sens, cherchant quelqu'un. Lorsqu'elle le trouva, dans le jardin, elle s'y dirigea d'un pas décidé.

Jeannette se fraya un chemin mais pas aussi rapidement. Elle n'avait pas l'habitude de porter un plateau avec des verres. Voilà au moins un job qu'elle n'avait pas exercé pendant ses études. Il lui fallait également passer entre les tables et les gens, ouvrir une porte, descendre un escalier. Lorsqu'elle arriva à proximité de Martine, celle-ci était déjà en pleine conversation avec un homme qui buvait un verre de champagne.

— Il me faut une assurance, dit Martine.

— Vous l'avez.

— Il me faut plus que ça.

Jeannette était tout proche d'eux mais elle devait rester en mouvement sinon même elle se ferait remarquer. Elle s'éloigna donc un petit peu puis revint vers eux en effectuant une courbe pour ne pas entrer dans leur champ de vision.

— … à l'unanimité, dit l'inconnu.

— C'est vous l'unanimité, assura Martine.

L'homme partit d'un franc éclat de rire. Il lui répondit quelque chose que Jeannette ne perçut pas. Elle tenta de s'approcher un peu plus.

— Dois-je vous rappeler tout ce que j'ai fait pour vous ?

— Nous le savons parfaitement bien.

L'homme vida son verre cul sec et il le posa sur le plateau que tenait Jeannette.

— À présent, si vous voulez bien, je vais vous laisser. J'aperçois Mme Delevigne en pleine conversation avec Chartrot. Il est de mon devoir de lui porter secours.

L'homme s'éloigna. Martine fulminait. Apparemment, elle n'avait pas obtenu ce qu'elle était venue chercher. Elle partit d'un pas vif. Jeannette lui laissa quelques mètres d'avance mais lorsqu'elle arriva sur le parking, après être repassée par les cuisines récupérer son pull, elle constata que la voiture de Martine s'était envolée.

Elle se précipita, refit le trajet en sens inverse à toute vitesse. Martine était rentrée chez elle. L'honneur était sauf pour Jeannette. Elle n'avait pas été semée. Par contre, elle ne comprenait pas tout ce qui venait de se passer. Elle se gara à un autre endroit, stratégique aussi, pour ne pas éveiller les soupçons et fit son rapport au lieutenant Wojceikowski par SMS. Puis, elle ouvrit le thermos de café qu'elle avait emporté et s'en servit une bonne tasse. La nuit allait être longue. Elle ne serait pas relevée, ne pourrait pas écouter son coéquipier parler. Elle programma le réveil de son téléphone pour qu'il sonne toutes les demi-heures au cas où elle s'endormirait, ce qui, il fallait être réaliste, arriverait sans doute.

Jeannette se cala bien dans son fauteuil. Elle regrettait de ne pas avoir pu goûter les petits fours de la réception du Tir au Vol.

ÉTÉ 1996

Rencontré un fâcheux aujourd'hui. J'étais sur ma plate, je rangeais mes bouts quand il s'est approché sur le ponton. D'habitude, c'est vrai que je n'aime pas trop qu'on monte sur mon ponton. C'est un peu comme si un inconnu venait marcher sur les plates-bandes d'un pavillon. Mais l'été, je ne dis rien. Un touriste, ça ne sait jamais rien ou alors, ça feint de ne pas savoir. Faut s'adapter.

Il est resté planté là deux, trois minutes à me regarder. À un moment, j'ai cru qu'il allait me donner des conseils pour ranger mes bouts. Mais non, il a engagé la conversation sur le port, les huîtres. À première vue, il avait l'air sympa. Un accent de l'est, lorrain peut-être. Mais il a rapidement pris un air sérieux, du genre moralisateur. C'est là que forcément, il embrayé sur les triploïdes. Pourquoi est-ce que tout le monde me parle de ça en ce moment ? D'accord, je suis connu pour être un défenseur du patrimoine, des méthodes traditionnelles, du respect de la nature autant que possible, parce qu'avec notre métier, c'est pas facile tous les jours, mais la vérité, c'est que les huîtres triploïdes, je sais à peine ce que c'est. Alors pourquoi tout le monde vient m'en parler ? Même le premier trou du cul de touriste venu ! Et je suis persuadé qu'il n'a aucune idée de qui je suis. Il est parti faire sa promenade, se frotter à l'authentique et il est tombé sur ma pomme. Il s'est dit : « Tiens, voilà le gars parfait pour causer triploïdes ! ». Mais lâchez-moi les roustons, sérieux ! Les triploïdes, bien sûr que je suis contre. Parce que dès que j'entends « manipulations génétiques », y'a mon estomac qui crie « danger ». Forcer les huîtres à ne pas produire leur laitance pour pouvoir les bouffer toute l'année, c'est une idée complètement idiote. Ça se prend pour Dieu et ça n'a pas plus de jugeote qu'un bénitier. Que le mois ait un « r » ou pas, ça ne m'a jamais empêché de manger des huîtres. Faut s'accommoder du goût, voilà tout. Ça va être quoi après ? Les fraises en hiver, les potimarrons en été ? Puis après, ils nous trouveront des pommiers plus petits parce que grimper aux arbres, c'est casse-gueule et des pommes de terre à portée de main parce que se baisser, ça chibre le dos ? Ouais, je suis contre. Parce que je suis contre ce qui est contre-nature. Voilà ce que je lui ai dit à ce touriste en lui claquant le bec. Il est parti un peu énervé. Pour sûr, il parlera de moi une fois rentré pendant sa soirée diapos. Tant pis, tant mieux, fallait que ce soit dit. En plus, d'après ce que j'en ai vu, les triploïdes, elles sont moches.

– 41 –

C'était bien la première fois qu'il veillait tard à cause d'un bouquin. Sûr que ce n'étaient pas les profils d'une œuvre au collège qui donnaient des nuits blanches. Il avait arrêté de le feuilleter. Il le lisait en entier, comme un vrai livre, de la première à la dernière page. Il apprenait des trucs sur le vieux bien sûr, mais aussi sur l'ostréiculture et le port. Et bien plus curieusement, il apprenait également des choses sur lui-même.

Ce n'était pas facile. Il n'avait jamais fait d'introspection. À travers les mensonges, le labyrinthe mental qu'il s'était créé pour ne pas qu'on l'approche, il s'était lui-même perdu. Il n'avait jamais eu envie d'arpenter ce dédale. Et puis, c'était quelque chose qui ne se faisait pas chez lui. Pendant longtemps, il laissa ses problèmes sur le pas de la porte. Il croyait que les hommes ne parlaient pas. Son père ne parlait jamais. Il n'était pas souvent à la maison et quand il y était, c'était en horaires décalés. Combien de fois, Denis l'avait-il vu manger seul dans la cuisine tandis que sa mère s'occupait de les coucher lui et son frère ? Son père le fascinait. Il était entouré d'un voile de mystère. C'était l'inconnu qui hantait la maison.

Reprendre la concession de son père, ça n'avait jamais été une évidence. Il l'avait accompagné plusieurs fois à la cabane ou même sur les parcs mais pour lui, c'était juste des week-ends normaux. Tous les enfants qui aident leurs parents au jardin ne finissent pas jardiniers. Non, il y avait autre chose, de plus profond, de bien plus puissant. Comme si tout le ramenait toujours vers le port, comme si l'univers, un aimant, le rattrapait sans cesse. Il ne s'en était jamais rendu compte mais il était prédestiné. Ce n'était pas le genre de trucs auxquels il s'intéressait habituellement. Pas qu'il n'arrivait pas à les comprendre mais il ne s'était jamais penché dessus. Pas l'habitude de parler. Et puis un boulot, c'était un boulot. Y'en a qui prennent la suite de leur père, d'autres pas. Lui, il avait récupéré la concession.

Il y avait encore une chose. De bien plus grand que lui ou que la relation qu'il entretenait avec son père. C'était le patrimoine. Et déjà le mot le saoulait. Le devoir de mémoire et tout ça, il en avait eu sa dose en cours d'Histoire. Il faisait son taf. Cultivait ses huîtres, retournait ses poches, chaulait ses tuiles, retournait ses poches, vendait ses huîtres. Les mangeait aussi parfois. Est-ce que tout ça faisait de lui un passeur de mémoire ou quelque chose dans le genre ?

Il s'alluma une cigarette et décida d'aller dehors. Le port était plongé dans le silence et l'obscurité. Quelle heure pouvait-il bien être ? Il s'était acheté un nouveau téléphone mais n'avait pas encore récupéré son ancien numéro. C'était juste une horloge de luxe pour le moment. Qu'il ne consultait jamais.

Il était sûrement tard. Les voitures étaient rares et le Waimea battait son plein. Comme souvent, il devait être tout seul de ce côté de l'avenue. Il eut envie de faire quelques pas. Machinalement, il se dirigea vers les cabanes du vieux. Toujours pas de nouvelles.

— Bon sang, mais t'es où ?

Il avait du mal à s'imaginer son quotidien depuis qu'il était parti. C'était une image insaisissable. Se planquait-il quelque part chez un ami ou dans un logement désaffecté, une grange ou un immeuble ? Avait-il quitté le pays ? S'était-il procuré de faux papiers ? Malgré toutes les séries policières qu'il avait vues, il n'avait aucune idée de comment s'y prendre pour devenir un fugitif. Il se serait fait rattraper en moins de quarante-huit heures. Comment le vieux s'y prenait-il ?

Depuis l'incendie, il pensait beaucoup au vieux. C'était normal évidemment. Ce qui l'était moins, c'était de ne pas arriver à regarder les cabanes. En pleine nuit, ça allait. La journée, en revanche, le trou béant dans le paysage ressemblait à celui dans sa poitrine. Il passait devant en baissant les yeux, pointant ses pieds. Il n'avait pas envie de se frotter à cette tragique réalité. Parfois, il rêvait même qu'il partait en mer et qu'à son retour, les cabanes étaient reconstruites à l'identique. Dans ce rêve, il ne voyait jamais le vieux. Triste présage.

Un craquement attira son attention. Quelque chose ou quelqu'un avait cassé une branche. Il tendit l'oreille. Pas le moindre bruit. Pourtant, il n'était pas tranquille. Ce n'était pas la nuit qui l'effrayait. Il la côtoyait souvent. Là, c'était différent. Il y avait quelque chose qui clochait. Une perturbation.

Il resta planté là devant les cabanes, ses sens en éveil. Ses yeux étaient habitués à l'obscurité et il connaissait le port comme sa poche.

Un autre craquement. Une ombre qui s'enfuit. Il y avait quelqu'un. Denis lui courut après, balançant au passage sa cigarette sans se rendre compte de l'absurdité du geste, surtout à cet endroit précis. L'inconnu se dirigea vers le fond du port. Si Denis ne le rattrapait pas avant, il serait obligé de passer par les prés salés. Et là, peut-être le reconnaîtrait-il.

Encore fallait-il tenir jusque-là. L'autre courait vite, c'était un sportif et Denis fumait trop. Ça faisait des années qu'il fumait trop. L'ostréiculture, c'était sa seule activité physique. Il avait des bras mais pas de jambes. À peine une minute que déjà son corps brûlait. Il étouffait. Il avait envie de cracher ses poumons. L'autre avait une bonne foulée, très régulière. Denis n'y arriverait pas, il le sentait.

Il se demanda alors pourquoi il lui courait après. Que pouvait-il en espérer ? Qu'allait-il faire à ce type s'il arrivait à le rattraper ? Il n'y avait aucune loi qui interdisait de se promener sur le port la nuit.

— Attends ! Attends-moi ! Lança-t-il comme une bouée à la mer.

C'était surtout un aveu de faiblesse. L'autre en profita et redoubla d'efforts.

Soudain, il obliqua à gauche et passa par un passage étroit entre deux cabanes. Denis le suivit et tout devint noir. Quelque chose l'avait frappé. Il tomba à la renverse et s'affala dans l'herbe.

Il reprit connaissance aux premières lueurs de l'aube. Il y avait un concert de heavy métal à l'intérieur de son crâne. Du sang, sur son front, pas beaucoup mais ça devait être vilain à voir.

— L'enfoiré, pesta-t-il. Faut être un beau saligaud pour frapper un mec en pleine course.

Puis, il remarqua une tache de sang sur une poutre de cabane à peu près à hauteur de sa tête. Il était là le coupable, il était là l'enfoiré. Denis en ressentit un peu de honte. Il se releva en ayant l'impression d'avoir vieilli de cent-un ans en une nuit. Et c'est à pas raisonnés qu'il reprit le chemin de sa cabane. Il espéra ne croiser personne.

– 42 –

Il trimballa sa carcasse fatiguée jusqu'à l'hôtel. L'escalier était raide, fallait le reconnaître. Sa main le faisait souffrir mais elle n'était pas cassée. Son nez, non plus. Il avait eu du bol. Il en serait quitte pour une face de boxeur pendant quelques jours.

Il entra dans la salle de bains. Elle était enfin là. Depuis le temps qu'il l'attendait. Sa vraie gueule, celle des mauvais jours. Il y avait encore plus de rides que la dernière fois. Des pattes d'oie, des cernes, il avait l'impression qu'il en avait toujours eu. Ce qui était nouveau par contre, c'était cet œuf qui lui poussait sournoisement sous l'arcade et cette traînée rouge qui lui salissait le visage. Le pire, quand on se fait péter la gueule, ce n'est pas le goût du sang au fond de la gorge, ni de respirer un coup sur trois. Le pire, c'est de se voir dans la glace juste après. Parce qu'on y tient à notre gueule après tout, ça nous fait du mal de la voir comme ça, gâchée. Ça nous fait même un peu peur, un peu, parce qu'on se dit qu'elle ne redeviendra jamais comme avant, notre petite gueule, notre gueule de premier communiant.

Il prit un gant et le passa sous l'eau du robinet. Longtemps. Il hésitait, savait que ça allait être douloureux. Il grimaça tandis que le lavabo devenait rouge. Le sang, c'était un truc qu'il ne redoutait pas, plus. Il savait que ça coulait comme ça, abondant, toujours. On croit qu'on exagère dans les films quand l'hémoglobine, elle gicle n'importe où. Mais la vérité, c'est que le sang, ça n'arrête jamais de couler, que ça tache les vêtements et la gueule, et que ça impressionne. Surtout quand il est expulsé, comme ça, avec les poings.

L'autre était plus jeune, plus costaud, sans doute plus habitué. Il s'en sortait bien. Jamais, il ne se serait cru capable de ça. De toute cette rage, de toute cette dégueulasserie. Il avait toujours eu de la répugnance pour les types qui ne causaient qu'avec leurs poings. Il en avait un peu pour lui. Peut-être que ce sentiment allait grossir jusqu'à devenir une énorme boule dans la gorge, qu'on ne pourrait plus cracher, qu'il faudrait avaler en espérant qu'elle ne vous pète pas dans le bide. Si ça en venait là…si ça en venait là, bah, ce serait tant pis pour lui. Il l'aurait bien mérité.

Il passa la main sous l'eau du robinet. Ça picotait un peu mais elle n'avait pas gonflé. Elle n'était pas cassée. Il y aurait pourtant des séquelles, il pouvait le parier. Peut-être que manier un démanchoir ne serait plus possible désormais. Peut-être même un simple canif. De toute façon, ça n'avait plus beaucoup d'importance. Cette vie-là, c'était bon à jeter, un reste de repas, de l'ordure, direction poubelle. Sa nouvelle vie, elle avait commencé avec les flammes. Pas sûr qu'elle l'enflammerait plus que l'autre.

Il fouilla dans la poche arrière de son pantalon. Il poussa un petit râle alors il changea de main. Fallait qu'il fasse attention à ses habitudes. Pour quelques jours, il n'avait plus qu'une main. Il trouva son paquet de cigarettes tout chiffonné. Deux étaient foutues, les autres, ça pouvait aller. Mieux valait ne pas être exigeant. Il y avait une légère fissure dans les parois de son briquet mais pas de fuite. Ce n'était pas grave, ce n'était qu'un Bic. Il alluma la cigarette et tira une longue taffe avant de recracher la fumée lentement, en prenant son temps. Sa lèvre, on aurait dit une tomate farcie tellement elle avait été attendrie. Du coup, il ne fumait pas comme d'habitude mais il s'en contenterait. Il avisa un petit panneau rouge vissé dans le mur en bas à droite du miroir. « Défense de fumer ». En général, il respectait ce genre de choses. On aurait même pu dire qu'il était exemplaire. Il ne fumait jamais devant des non-fumeurs, il avait toujours une boite dans la poche qui servait de cendrier. Mais là, ce soir, l'envie était trop forte et puis sa cigarette toute mal fichue, qui penchait un peu sur le côté, fallait bien lui faire honneur. Il s'avança jusqu'à la fenêtre, l'ouvrit, s'assit sur le rebord et envoya une colonne de fumée se perdre dans les embruns.

La nuit était calme. On n'entendait presque aucun bruit si ce n'était le port et la mer mais ça, ce n'était pas du bruit. C'était sa dernière nuit ici, il le savait, il l'avait décidé. Au matin, il serait parti.

Il pensa à la gamine. Il se demanda s'il irait lui dire au-revoir. Ce qu'il avait fait ce soir, c'était pour elle. Peut-être un peu aussi pour lui, parce que le corps avait parlé, il en avait besoin, mais sa tête, son cœur, c'était la gamine qu'ils avaient choisie. Cette petite gamine qu'il ne connaissait pas, qu'il ne reverrait jamais plus, peut-être même pas demain. Il ne comprenait pas bien ce qui s'était passé. Les sentiments qui avaient germé. C'était une réaction qui dépassait son entendement.

Elle était douce, elle était gentille, elle avait un sourire à vous frissonner la peau. Elle n'aimerait pas ce qu'il avait fait. Il avait franchi la barrière, il était devenu tout ce qu'elle détestait. Il était comme lui.

Il ne connaissait rien de ce type. « Steph ». Ça pouvait être Stéphane pour sûr, peut-être bien Stephen. Il n'avait pas lu le nom sur la boite aux lettres quand il l'avait suivi dans l'immeuble. C'était mieux ainsi. Il ne voulait pas le connaître. Il ne voulait pas qu'il devienne familier. Même « Steph », en fait, c'était déjà trop mais il était à peu près sûr qu'il finirait par oublier. Ce n'était qu'un type. Un type qui avait croisé sa route et qui n'aurait pas dû.

Il avait éveillé en lui le pire des instincts. En quelques heures, c'était un animal qu'il était devenu, un être primal. Il aurait voulu se dire que c'était la raison qui l'avait commandé, que c'était la seule solution possible. Ce n'était qu'un tissu de mensonges. Il aurait fallu qu'il soit un beau crevard pour croire à ça. Non, il l'avait fait parce qu'il en avait envie. Il eut même du mal à s'arrêter de cogner. Il avait envie de détruire quelque chose.

De lui abîmer sa belle petite gueule. Parce qu'il était beau mec. Le genre ténébreux, avec un regard profond, un petit sourire toujours à propos. Pas besoin d'être un expert pour deviner ce qui avait pu plaire à Émilie, ce qui avait pu plaire aux autres. À l'instant où il avait posé les yeux sur lui, depuis cette même fenêtre où il était à présent, il avait su que c'était un prédateur. C'est ça qu'il avait voulu détruire. Pour protéger la gamine, et puis aussi un peu pour lui, pour la satisfaction d'avoir fait une sorte de devoir, comme on tue un loup qui ravage des troupeaux. Sûr qu'à présent avec sa gueule arrangée, il aurait plus de mal à chasser.

Steph n'était pourtant pas le premier qu'il croisait. Dans les bars, la nuit, ce n'étaient pas les enfoirés qui manquaient. Il n'était jamais intervenu. Il avait laissé leurs oignons à ceux à qui ils appartenaient. Alors pourquoi lui ? Pourquoi elle ? Émilie était pourtant une fille semblable à mille autres, un poisson dans l'eau. Elle était jolie, oui, ça pouvait expliquer, mais c'était de la beauté en devenir, de la beauté qui se préparait en coulisses. Il ne serait plus là pour le lever de rideau. Peut-être que c'était ça l'explication, que c'était ça qui l'avait poussé. Il y avait quelque chose de bizarre quand il était avec elle. Elle lui rappelait quelqu'un mais il ne savait pas, il n'arrivait pas à dire qui. C'était comme bloqué quelque part dans sa mémoire, au plus profond. Il s'était dit que peut-être en se rapprochant d'elle, en passant à l'étape supérieure, ça lui serait revenu mais les coups de poings n'avaient rien révélé. Pas ça en tout cas.

Il allait devoir se faire à l'idée qu'il ne le saurait sans doute jamais. C'était peut-être une de ces conneries de réincarnation ou de vie antérieure. Il ne le saurait jamais parce qu'il ne la reverrait jamais. Sa décision était prise. Il n'était rien pour elle et il avait fait quelque chose de sale, de crade. Non, dans quelques heures, avant l'aurore, il quitterait la chambre. Il reprendrait la route. Le temps était venu de faire face à ses erreurs, de faire face à ce qu'il était vraiment. Sa vie, toute sa vie d'avant, était terminée. L'homme qu'il était ne serait bientôt plus qu'un souvenir. Lui qui était venu à Oléron à la rencontre de l'adversaire de toujours en avait finalement trouvé un de bien plus ancien, originel. Lui-même.

– 43 –

À l'instant où elle ouvrit les yeux, Camille se demanda si elle n'était pas en train de faire une connerie. Il faut dire que dans sa petite tête avait germé un plan tout à fait audacieux. Elle se leva mais s'adossa tout de suite contre la fenêtre, les yeux sur le plancher, fixant le vide.

— Ne suis-je pas en train de faire une connerie ? Se demanda-t-elle à haute-voix.

Ce n'était pas grave, pas vraiment illégal, enfin presque pas, que risquait-elle dans le fond ? D'être ridicule ? Ce serait loin d'être la première fois.

Elle se dirigea vers la salle de bain sur la pointe des pieds. Sophie dormait encore. Elles avaient pas mal bu la veille et son amie descendait les verres deux fois plus vite qu'elle. Avant d'entrer dans la douche, elle se demanda encore :

— Mais qu'est-ce que t'es en train de faire ?

Elle avait mis le réveil, s'était levée tôt. Tout était programmé dans sa tête et pourtant, elle y allait au hasard, en tâtonnant.

Elle prit son petit-déjeuner debout dans la cuisine, à faire les cent pas, à regarder par la fenêtre. Elle avait un petit peu peur et n'avala presque rien.

Elle emprunta un manteau à Sophie, un large, à capuche. Elle aurait voulu mettre un bonnet mais la saison ne s'y prêtait pas. En grimpant sur le scooter, ce fut une petite boule qui lui monta dans l'estomac.

— T'es en train de faire une connerie là, Camille.

Elle connaissait l'adresse, avait fait des recherches sur Internet avant de se coucher. Ce qu'elle regrettait, c'était de ne pas avoir pu faire de repérages. Où allait-elle se garer ? Il lui fallait un bel angle de vue, bien dégagé mais aussi bien discret. Il fallait qu'elle puisse démarrer au quart de tour donc il ne fallait pas qu'elle soit trop loin. Il aurait fallu qu'elle parte en repérages. Mais comment aurait-elle pu expliquer ça à Sophie ? Quel prétexte, quelle excuse aurait-elle pu employer pour justifier de ressortir cinq minutes après être rentrée de soirée ? Déjà que son amie lui en voulait pour le coup de la serveuse du Waimea...

Elle choisit finalement de se mettre à quelques dizaines de mètres de la maison. Il y avait une allée et un portail.

— Parfait, pensa-t-elle. En cas de départ précipité, ça me laisse le temps de me préparer.

Un gros 4x4 et un camion lui fournissaient un camouflage efficace.

— Bon, bah, voilà, on y est.

Pendant un moment, Camille s'étonna de la situation. Qui aurait cru, il y a quelques jours qu'elle se retrouverait là ? Pas elle, en tout cas.

Ce qu'elle était en train de faire violait presque la totalité de ses principes.

Elle craignait d'être ridicule, d'être repérée par un voisin, de devoir s'expliquer. Elle s'imaginait déjà ce qu'elle allait pouvoir inventer.

Puis, soudain, l'air de rien, elle commença à perdre patience. Le casque l'étouffait, elle l'ôta. Puis, elle rabattit la capuche de son manteau sur la tête. Dans la maison, pas la moindre activité. Combien de temps allait-elle devoir attendre ?

— Pour un plan à la con, c'est un plan à la con, s'énerva-t-elle.

Alors, dans sa petite tête, germa un plan B.

Elle s'examina. Oui, elle était bien habillée. Elle portait sa robe rouge, celle de l'autre nuit. Sophie lui avait prêté quelques fringues, le temps qu'elle puisse récupérer les siennes dans l'appartement de Maxence mais ce matin, elle avait enfilé ce qu'elle trouvé à portée de main, préoccupée qu'elle était de ce qui allait suivre. Il n'y avait que les chaussures, des baskets, qui juraient un peu. Elle les avait piquées à Sophie, plus pratiques pour conduire un scooter que ses escarpins.

— T'es vraiment stupide, ma pauvre Camille.

Il lui fallut cinq bonnes minutes pour imaginer ce qu'elle allait dire et cinq de plus pour se décider. Enfin, elle marcha droit vers la maison. À cet instant précis, plus rien ne lui passait par la tête.

Elle sonna. Martine Pujol-Barreyre lui ouvrit.

— Bonjour Madame, Fleur Pingeot de la société Pyla'Immo, déclara Camille, le sourire jusqu'aux oreilles.

Martine la dévisagea des pieds jusqu'à la tête. Elle esquissa un demi-sourire.

— Nous sommes à la recherche de biens de prestige dans le quartier pour enrichir notre catalogue. Auriez-vous des intentions de vente ?

Martine la fixait droit dans les yeux. Camille était gênée, son sourire lui tirait sur les joues.

— Vous avez pris votre petit-déjeuner ?

— Heu... Hé bien, pour être tout à fait honnête, non.

— Venez.

Martine rentra et monta un escalier. Camille, sans hésiter, presque d'instinct, lui emboîta le pas. Elle admira le luxe de la maison et du salon en particulier. C'était décoré avec goût. Le meuble bibliothèque, généreux, donnait l'impression d'être là pour faire cultivé et l'état des livres prouvait qu'ils n'avaient été que rarement lus.

— Un whisky, ça vous va ?

Camille s'étonna et avant même qu'elle réponde, elle avait un verre dans la main. Martine lui indiqua un fauteuil puis s'affala dans le canapé. Elle but une grande gorgée de son whisky. Camille trempa les lèvres dans le sien et se dit que c'était bien la première fois qu'elle buvait aussi tôt.

— Vous ne faîtes pas vraiment agent immobilier.

— Oh, euh... bafouilla Camille, je... eh bien... je ne suis pas réellement agent immobilier. Je travaille pour eux. Ils m'envoient faire du porte à porte mais si vous décidez de nous faire confiance, ce sera l'un de mes collègues qui prendra le relais et...

— Vous êtes quoi ? Journaliste ?

— Pardon ?

— Bah, ça n'a pas d'importance. Je tourne en rond et je m'ennuie. Causer, c'est tout ce que je demande.

— Ah, très bien…

Camille aurait voulu se liquéfier sur place, être évacuée à l'aide d'une serpillière, couler jusqu'aux égouts, se laisser porter jusqu'au wharf et disparaître dans l'océan.

— Mon mari était un con. Tiens, voilà déjà le titre de votre article. En première page, sur trois colonnes, avec une photo de lui, bien bête, le sourire niais avec un de ces putains de poissons qu'il venait de prendre. Vous voulez que je vous dise ?

— Oui ?

— J'ai horreur du poisson. J'ai toujours détesté le poisson. D'ailleurs, je ne supporte pas la mer. Cette odeur, ces algues et cette putain d'ostréiculture. Rah, mais qu'ils s'étouffent avec leurs saletés d'huîtres.

Elle avala cul sec ce qu'il restait de son whisky. Camille se sentit obligée de mouiller ses lèvre une seconde fois.

— Vous avez déjà été amoureuse, mademoiselle ? Oui, je le vois à votre regard. Et puis jolie comme vous êtes…Moi aussi, j'ai aimé un homme mais je ne l'ai pas épousé. Vous savez ce que l'on ressent lorsque votre premier amour vous rejette ? Du vide. Une moitié de vide. Cent vingt-cinq grammes environ. La moitié d'un cœur. Ça vous condamne à respirer un coup sur deux. Mais un coup sur deux, c'est vivable. On fait avec. On essaie d'aller de l'avant sans se rendre compte qu'on marche de travers. On sort, on voit des gens, on essaie de se noyer dans les gens. On recherche dans les yeux de tout le monde ce que l'on voudrait lire dans les yeux d'une seule personne. Puis, un jour, on trouve quelqu'un, un peu comme ça, par hasard. On le force même un peu le hasard, parce que toujours il faut aller de l'avant, il faut se résigner. On se met à l'aimer aussi, un peu, beaucoup, passionnément, parfois. À la folie, non. À la folie, on a déjà donné et on ne peut pas s'y remettre, on en est incapable. Ce n'est pas l'envie qui manque, hein ? C'est juste qu'on ne la trouve pas cette folie, on ne la trouve plus. Et pourtant, on la cherche encore, dans d'autres yeux et, comme on ne la trouve jamais, on revient toujours. Et ainsi on se fait notre vie, petit à petit. On oublie un peu, pas du tout. On range ça dans un coin de notre mémoire, dans une vieille boite. On essaie de penser à autre chose.

Il y eut un silence. Long, pesant. Lorsque Camille crut apercevoir une larme perler, Martine se leva et se resservit un verre de whisky qu'elle avala cul sec avant de s'en resservir un autre et de retourner s'asseoir.

— L'ennui, c'est que les boites, on finit toujours par les ouvrir. Tout ce qui était enfoui à l'intérieur se dérange. Dérange, c'est amusant ce mot. Tous ces sens différents qu'on lui donne.

Elle regarda Camille qui mouilla ses lèvres une troisième fois.

—Quinze ans, vingt ans, trente ans. Vous êtes jeune, vous ne pouvez pas comprendre.

—Je peux toujours essayer.

—Pathétique, n'est-ce pas, d'être toujours amoureuse de celui qui nous a rejeté après tout ce temps, non?

Camille esquissa une petite moue qui ne voulait pas dire grand-chose.

—Moi, c'est juste que contrairement aux autres, quand je dis «je t'aimerai toujours», je le pense.

Martine contempla ses pieds pendant un moment, assez long. Camille pensa même qu'elle s'était endormie.

—Mon mari était un con. Un vrai, un gros. Un de ces types incapables ne serait-ce même de comprendre que les autres pensent et arrivent à faire des choses plus importantes qu'eux. Il a essayé de m'aimer au début, il y a cru. Il a beaucoup pleuré, peut-être plus que moi. Façon, j'ai pris l'habitude de pleurer à l'intérieur, de garder mes larmes pour moi et ce n'était jamais pour lui que je pleurais. Au bout d'un moment, je ne sais pas. Il a eu un éclair de lucidité, il a compris qui j'étais. Il a saisi qu'elle infâme traîtresse j'étais et qu'il avait gâché sa jeunesse, la moitié de sa vie à mes côtés. Il a décidé de se rattraper. Allez donc faire un saut au Waimea ou dans n'importe quel bar du coin, il n'y a pas une pétasse qui n'ait eu sa main aux fesses ou son doigt au cul.

Camille écarquilla de grands yeux. Elle voulut boire mais son ventre presque vide n'aidait pas. L'ivresse pointait le bout de son nez.

— Je vous choque ? Vous me trouvez vulgaire ? Hé bien, sachez qu'il y a bien plus vulgaire qu'un langage ordurier. On a beau se dire qu'on s'en fout, qu'après tout, on ne s'est jamais privé, ça fait quand même mal. Parce que je vous le dis, je l'aimais quand même. À ma façon, c'est à dire mal, mais je l'aimais. Et puis, ce n'est pas facile de passer pour la méchante.

Elle avala son verre et le posa sur la table basse devant elle. Encore un long silence, comme un fondu au noir à la fin d'un film.

— Mais je ne l'ai pas tué. Enfin, pas vraiment.

Camille se demanda longtemps ce qu'elle avait voulu dire par là.

– 44 –

Jonathan Rageot avait l'air d'un flic. Ça se lisait sur sa gueule, ça lui suintait par tous les pores. Quand il était gamin, il ne faisait jamais l'indien, ne jouait jamais le voleur. C'était le genre de gars pour qui il ne servait à rien de payer un uniforme. C'était d'ailleurs pour cela que Pio l'avait choisi pour l'accompagner. Il voulait que tout le monde se retourne sur leur passage, que les conversations se taisent, que les messes basses s'élèvent.

Lui ne faisait pas flic. Pas vraiment. Il ne faisait plutôt rien. En fait, c'était un personnage d'appoint. Il mettait en valeur la personne qu'il accompagnait, exagérait ses traits. Ensemble Pio et John avaient l'air de flics. Ça se voyait à quatre cent mètres.

Et c'était bien ça l'idée première de Pio. Que tout le monde repère les flics, tandis que Franck et Jeannette fouinaient de leurs côtés. Pour mettre son plan à exécution, il lui fallait un événement public. Le hasard, qui faisait toujours bien les choses, fit que ce jour-là, c'était dimanche. Et le dimanche, c'était jour de rugby.

Il demanda à John de se garer à l'entrée de la plaine Bonneval et ils firent le reste du chemin à pied. Il y avait du monde, il y avait du bruit, des applaudissements. Il connaissait ça par cœur.

L'enquête accélérait. Il ne restait plus beaucoup de pièces de puzzle dans la boite. Il savait pourtant qu'il ne fallait pas crier victoire trop vite. S'il avait appris quelque chose, malgré son peu d'années d'expériences, c'était que les surprises se pointaient toujours juste avant la fin du repas. Il y avait dans cette affaire quelque chose d'autre à l'œuvre, comme des forces supérieures, et il était sûr qu'elles n'avaient pas dit leur dernier mot.

— C'est qui, qui joue ? Demanda Rageot.

— Aucune idée.

Il regarda son chef, dubitatif.

— Redis-moi ce que t'attends de moi.

Ils étaient parvenus devant le terrain.

Pio jeta un œil discret vers les tribunes.

— Rien, sourit-il. Promène-toi, profite du match. Tu peux même te prendre un verre à la buvette, si tu veux.

— C'est toi qui payes, chef ?

— N'exagère pas non plus.

— Pour les besoins de l'enquête ! Ricana-t-il.

Pio allait répondre quand un type lui mit une grande claque dans le dos. Rageot porta la main vers son arme de service.

— Oh, bonhomme !

Pio se retourna vers l'importun. Il devait avoir dans les soixante-dix ans, costaud mais bedonnant.

—Je savais bien que c'était toi ! Alors, t'es de retour ?

Pio se doutait bien qu'il arriverait quelque chose comme ça. Il s'y était préparé. Il lui fallut quand même un moment avant de le reconnaître.

— Monsieur Suguers ?

— Ah, ah, Pio ! Tu ne m'as pas oublié ! Ça fait plaisir, ça !

Rageot écarquilla de grands yeux. Son lieutenant le remarqua.

— C'est bon, John. Je gère.

Le jeune policier s'éloigna. Pio discuta un moment avec son interlocuteur. D'autres personnes vinrent le voir, serrant la main de l'ancien rugbyman, lui donnant des tapes sur l'épaule, dans le dos, lui offrant des coups (qu'il refusa à chaque fois), écoutant toujours la même histoire « Hé oui, je suis flic maintenant ». Pio retrouva rapidement ses réflexes. Quand il était un champion, on lui avait appris à faire du *people*. Un sourire, une bonne poignée de main, bien franche. Quand il fut sûr d'avoir bien été remarqué, il lança son regard sur les tribunes. Il croisa immédiatement le sien.

Le policier, en bon expert des relations humaines, ne montra aucune émotion. Dans sa tête, par contre, il était à la fête. Il souriait. Il souriait parce que son pari était bon. Il souriait parce que l'autre ne souriait pas. Au contraire, la nervosité se lisait sur son visage.

La veille, Lexovitch avait posé une liste sur son bureau. Les membres du conseil de surveillance des entreprises Pujol-Barreyre. De prime abord, il avait été un peu déçu : Bruneau n'en faisait pas partie. Il en connaissait certains comme ça, parce que le Bassin était petit. Cependant un nom sortait du lot. Le seul sur lequel il pouvait vraiment mettre un visage pour l'avoir croisé presque tous les dimanches de son ancienne vie. Jean-Marie Le Pellier. Le grand type en costume sombre qui le dévisageait depuis les tribunes.

Pio laissa passer un peu de temps, fit mine de s'intéresser au match, puis quand le ballon sortit en touche et que tout le monde reprit son souffle, il monta les marches de la tribune d'un pas décidé. La plupart des spectateurs se demandèrent pourquoi ce policier travaillait un dimanche et surtout pourquoi ce travail l'obligeait à interroger un conseiller municipal.

— Lieutenant Wojceikowski.

— Monsieur Le Pellier.

Engagement. Ballon pour La Teste.

Il était en compagnie d'un petit homme, sans doute un ami, peut-être un membre de son équipe, mais il était trop insignifiant pour en tenir compte. Pio s'assit.

— Je vois avec plaisir que votre aura n'a pas terni. Vous êtes encore célèbre.

— Oui, j'ai mis quelques coups de casque à l'époque.

— Et cassé quelques têtes.

C'était une allusion directe à son surnom de rugbyman, Casse-tête, obtenu grâce à son type de jeu plutôt musclé. Pio n'avait pas trop l'habitude des politiques mais il avait appris une chose cependant en fréquentant les cocktails de victoire et les réceptions de fin de compétition. Généralement, ils ne perdaient pas la moindre occasion de vous remettre à votre place.

— Vous, au contraire, vous êtes plutôt discret.

— Je ne suis qu'un citoyen comme un autre. Je me fonds dans la masse de mes contemporains.

Mêlée. Introduction de l'adversaire.

— Ou alors vous faites profil bas depuis l'incendie du port.

Pio regardait droit devant lui, vers le match. L'ailier de La Teste fit une belle percée avant d'être fauché en plein vol. Il n'avait pas besoin de ses yeux pour savoir que le conseiller municipal le fixait. Son silence était bien trop visible.

— Je ne suis pas sûr de comprendre, lieutenant, dit-il enfin.

— Pierre Pujol-Barreyre est mort dans l'incendie.

— Oui, je suis au courant, bien évidemment. Et alors ?

— Et alors, il vous incombe de trouver une solution pour assurer la pérennité de l'entreprise.

Discussion musclée entre les adversaires. Flou total.

Il plongea son regard dans celui de Le Pellier.

— Ou alors, ai-je mal compris le rôle de votre comité de surveillance ?

Les statuts de la société, l'existence de ce comité ainsi que les membres qui le composaient n'étaient pas des informations ultra confidentielles mais on ne les trouvait pas non plus sur Wikipedia. Le fait que Pio, et donc la police, savait tout cela démontrait un intérêt pour le sujet. Cette remarque provoqua donc le petit effet recherché.

— Ce n'est donc pas juste votre passion sportive qui vous a conduit jusqu'ici aujourd'hui ? Dit Le Pellier après un nouveau silence.

— Disons que je fais d'une pierre deux coups.

Pio aperçut John à côté du terrain. Un gobelet en plastique à la main, il était en pleine discussion avec une jolie rousse.

— Qu'attendez-vous de moi, lieutenant ?

— Commencez par me dire ce que vous avez décidé pour remplacer votre directeur.

— Rien encore. Une assemblée exceptionnelle doit se tenir dans la semaine.

— Dans la semaine ?

— Oui.

— Quand ?

L'équipe de La Teste alla à l'essai. Le public se leva. Le Pellier applaudit chaleureusement et glissa un mot inaudible à l'oreille de son voisin.

— Que voulez-vous savoir d'autre ? Demanda le conseiller après s'être assis.

— Des candidats que je connaîtrais ?

— Aucun amateur de rugby. Et je le déplore.

— À part vous, sans doute ?

— Sans doute.

— Vous êtes donc candidat ?

— Et pourquoi pas ?

— Parce que ça ne ferait pas de vous un nouveau suspect idéal.

Le Pellier dévisagea Pio à nouveau. Celui-ci regardait en direction de John qui avait sorti son téléphone et notait vraisemblablement le 06 de la jolie rousse.

— La mort de Pujol-Barreyre contre la direction de son entreprise. Ne trouvez-vous pas que ça sonne terriblement comme un vulgaire roman de gare ?

— On tue souvent pour beaucoup moins que ça.

— Oui, cela, je l'imagine très bien.

Nouvelle chance d'essai. Joli contre d'en face. Le public poussa un « oh ! » de regret.

— Vous allez faire quoi, lieutenant ? Interroger tous les membres du conseil ?

— Oui, j'en ai bien l'intention.

— Chercher à qui profite le crime, hein ? Vous perdez votre temps : ils vous diront la même chose que moi.

— Et que me dites-vous ?

— Que vous faites fausse route. Aucun d'entre nous n'a fait ça.

— Comment pouvez-vous en être sûr ?

— Nous ne sommes pas des barbares.

Mauvais plaquage. Un nez cassé.

Pour la première fois depuis le début de leur discussion, Pio observa le conseiller municipal. On ne lisait plus la moindre inquiétude sur son visage. Il avait deviné sans doute que la police n'avait rien sur le conseil, que Pio n'était venu que pour tâter le terrain. Peut-être même qu'il n'avait aucune piste et qu'il tâtonnait dans le noir, au hasard. Intérieurement, Pio jubilait. Il n'avait pas fait le déplacement pour rien.

— N'avez-vous pas d'autres chats à fouetter ?

— C'est-à-dire ?

— Un fugitif à attraper par exemple. Vous avez mis les grands moyens à ce qu'on m'a dit.

— Je préfère laisser ça aux mobiles. Je ne suis pas assez leste, moi.

Belle envolée du ballon. Touche.

— Et du coup, vous tuez le temps en ennuyant les mauvaises personnes ?

— Je croyais que vous étiez tous du côté des bons.

Le Pellier poussa un petit rire, très discret.

L'arbitre siffla la mi-temps. La plupart des spectateurs se leva, il les imita.

— Vous restez pour la fin du match, Pio ? Vous qui connaissez ce métier-là par cœur.

L'attaque était à peine dissimulée. Et il l'avait appelé par son prénom comme à l'époque où il était déjà quelqu'un d'important et lui un simple gamin qui courait sur un terrain. Son arrogance avait repris le dessus sur sa politesse. Tant mieux, se dit Pio.

— Je vous souhaite bonne chance pour votre assemblée générale, monsieur Le Pellier. Dites au candidat que vous désignerez que je l'attends dans mon bureau dès que possible. Il est mon suspect numéro un.

Pio descendit de la tribune et retrouva John.

— On s'en va déjà ?

— Oui. On s'est suffisamment fait remarquer.

Le jeune flic n'avait rien capté de ce qui venait de se passer mais il avait l'air heureux.

— Dis à Franck de me préparer rapidement un dossier succinct de chaque membre du conseil de surveillance, dit le lieutenant dès qu'ils furent seuls. Si ça ne donne rien avec Martine, on ira les voir.

Mais Pio eut l'impression que ce ne serait pas nécessaire.

- 45 -

Hub n'était pas d'humeur. Pas d'humeur à voir des gens, pas d'humeur à ouvrir la porte. Maud s'en fichait. Cette fois, elle n'avait pas besoin de lui. Elle n'était pas venue lui demander quelque chose mais lui en proposer. Un truc excitant, kiffant. Ça n'avait aucune importance s'il disait non. Elle contacterait ses anciennes connaissances sur Bordeaux, voilà tout. Hub n'était juste que la solution pratique parce qu'il n'habitait pas loin.

Elle lui fit un grand sourire. Et il était sincère ! Le rapport de force s'était inversé. Sûr que Hub allait être d'accord.

— Qu'est-ce que tu veux encore, Maud ?

— Entrer.

Hub ne restait jamais longtemps AFK, loin du clavier. C'était comme être hors de son bocal. Alors, il la fit entrer et regagna sa place. Elle ne dit rien pendant un moment. Il supportait mal d'être observé, elle le savait.

— Tu veux quoi, cette fois ?

— David Koenig.

— Hé bien ? Il t'a contacté, non ? T'as plus besoin de moi.

—Je ne veux pas le contacter. Je veux David Koenig. Je veux sa tête.

Hub s'arrêta de taper. Il se retourna et la regarda pendant un long moment. Et sans doute y lut-il sa profonde détermination.

À peine eut-elle expliqué ce qu'elle entendait par obtenir la tête de David, qu'elle était assise devant un ordinateur. Elle aurait préféré le sien, c'est sûr mais il avait été confisqué par la police à l'époque puis balancé par la fenêtre par son père dans un accès de rage. Ce n'était pas une mauvaise chose en fait parce que les ordinateurs de Hub étaient bien plus performants et bien plus équipés. Elle commença par reprendre contact avec les hackers de Bordeaux, la fameuse Wild Bunch. La fidélité, ce n'était pas leur fort mais ils avaient toujours respecté Maud. Pendant ce temps, Hub s'était déjà mis au travail. Comme prévu, il avait accepté de l'aider. Il avait bien essayé de monnayer sa participation. Elle avait éclaté de rire. Rire forcé bien entendu mais qui avait eu son petit effet. Il s'était donc mis au travail bénévolement. Peut-être se disait-il aussi qu'il avait sa part de responsabilité dans ce qui arrivait à Maud.

Elle était un peu rouillée. Elle n'avait pas pratiqué la navigation via TOR depuis des lustres. Mais après une vingtaine de minutes, elle était relancée. C'était comme le vélo. Elle les retrouva tous les quatre. Et c'était plus qu'il n'en fallait. Elle envoya un message via un client IRC.

—Zel-Q ? Je te croyais morte, s'étonna P3CK3R.

—Ou en taule, ce qui revient au même, ajouta Thunderball.

Zel-Q. Ce pseudo semblait surgir d'outre-tombe. Elle l'avait choisi pour faire plaisir à Allan. La première fois qu'il l'avait lu sur son écran, il n'avait rien dit. Il s'était contenté de sourire. Et c'était un de ces sourires qui valaient bien des mots.

— T'es là pour quoi ? Visite de courtoisie ? Demanda 404.

— Vendetta.

— Et en quoi, ça nous concerne ? Demanda Trillian.

— C'est un nuisible. Un nuisible qui nage bien profond.

Elle n'avait pas besoin de parler par voies détournées. Il n'y avait aucun risque à parler du Dark web dans le Dark web. Mais Allan lui avait appris la prudence. Ce réflexe-là était revenu en même temps que les autres.

— Profond comment ?

Maud leur expliqua qui était David Koenig. Elle avait bien conscience qu'il n'était pas aussi terrifiant que les monstres que la Wild Bunch affrontait la plupart du temps. Alors, elle insista un peu, légèrement, sur le côté manipulateur de David. Elle raconta la terreur qu'elle avait ressenti à chacun de ses appels. Elle raconta comment elle jetait des regards parfois dans la foule, subitement, espérant découvrir quelqu'un qui l'observait. Elle se retournait aussi le soir lorsqu'elle rentrait. Elle vivait la vie d'une femme épiée. Là-dessus, elle alla un poil trop loin.

— Tu vas nous faire pleurer, ma puce, persifla Trillian.

—Je veux sa tête, écrivit-elle. Vous en êtes?

Bien sûr qu'ils en étaient. C'étaient des White Hats. Quand ils pirataient, quand ils enfreignaient la loi, c'était toujours pour la bonne cause. Punir un manipulateur, un harceleur, c'était comme un quatre heures pour la Wild Bunch. Ils feraient ça vite fait.

—C'est quoi cette adresse IP que tu utilises? Demanda 404. Elle me dit quelque chose.

—Je suis chez Hub, avoua-t-elle en ayant bien conscience que ça risquait de coincer.

Les mécontentements ne tardèrent pas à fuser. Comme d'habitude, Trillian fut la plus véhémente.

—Qu'est-ce que tu fous avec ce porc capitaliste? Écrivit-elle à toute vitesse.

—Moi, je ne bosse pas avec ce type. Y'a des limites à ce que ma tolérance peut supporter.

—C'est un arriviste. On ne peut pas lui faire confiance.

—Je vais le hacker, je sens.

Comparé à la philosophie de justice, de liberté, d'équité que partageaient les membres de la Wild Bunch, Hub qui ne n'usait d'internet que pour son propre profit ou plaisir, faisait office d'hérétique. Il avait surtout une morale douteuse et Maud se méfiait de lui. Tout le monde se méfiait de lui. Même si par nature un hacker se méfiait de tout et surtout des autres hackers, il arrivait qu'il se lie d'amitié, qu'il se réunisse avec d'autres qui partageaient les mêmes intérêts. C'était le cas de la Wild Bunch entre autres. À sa connaissance, Hub n'avait jamais travaillé avec personne ou alors comme électron libre.

— C'est lui qui m'a trouvé David Koenig.

— T'as eu besoin de lui ? Tu devais être sacrément désespérée.

— Pressée plutôt. Je n'avais que lui sous la main. Vous vous rendez compte qu'il va lire l'historique de notre conversation, hein ?

— Oui.

— Oui.

— Oui.

— Oui.

— OK, écrivit-elle le sourire aux lèvres. Il s'occupe juste de trouver son adresse IP. Après, on ne sera qu'entre nous.

— Tu penses à quoi ? Demanda P3CK3R. À un vol d'identité ? Ou pire que ça ?

Maud savait ce qu'il sous-entendait. Elle avait réclamé la tête de David. Le plus simple était effectivement de lui voler son identité. Pirater son mail, obtenir ses coordonnées bancaires, ses identifiants Facebook, trouver ses petits secrets. Ou pousser plus loin et pirater les serveurs de l'administration, résilier son assurance, annuler son permis de conduire, le déclarer mort. Ce n'était pas impossible pour eux. Il y avait d'autres moyens, plus radicaux. On pouvait trouver un pauvre type, accusé et emprisonné à tort, clamant son innocence, et créer des preuves pour faire arrêter David à sa place. Ou alors s'arranger pour que de dangereux criminels le prennent pour une menace et l'éliminent. Mais Maud n'était pas comme ça et la Wild Bunch non plus. Si elle réclamait sa tête, c'était pour le punir, pour lui faire comprendre la leçon et surtout pour éviter toutes sortes de représailles. Il était dangereux et ne ratait jamais une occasion de le lui rappeler. Elle devait lui faire savoir qu'elle l'était aussi.

—Je pensais plutôt à le faire flipper. À du harcèlement numérique.

—:), écrivit Thunderball.

C'était une bonne idée et surtout, c'était beaucoup plus fun.

—Bon, on se goupille un plan vite fait? Parce que j'ai grave la dalle, là, précisa Trillian.

—On procède comment?

—Zel-Q, si on ressortait le virus «Oops!»?

Maud rougit derrière son écran. Qui se souvenait de ça? À part elle, évidemment. Elle vivrait mille ans qu'elle ne pourrait l'oublier. Le premier, le seul virus qu'elle ait jamais créé dans son intégralité. Allan n'en avait pas écrit une ligne de code. Il avait souvent regardé par-dessus son épaule mais n'avait jamais interféré.

Elle était en terminale. Une éternité au vu de ce qu'elle avait vécu depuis. À l'époque, elle était atterrée par le nombre de mecs qui mataient du porno dans l'enceinte du lycée sans aucune discrétion. Ils étaient parfois sept ou huit derrière un ordi et ça y allait de commentaires bien gras assaisonnés de testostérone. Certaines filles laissaient même leurs copains faire, en haussant les yeux, en mimant un petit air faussement indigné tout en restant assises à leurs côtés. C'était devenu une mode, un jeu. C'était devenu la norme.

Évidemment, ça ne plaisait pas à Maud. Elle ne faisait pourtant pas partie de celles qui conspuaient les pornopathes, comme elle aimait les appeler, qui s'offusquaient chaque instant et qui passaient, malgré elles, pour des pimbêches coincées. Non, elle, elle avait un plan.

Elle conçut un virus qu'elle installa dans les serveurs du lycée. Rapidement, tous les ordinateurs des salles de classe et ceux qui s'y connectaient, portables et tablettes inclus, furent infectés. En l'état, il était inoffensif. Il dormait. Elle se plaisait à penser qu'il y avait peut-être encore aujourd'hui des machines infectées sans que leur propriétaire ne le sache. Pour réveiller le virus, il fallait visiter un site porno. À ce moment-là, retentissait, son au maximum, la chanson « Oops, I dit it again » de Britney Spears. Le piégé ne pouvait rien faire pour l'arrêter. Le clavier ne répondait plus, même fermer l'écran ou appuyer sur off ne servait à rien. Seule une coupure d'alimentation ou retirer la batterie donnaient des résultats.

La première heure, ce ne fut pas moins de seize chansons qui retentirent quasi-simultanément. La nouvelle fit rapidement le tour du lycée. Et presque instantanément, comme il est courant avec la mode, elle mourut. Il devint ridicule de regarder du porno. Il fallait les voir tous ces types avec leurs appareils gueulant du Britney Spears. Tout le monde les montrait du doigt, se marrait. Quand ça arrivait en cours, c'était pire encore. Et combien de fois, ça avait dû arriver ailleurs, dans le bus, à la plage ou chez eux, la nuit. Au bout d'une semaine, on n'entendait presque plus rien. Même si ça arrivait encore, parfois six mois après. À part la Wild Bunch, personne ne sut que c'était Maud. Et pourtant, elle jubilait. Elle se sentait puissante. Jamais quelqu'un n'avait été aussi puissant qu'elle au lycée.

C'était une autre époque. Quand Allan était encore en vie, avant Mélina, avant tout le reste. Pourtant, quand elle pensait à Britney Spears, c'était avec un petit sourire mélancolique. Et dire qu'elle n'avait jamais pu supporter sa musique.

— C'était il y a longtemps, mec, rappela Trillian. Presque deux ans. Ça ne suffira pas.

— On peut le mettre à jour, ce n'est pas un problème. T'as toujours le code source, Zel-Q?

L'image d'un disque dur éjecté de son PC après une chute mortelle du troisième étage de son immeuble lui traversa l'esprit. Puis, elle réalisa la prudence dont, grâce à Allan encore, elle faisait preuve.

— Oui, se rappela-t-elle. Il est sur un serveur FTP.

— Nickel. On garde le principe de «Oops!» alors?

— Oui, sourit-elle. Ce serait parfait.

Et Allan serait tellement fier, ajouta-t-elle pour elle-même.

— Wow, s'exclama Hub.

— Tu l'as?

— Yep. Je te la transfère et maintenant tu me laisses en dehors du coup, OK?

— Oui.

Maud reçut l'adresse IP et la transféra aux autres.

— OK, c'est parti. Je m'occupe de ça, dit Thunderball. Occupez-vous du « Oops ! » 2.0.

En moins de temps qu'il n'en fallait pour l'expliquer, le hacker chevronné décoda l'adresse IP, trouva le fournisseur d'accès internet, dénicha un mail, une identité.

— Pas sûre que ce soit lui, hasarda Maud.

— D'après Facebook, il habite le Bassin. C'est bon signe, non ?

Elle consulta son profil, regarda ses photos persos. Ça pouvait être lui. L'âge correspondait à la voix, le gabarit aussi. David Koenig était un pseudonyme bien évidemment. Il fallait qu'elle découvre pourquoi il l'avait choisi. Elle éplucha toutes ses conversations Facebook, ses mails. Il était prudent. Sa vie semblait idéale. Marié, une petite fille de trois ans. Maud se mit à douter sérieusement que ce fut lui. Peut-être David l'avait-il piraté pour pouvoir se servir de TOR par la suite ? C'était possible. C'est alors qu'elle ouvrit un mail provenant d'un cabinet vétérinaire. Un simple rappel de traitement antipuce pour son chien. Un chien nommé Goliath.

Elle sourit. Ça ne pouvait pas être qu'une simple coïncidence. D'ailleurs, elle ne croyait pas aux coïncidences. Oui, c'était lui. Elle savait que c'était lui. Le roi David qui avait vaincu le géant Goliath. Elle l'avait enfin trouvé. La balance des forces s'était enfin équilibrée. Elle penchait même un peu en faveur de Maud.

— C'est lui, écrivit-elle.

— T'es sûre, chérie ? Demanda Trillian.

— Certaine.

— Alors, on va pouvoir s'y mettre.

— Juste le temps de mettre le « Oops ! » 2.0 au point. Tu nous donnes un coup de main, Zel-Q ?

— Avec plaisir.

Maud souriait. Tout un flot d'émotions la traversait. Elle les assimila en un instant. Elle étaient familières. Cette bouffée de liberté, ce sentiment de puissance. Oui, elle les avait déjà vécues. Il y a longtemps, quand elle était vivante.

Elle était de retour. C'était une révolution. Encore une fois, la tête d'un roi allait tomber.

– 46 –

Le Waimea, bondé, bruyant, passionné. Cette fois, les filles n'avaient pas pris de hamburgers mais un simple verre de Tariquet et une pinte de Guinness. Elles avaient envie de s'amuser et de prendre du bon temps. Enfin, Sophie surtout. Pour l'heure, Camille était plongée sur son téléphone. Maxence ne la lâchait pas.

— Tu veux que je m'en occupe ? Proposa Sophie. Je peux lui envoyer quelques textos bien assassins.

— Non, c'est bon. Je le sens bien là.

Camille était remontée. Camille avait pris de la confiance. Elle était prête à bouffer le monde entier et à demander du rab. Maxence, seul, dans sa coquille d'orgueil, ne faisait pas le poids. Il demandait des comptes, voulait savoir où elle était, chez qui elle logeait, ce qu'elle faisait. Camille lui régla son compte.

Elle s'était transformée. Pour de vrai, définitivement. Quelques réglages furent nécessaires. Elle avait eu des fulgurances et des coups de mou mais c'était fait. À présent, plus rien ne l'arrêterait.

— Bon, allez, dit-elle en posant son portable sur le comptoir. On trinque !

— OK ! À quoi ?

— À nous !

Les verres s'entrechoquèrent. Elles burent chacune une bonne gorgée.

— Je suis bien contente de t'avoir retrouvée ma Sophie.

— Oui, moi aussi. Allez, trinquons au hasard qui fait décidément bien les choses !

Les verres s'entrechoquèrent à nouveau et tant pis pour la tradition.

— On va profiter de notre soirée, hein, Camille ? Pas d'enquête ce soir ? On va picoler, danser, puis peut-être se trouver un mec ou deux.

— Chatoyant programme.

Sophie embrassa Camille sur la joue, but une gorgée de sa Guinness, posa le verre sur le comptoir et alla danser. Elle se trémoussa, se déhancha avec une telle ferveur que Camille eut l'impression qu'elle était en mouvement tandis que le reste du monde était au ralenti. Elle aurait voulu être sexy comme elle, attiser les regards comme elle.

— Bon sang, Camille ! Pensa-t-elle. Mais toi aussi, t'es sexy, toi aussi, t'es une bombe atomique ! Allez zou, va mettre le feu à la piste !

Elle fit un pas en avant lorsqu'une voix derrière elle l'interpella.

— Hey, fouineuse !

La barmaid de l'autre fois.

— Euh...salut.

— Maud. Je t'offre un verre ?

— Oui. C'est sympa, merci.

Camille regarda Sophie. Elle balançait sa tête de gauche à droite tandis que ses longs cheveux ondulaient en rythme avec la musique. La température venait d'augmenter de cinq degrés.

Maud posa un deuxième verre de Tariquet.

— Elle est à fond ta copine.

— Oui. Besoin de se libérer. Je lui en fais un peu baver depuis que je suis revenue dans sa vie.

— Moi aussi, je t'en ai fait baver l'autre soir. Écoute, je suis désolée. Je n'étais pas dans mon assiette.

— Pas de soucis, je comprends. J'ai été un peu lourdingue. Ma copine m'a même fait la leçon.

Maud jeta un œil à Sophie.

— Alors, toi et elle, vous êtes ensemble ?

Camille se dressa comme un « i ».

— Hein ! Mais pas du tout ! C'est juste une copine.

— Calme-toi, je ne t'ai pas insultée, tu sais.

C'était bien la première fois qu'on la soupçonnait d'être lesbienne. Et elle avait réagi comme une jouvencelle.

— Oui, je sais…Pardon, je…je suis un peu idiote.

— Laisse, va. Alors, comme ça, tu fouines dans l'affaire des cabanes ?

— On peut dire ça.

— Ça avance ?

— On peut dire ça, sourit-elle.

— Bien. Ça te dirait une info de tout premier ordre ?

Au plus profond d'elle, Camille entendit craquer une allumette.

— Quel genre ?

— Le genre qui va chambouler ta jolie petite tête. Le genre que tout le monde ignore car je suis la seule au courant.

Camille regarda autour d'elle. Il y avait plusieurs personnes qui attendaient d'être servies et Maud, penchée sur le comptoir, n'attendait qu'une réaction de sa part.

— Pourquoi tu me le dirais à moi ?

Maud s'éloigna servir les clients. Camille en profita pour regarder Sophie. Deux mecs s'étaient rapprochés d'elle et montraient assez maladroitement leurs intentions. Maud revint.

— Ce n'est pas ça que j'attends. J'attends un « oui » franc. J'attends des étoiles dans tes yeux et de l'écume aux lèvres. Je veux te voir affamée.

À une époque, peut-être pas, sans doute non, mais aujourd'hui, ce soir, Camille était cette fille-là.

— Oui, je veux tout savoir.

Maud sourit et alla servir quelqu'un d'autre. Camille but une gorgée de Tariquet.

— Tu connais Pujol-Barreyre, je suppose ?

— Pas vraiment. Mais je me suis intéressée à lui. Il était même mon premier suspect avant que l'on découvre que…

— Tu sais ce qu'on raconte sur le Sénateur et lui ?

— Oui, qu'ils se détestaient. Et ça se comprend, l'ostréiculteur a empêché la plupart des projets que Pujol-Barreyre avait envisagés pour la rénovation du port, lui faisant perdre ainsi des millions de revenus potentiels, sans parler des frais d'études.

— Et ce que dit la légende ?

— La légende ? Non, je ne vois pas.

— On ne les a jamais vus ensemble au même endroit.

Maud s'éloigna à nouveau. Elle savait ménager ses effets.

— Et alors ? Lui demanda Camille lorsqu'elle revint. Tu crois que Le Sénateur et Pujol-Barreyre ne seraient qu'une seule et même personne ?

— Hein ? Non !

Maud éclata de rire. Camille se sentit un peu couillonne. Elle avait encore perdu une occasion de se taire.

— Non, c'est juste qu'ils font tout pour s'éviter. Personne ne les a jamais vus au même endroit. Personne sauf moi.

Elle fut appelée par un client. Camille lui jeta un regard désapprobateur.

— Si tout le monde s'y met aussi ! Se frustra-t-elle.

Elle regarda vers la piste de danse. Sophie avait disparu. Elle fouilla dans ses poches. Oui, c'était elle qui avait les clefs du scooter. Ouf.

— Tu les as vus où ? Demanda-t-elle avant même que Maud ne soit assez près.

— Ici. Dans les toilettes des mecs.

Camille eut envie de demander ce qu'une jeune et jolie barmaid pouvait bien faire dans les toilettes pour hommes mais elle ne le fit pas. Heureusement, Maud le fit à sa place.

—J'ai des migraines chroniques, terribles. Ça me pourrit la vie. Surtout en ce moment, tiens. Le seul truc qui marche, c'est de m'isoler un peu au calme. Ici, il n'y a que deux endroits où c'est possible : les zones de service et les toilettes. Les zones de service, tu oublies, si le patron m'aperçoit, c'est un coup à me faire virer. Et comme il y a toujours la queue chez les filles…

En connaisseuse, Camille acquiesça.

—Bref, tout ça pour te dire que j'étais enfermée dans une cabine des toilettes des mecs lorsque j'ai entendu quelqu'un entrer. Il est allé vers les urinoirs au fond. Peu de temps après, un autre homme est entré. Ils se sont dit bonjour mais j'ai senti comme une sorte de tension. Ce n'était pas un bonjour normal, de politesse. Il y eut un silence et je me suis même demandée s'ils n'étaient pas partis. C'est alors que j'ai aperçu une tête qui regardait au-dessous de la porte de ma cabine. J'ai pris l'habitude de fermer les toilettes, de m'asseoir en tailleur sur le couvercle. Il n'avait donc pas pu me voir. Il fit pareil dans la cabine voisine et sans doute dans les suivantes. Il cherchait à savoir s'ils étaient seuls ou non. L'un d'entre eux alla ensuite tourner le verrou s'assurant ainsi de ne pas être dérangés.

Maud alla servir un mètre de tequila paf et revint. Camille n'en revenait pas. Elle se serait cru au cinéma.

—Ils entamèrent la conversation. Je n'avais pas besoin du son de sa voix pour reconnaître le premier car j'avais bien aperçu sa tête sous la porte. C'était un habitué.

— Pierre Pujol-Barreyre ! S'écria Camille.

On entendit quelques coups répétitifs sur le bar. Maud regarda autour d'elle.

— Sois plus discrète.

Camille rougit légèrement.

— Oui, c'était bien lui. Il parlait à voix basse et l'autre encore plus bas, j'eus du mal à saisir le sujet de la conversation. En tout cas, elle était très courtoise, posée. On aurait dit deux amis qui discutaient.

— Et l'autre homme ?

— L'autre, ce n'est qu'une fois la conversation terminée que je compris qui il était. En partant, Pierre Pujol-Barreyre le salua en l'appelant…

— Sénateur !

Maud sourit. Camille n'en revenait pas. Elle frissonna. Le frisson lui remonta l'échine et ce frisson c'était celui des alcôves, celles que l'on trouvait dans les romans, c'était celui des ruelles étroites les nuits sans lunes, celui des ports de marchandises dans le brouillard, c'était le frisson que Camille avait ressenti toute sa vie au fond de son lit, en pleine lecture. C'était le frisson du secret.

- 47 -

Antoine n'était pas au top. D'habitude, après une nuit torride comme celle qu'il avait passée avec Mélina, il serait allé chez Manu, son pote. Ils auraient bu quelques bières devant *Fifa* et il se serait vanté. Il aurait conté son histoire comme on fait une odyssée : en inventant des détails et en choisissant bien ses mots. Pas les belles images qu'il avait en tête mais des plus crues, des plus chaudes. Il en était des mecs comme lui comme des homards, il fallait enlever la carapace pour toucher à la chair.

À cause des circonstances que l'on sait, il n'en avait pas eu l'occasion. Il avait la tête sans cesse occupée, ce qui ne lui était jamais arrivé auparavant et son entrevue avec Mélina n'avait pas arrangé les choses. Il regrettait de lui avoir dit pour le médoc, surtout que finalement, il n'avait rien eu comme effet secondaire. Elle était vache, il s'en apercevait. Elle n'arrêtait pas de lui envoyer des liens vers des sites de médecine bidons, des forums médicaux où les plus gros paranoïaques de la Terre venaient confier leurs symptômes les plus alarmants. Au début, ça l'avait carrément fait flipper. À présent, il essayait de ne plus y penser, même si la tentation de cliquer sur les liens était encore forte.

Alors, quand Manu lui proposa de sortir au Waimea avec quelques autres, il sauta sur l'occasion. Il y aurait de la bière, il y aurait de la zic, il y aurait des jolies filles. Des filles belles comme Mélina qui dansait en ce moment même devant ses yeux. Ce fut la première qu'il vit en entrant. C'était impossible de faire autrement tellement elle l'embrasait la piste, tellement les autres filles paraissaient grises et fades à côté.

— Wow ! Comment elle est chaude, Mélina ! Dit un de ses potes. Je m'en fous, ce soir, elle rentre avec moi.

Antoine ne releva pas. Jusqu'au bar, il ne cessa de regarder dans sa direction. Des mecs lui tournaient autour et ça le faisait chier. Il avait envie de leur péter la gueule, de péter la gueule à tous ceux qui oseraient l'approcher, à tous ceux qui posaient leurs yeux lubriques sur son corps de déesse, à commencer par ses potes. Elle était à lui, il l'avait conquise et il ne l'oublierait jamais. Bon, c'est sûr qu'il y avait de quoi le hanter toute sa vie mais même s'il n'y avait pas eu l'incendie, il se serait souvenu de cette nuit.

Il commanda une pinte de blonde. Il s'en foutait de savoir laquelle. Mélina quitta la piste avec une pote. Il ne savait plus comment elle s'appelait. Élise, Édith, un prénom comme ça. Elles sortirent sur la terrasse, sûrement pour fumer un peu. Ça n'effrayait pas Mélina de rouler des joints en public. Il se demanda d'ailleurs ce qui l'effrayait. Pour la première fois de sa vie, il était moins courageux qu'une meuf. Il aimait bien se la péter, se la raconter, surtout avec ses potes mais là, il ne faisait pas le fier. Il n'avait pas le cran nécessaire pour tout ça. Il ne supporterait pas d'aller en prison, il en crèverait. Et Mélina...bah, Mélina, pendant ce temps, elle était cool. Sereine. Elle flottait au-dessus de cette bouillasse et il avait du mal à la suivre. Il ne pouvait pas espérer qu'elle l'attende, ça, il l'avait bien compris. Pourtant, il lui avait montré ses faiblesses, il s'était livré à elle. C'était la première fois qu'il le faisait. Jamais, il n'avait fait un pareil aveu d'impuissance à une meuf, ni même à un pote. Et elle n'en avait rien eu à foutre. Il eut envie de la traiter d'allumeuse, de pire encore. Mais bordel, ce qu'elle était sexy...

Il eut envie de la rejoindre, il devait la rejoindre. Peut-être qu'il pouvait encore, pourquoi pas...Il but une bonne rasade, presque la moitié de sa chope, pour se donner du courage. Il fit un pas dans la direction de la terrasse.

— Oh, les mecs ! S'exclama Manu. Regardez ça !

Tous se tournèrent vers la piste de danse. Une fille avait remplacé Mélina. Elle n'était pas aussi hot mais elle était sexy dans son genre. Puis elle ondulait bien son corps, savait y faire. Sûr qu'elle savait y faire. En temps normal, il n'aurait pas hésité. Mais ce soir, il laissa Manu y aller. Ce soir, il n'avait d'yeux que pour Mélina. Même Maud, la serveuse ultra sexy qu'il avait toujours rêvé de pécho, il ne l'avait pas encore regardée ce soir. Elle était pourtant bien au bar, plus attirante que jamais, en pleine discussion avec une fille.

Antoine s'attarda sur elle un instant. Ce n'était pas son type. Intello, trop sérieuse. Sûrement fan de jardinage. Le genre qu'il faut accompagner au musée ou au théâtre avant de la mettre dans son pieu. Mais sa tête lui disait quelque chose. Il l'avait déjà vue, mais où?

Il resta planté là un moment à farfouiller dans sa mémoire. Maud revenait souvent la voir, entre chaque commande, au moindre instant de répit. La fille avait l'air de trouver ça palpitant.

—Bordel! Je sais où! S'écria-t-il.

Que devait-il faire? Que devait-il faire? Il pouvait s'approcher, écouter la conversation. Non et s'il se faisait repérer? Il se ferait sûrement repérer, il n'était pas à la hauteur de l'événement. Quelqu'un d'autre devait agir à sa place. Il traversa le bar à toute vitesse, sortit sur la terrasse. Elle était dans un coin, en proche conversation avec sa copine. Quand il s'approcha, cette dernière fit un signe de tête un peu dédaigneux à Mélina mais il ne le remarqua pas.

—Bon sang, qu'est-ce que tu fous, Antoine? Tu ne vois pas qu'on discute?

—Faut que je te montre un truc.

—Quoi?

—Viens.

—'tain! Je n'ai pas envie de jouer à tes conneries!

—Viens, je te dis. C'est important. C'est à propos de ce que tu sais.

Même s'il avait baissé le volume de sa voix, nul doute que la copine avait tout entendu. Tant pis, on verrait ça plus tard.

— Y'a intérêt que ce soit vrai.

Il entraîna Mélina quelques mètres plus loin à un endroit de la terrasse d'où l'on voyait parfaitement le comptoir.

— Regarde Maud.

— Oui, ben ?

— Elle n'arrête pas de revenir voir cette fille.

— Et alors ? Qu'est-ce que tu veux que ça me foute ? Elle fréquente qui elle veut.

— C'est une flic !

— Quoi ?

— C'est une flic. Cette fille est là pour enquêter sur les cabanes.

Mélina regarda Antoine dans les yeux. Enfin, elle lui témoignait de l'intérêt.

— Comment tu sais ça, toi ?

— C'est cette aprèm, j'étais au port parce que je voulais savoir s'il y avait une piste sur nous.

— Une piste sur nous ? Et c'est en te baladant sur le port que t'espérais découvrir ça ?

— Oui. Enfin, je ne sais pas… Bref. Devant la cabane voisine des deux autres, celles qui ont cramé, il y avait un type, un ostréiculteur. Il discutait avec cette fille. Elle lui racontait tout ce qu'elle avait appris et surtout elle lui a parlé d'une vidéo. Une vidéo où l'on voit deux personnes s'enfuir sur les prés salés pendant l'incendie.

Mélina devint sérieuse. Elle était pensive. Son regard étincelait.

— Ces deux personnes, c'était nous, Mélina.

— Oui, merci, j'avais compris. Pendant un moment, Antoine observa Mélina. Il attendait ses décisions, de savoir s'il entrait dans le jeu ou s'il restait sur le banc.

— Tu as vu cette vidéo ?

— Ah, non, je n'y ai pas pensé.

Mélina leva les yeux au ciel. Lui, il les baissa. Elle regarda ensuite Maud. Elle l'observa, essaya de deviner la conversation sur ses lèvres ou ses gestes.

— Le type est super méfiant en plus. Il m'a poursuivi l'autre soir.

— Il t'a poursuivi ? ricana-t-elle.

— Oui, j'étais sur le port et…

— Laisse-tomber, je ne veux rien savoir.

Antoine baissa les yeux comme un gamin qui a fait une grosse bêtise. Il se dit que c'était le moment de fermer sa gueule. Il avait raison.

— Maud ne sait rien, dit-elle enfin.

— Mais on lui dit beaucoup de choses, non ? Elle est barmaid. Et puis, elle est futée. Tu m'as toujours dit qu'elle était futée.

Mélina réfléchit encore. Elle était inquiète, ça se voyait. Et son inquiétude inquiétait Antoine.

— Bon, écoute, je me charge de Maud. Toi, tu t'occupes de la fille. Tu fais ce qu'il faut.

— Quoi ? Demanda-t-il interloqué. Ça veut dire quoi ?

— Tu fais ce qu'il faut, Antoine, répondit-elle en lui passant langoureusement la main sur le torse. Fais preuve d'initiative.

Mélina s'éloigna. Antoine n'aimait pas prendre d'initiative. Quand il le faisait, il se trouvait toujours quelqu'un pour le lui reprocher. Sûr que là aussi, ça n'allait pas louper.

– 48 –

Jeannette était totalement absorbée par la lecture de son livre. En apparence seulement car elle gardait toujours un œil sur la maison.

Martine n'avait pas bougé de chez elle de toute la journée et de toute la soirée. Pourtant, elle s'était levée tôt, vers les sept heures. Son premier geste avait été de se servir un verre d'alcool. Jeannette devinait qu'elle était tourmentée. Elle gardait en tête le regard que la veuve avait affiché lorsque l'homme du Tir au Vol l'avait plantée là. C'était un regard de fureur.

Cela expliquait sans doute qu'elle se soit couchée tard et qu'elle ait passé les heures à boire en faisant les cent pas. On aurait dit un fauve en cage. Lorsque le lieutenant Wojceikowski eut connaissance de ces informations, il voulut venir voir par lui-même et releva Jeannette pour quelques heures même si la prudence dictait d'envoyer Lexovitch que Martine Pujol-Barreyre n'avait jamais vu.

Il arriva vers trois heures cette nuit-là. Il se gara à une centaine de mètres et fit le reste du chemin à pieds. Elle venait juste de se coucher. La maison était plongée dans le noir.

— C'est toute l'histoire de ma vie, plaisanta-t-il. Je rate les femmes toujours de quelques minutes.

Il prit connaissance des dernières nouvelles, lut le rapport que Jeannette avait écrit au fur et à mesure.

— Je sais que je t'avais dit qu'on ne te relèverait pas mais ça risque de s'accélérer. Il faudra que tu sois en pleine forme. Rentre à l'hôtel, prends une douche, dors un peu. Reviens avec le jour.

Jeannette prit les clefs qu'il lui tendait et sortit de voiture. Elle frissonna en remontant la rue.

Lorsqu'elle revint un peu avant sept heures, Pio semblait perdu dans ses pensées. Il sursauta presque lorsqu'elle ouvrit la portière. Il n'avait rien à dire. Il ne s'était rien passé. Elle lui tendit une poche de chocolatines qu'elle venait d'acheter.

— Garde-les, t'en auras sûrement besoin. Tu m'appelles s'il y a le moindre mouvement. Je sens que cela va aboutir.

La journée entière lui avait donné tort. Martine n'avait pas bougé de chez elle. Juste le matin, elle avait reçu une visite curieuse. Celle d'une jeune femme arrivée en scooter. Elle était restée un moment stationnée entre un camion et un 4x4. On aurait presque dit qu'elle était en planque, qu'elle jouait aux détectives. Elle attendait quelque chose sans doute. Au bout de trente minutes, elle s'avança vers la maison et se présenta. Martine la fit monter, lui offrit un verre et elles discutèrent un moment. Qui était-elle? Jeannette ne put le deviner. Elle nota quand même l'information dans son carnet et envoya le numéro de la plaque du scooter à Lexovitch pour qu'il fasse une recherche dans la base de données.

À nouveau seule, Martine avait passé quelques coups de fil, regardé la télévision, feuilleté un magazine et, surtout, fait les cent pas. Encore et encore et encore. Puis, vers midi, elle avait disparu. Elle restait dans une des pièces de l'autre côté de la maison que Jeannette ne pouvait voir. Elle supposa qu'elle s'était allongée dans sa chambre. Vers quinze heures, elle réapparut. Elle sortit sur la terrasse et alluma une cigarette. À un moment, elle regarda dans la direction de Jeannette mais l'enquêtrice pensa à une coïncidence. On ne pouvait pas la voir. Elle était invisible.

Vers dix-neuf heures, elle se prépara un dîner rapide qu'elle mangea debout comme si elle était pressée. Curieusement, une fois le repas avalé et la vaisselle faite, elle s'affala sur le canapé et alluma la télévision.

Soudain vers vingt-et-une heures, comme si une idée venait de lui passer par la tête, Martine se dirigea vers la cuisine. Elle attrapa un gros sac poubelle et se mit à le remplir avec tout un tas d'objets qui se trouvaient sur les étagères, sur la table ou ailleurs dans la maison. Elle sortit et alla le jeter dans la poubelle commune de la rue. Jeannette eut à peine le temps de le noter dans son rapport que Martine, sitôt rentrée, était ressortie. Elle portait cette fois de lourds bagages. Tandis qu'elle les mettait dans le coffre de sa voiture, Jeannette se tint prête. Elle se redressa sur son fauteuil, vérifia que son téléphone était à portée de main. Martine démarra et partit pied au plancher. Finalement, il se passait quelque chose.

Martine sortit d'Arcachon, longea le golf, obliqua vers La Teste et emprunta la voie directe, direction Bordeaux. Jeannette suivait le chemin sur l'écran de son GPS. Si la veuve continuait sur cette route, c'était peut-être pour se rendre à l'aéroport. Dans ce cas-là, il faudrait agir vite. Mais, elle obliqua finalement à droite trois sorties plus loin. Jeannette ne connaissait pas le coin mais à vue de nez, et s'aidant du GPS, elle aurait juré que Martine faisait un détour. L'avait-elle repérée ? Était-ce une stratégie ? Jeannette ralentit, se laissa un peu distancer au risque de la perdre. Arrivée à un rond-point, elle eut juste le temps de l'apercevoir un peu plus loin. Elle accéléra un peu pour grignoter quelques mètres puis revint à la vitesse légale. Elle prenait la route de Cazaux. Au rond-point suivant, Martine obliqua vers la droite sur une sorte de piste qui s'enfonçait dans les bois. Avant qu'il ne soit trop tard, qu'elle entre dans une zone blanche, Jeannette décrocha son téléphone. Pio Wojceikowski ne cacha pas son enthousiasme.

—Je savais bien qu'elle était suspecte ! Elle va nous y conduire tout droit ! Comment ? Oui, t'as raison, ne nous précipitons pas. T'es où là ? Comment ça, tu ne sais pas ? Il dit quoi ton GPS ? « Route sans nom » ? Ah, oui effectivement, ça n'aide pas. T'es passée par où ? Alors un rond-point sur la route de Cazaux… T'es passée devant le zoo ? OK, t'es sur la route du cimetière des Sénégalais. Bon, soit elle va quelque part en forêt et peut s'arrêter à tout moment. Soit, elle cherche à rejoindre l'océan ou carrément Biscarrosse. Là, t'en as pour un moment à rouler. Quoi ? Oui, effectivement, ça ne t'aide pas beaucoup.

Jeannette raccrocha. Elle devait rester concentrée. Une filature sur une route quasiment déserte n'était pas facile surtout en pleine nuit. La lumière des phares dans le rétroviseur, ça donnait toujours un petit air suspect. Elle ralentit, se laissa distancer et compta sur la route, cabossée et sinueuse, pour ne pas se faire semer.

Elle croisa plusieurs cabanes et se demanda à chaque fois si Martine s'était arrêtée dans l'une d'elles. Lorsqu'elle arriva à la fin de la piste, elle était hors de vue. Jeannette jeta un œil sur son GPS. Une route passait devant. À droite, elle retournait vers Arcachon, La Teste. À gauche, c'étaient les plages océanes, Biscarrosse. Elle choisit donc la gauche, espérant la rattraper en roulant assez vite.

Elle n'en eut pas besoin. À peine avait-elle fait quelques mètres, qu'elle dépassa une ancienne cabane de résinier. Une voiture venait de s'y garer, les phares étaient encore allumés. L'obscurité était trop grande pour espérer en reconnaître le modèle. Pourtant, Jeannette le sentait bien. Elle roula une centaine de mètres, se gara sur le parking d'un camping. Une piste cyclable longeait la route de l'autre côté. Elle décida de l'emprunter. Lorsqu'elle arriva à hauteur de la cabane, elle remarqua une fenêtre allumée. La voiture n'était pourtant plus là. Avait-elle commis une erreur ? Elle n'avait pas mis tant de temps que ça et le camping se trouvant en haut d'une dune offrait une vue dégagée sur la cabane. Elle l'aurait vu si la voiture était repartie. Elle décida de traverser. La forêt toute proche offrait ce qu'il fallait de zones d'ombre, Jeannette n'eut pas besoin de forcer son talent. Le portail était en bois, fabrication maison. Il pivotait au moyen d'une roue. Elle en distinguait le sillon sur le sol. Elle essaya de l'ouvrir un peu mais il faisait trop de bruit. Elle se résolut à l'escalader. C'était presque le noir complet mais elle distingua une masse sombre à gauche de la cabane. Elle s'y dirigea lorsque la porte s'ouvrit et que quelqu'un en sortit. Elle se figea, préférant jouer l'invisibilité que risquer d'être repérée par le bruit ou le mouvement en essayant de se planquer. Son angle de vue était mauvais. Elle n'aurait même pas su dire si c'était un homme ou une femme. Lorsque l'ombre rentra, Jeannette se précipita derrière la masse sombre qui lui offrait une cachette très convenable. On avait couvert quelque chose d'une énorme bâche. Elle la souleva. C'était une voiture. L'Alpha Romeo de Martine. Jeannette faillit hurler de joie mais heureusement, les effusions excessives n'étaient pas dans sa nature.

Elle sortit du jardin sans faire de bruit, traversa la route pour reprendre la piste cyclable. Elle voulut envoyer un SMS mais elle n'avait pas le moindre réseau. Elle avisa une pancarte en bois accrochée le long de la clôture, vit la lumière s'éteindre à l'intérieur et remonta vers le camping où elle put enfin envoyer un SMS.

« Elle est dans la cabane Hourn Peyran sur la route de l'océan ».

En retour, elle reçut un simple smiley. Celui d'un chat qui affichait un large sourire. Jeannette s'étonna. C'était bien la première fois que le lieutenant Wojceikowski avait recourt aux smileys. Tandis qu'elle récupérait ses affaires pour une nouvelle nuit de veille, cette fois-ci à la belle étoile, elle échafauda mille hypothèses à ce sujet.

– 49 –

Camille ne retrouva pas Sophie. Elle avait juste reçu un SMS. «On me raccompagne» suivi d'un cœur et d'un sourire.

— Dommage, se dit Camille, j'aurais bien partagé mes nouvelles infos avec toi.

Camille ne savait pas encore quoi faire de ce que lui avait appris Maud. Pierre Pujol-Barreyre et le Sénateur, les deux ennemis jurés, s'enfermant dans les toilettes pour avoir une conversation amicale. Mais qu'est-ce que cela pouvait vouloir dire? Camille aurait donné tout ce qu'elle possédait pour savoir ce qui s'était dit ce soir-là.

En arrivant là où elle avait garé le scooter, Camille jeta un œil en direction du port. Elle se dit que Denis ne devait pas être couché. Elle avait deviné assez facilement qu'il vivait dans sa cabane. Cela ne la regardait pas et elle n'avait pas l'intention de lui poser des questions sur ce sujet.

Elle laissa donc le scooter là et fit le chemin à pied.

La nuit était encore chaude. La lune était haute, avait l'air pleine. Camille se sentait bien, bercée par les effluves de la mer et l'alcool qui coulait dans ses veines. Habituellement, elle n'était pas fan de l'obscurité mais depuis sa longue errance le soir de la rupture, de l'incendie, elle commençait à l'apprivoiser. Elle souriait et profitait.

Ses yeux, par contre, jouaient les rebelles. Pas habitués, eux, pas envie de s'y mettre, Camille n'y voyait goutte. Elle essaya de rester sur le chemin tant que faire se peut. C'était un paysage étrange que ce port la nuit. Elle avait l'impression d'un village décharné, surgi de l'eau. Les grues, les machines dont elle ne connaissait pas les noms prenaient des allures fantasmagoriques. On aurait dit qu'à chaque instant, quelque chose allait naître de l'ombre. Elle avisa un espace vide entre deux cabanes et beaucoup plus éclairé grâce à un lampadaire situé sur les chemins des prés salés, juste derrière. Elle se rendit alors compte que ce trou béant, c'était celui laissé par la disparition des deux cabanes. Elle s'approcha. Ce n'était qu'un amas de bois brûlé, de cendres et quelques objets calcinés. Rien d'impressionnant. Une scène de crime tout à fait banale avec une bonne odeur de feu de bois.

Un bruit la fit sursauter.

C'était une sorte de son clair comme un objet en métal qui serait tombé sur le sol. Cela venait d'un des pontons, derrière elle. Elle essaya de distinguer quelque chose mais ses yeux étaient toujours à la traîne. C'était peut-être un bruit normal. Peut-être que la nuit, dans tous les ports du monde, on entendait ça. Un deuxième bruit identique résonna. Elle frissonna mais à cause du feu qui brûlait en elle, elle fit comme si de rien n'était. Elle s'approcha. À cette heure tardive, il n'y avait pas âme qui vive. Denis était-il là? Elle regretta de ne pas s'être enquis de sa présence. Elle distingua quelque chose au bout du ponton. Un gros objet. Elle fit quelques pas. C'était une poche. Une simple poche comme on en trouve dans les supermarchés. Qui avait bien pu laisser ça ici? Elle semblait pleine à craquer. Que pouvait-elle bien contenir? Est-ce que ça allait être un truc glauque? En était-on arrivé à ce moment de l'enquête où on se laisse basculer dans l'horreur parce qu'elle nous est devenue familière? Est-ce qu'elle allait regretter toute sa vie sa curiosité maladive? Cette petite curiosité qui la poussait toujours, de plus en plus souvent, à mettre son nez là où il ne fallait pas? En ferait-elle des cauchemars toute sa vie? Se réveillerait-elle en sursaut au milieu de la nuit et couverte de sueur? Expliquerait-elle à tout un bataillon de psys qu'une simple poche était la chose la plus laide qu'elle ait vue de toute sa vie? Développerait-elle un profond traumatisme? Une aversion aux poches plastiques? Les courses au supermarché lui procureraient-elle des angoisses? Allait-elle devenir une inadaptée de la vie? Son destin allait-il se jouer sur ce ponton? Sur ce simple instant?

—Pourvu que ce ne soit pas une tête, pensa-t-elle. S'il-vous-plaît, pourvu que ce ne soit pas une tête.

Elle s'approcha, s'agenouilla, posa son sac à main et examina…

La suite, elle ne la comprit pas, pas dans son entier. Tout alla trop vite. Son corps projeté en avant, sa tête heurtant un des poteaux du ponton et elle, tombant dans l'eau noire, s'enfonçant dans une obscurité omniprésente, effarante, infinie. Elle ouvrit la bouche pour hurler, c'était déjà trop tard. L'eau entra dans sa gorge. Ses yeux se fermèrent.

Été 2007

Les étés se suivent et se ressemblent. Faut toujours qu'un touriste vienne vous faire la causette en vous étalant sa culture. Mais on est quoi à leurs yeux, sérieusement ? De jeunes délinquants qu'il faut remettre sur le droit chemin ?

J'étais derrière la cabane à chauler des tuiles. Pas ma partie du boulot préférée. Je venais de m'en faire, je ne sais pas, soixante, soixante-dix quand il s'est approché. Quand ils faisaient ça, les touristes avant, je leur faisais remarquer qu'ils étaient entrés sur une propriété privée. Mais comme ça servait à rien, qu'ils revenaient toujours, et que la plupart du temps, je me payais une réponse du genre « ah bon mais je n'ai pas vu de clôture ? », j'ai arrêté de leur dire. Je me suis fait à l'idée de vivre dans un zoo à l'air libre. On vient me visiter, me photographier. Et j'attends l'automne comme un gamin les grandes vacances. Bon, la plupart, ils sont sympas. Ils sont intéressés par les huîtres et le métier et c'est vrai que j'aime bien en causer. Puis des fois, on tombe sur un type comme ce matin.

Il m'a regardé un moment. Il a même touché une de mes tuiles, pas une de celles qui était chaulée, heureusement. Puis, il m'a demandé pourquoi je m'emmerdais à faire cette méthode archaïque alors que les collecteurs en rondelles, c'est tellement plus moderne. J'ai dit que chacun sa méthode, que la mienne, c'était celle-là. Il est alors parti dans je ne sais quelle explication chaloupée comme quoi il y avait moins de mortalité de naissains. Faut l'avouer, c'est un argument courant. J'aurais pu lui dire que la différence, elle se situait dans la taille du support. Moins de surface, moins de captage, donc moins de mortalité. Mais je n'ai pas eu envie. Je ne lui ai pas dit non plus que je ne suis pas fan des collecteurs à rondelles qui partent parfois avec une marée un peu forte et que l'on retrouve au matin, échoués sur la plage. Je n'ai rien dit. Je me suis contenté de rester là, à chauler. Il a bien tenté deux, trois fois de relancer la conversation, je n'ai pas relevé. Quand il en a eu marre, il s'est barré. Je vais encore passer pour un vieux con.

– 50 –

Qu'est-ce qui nous pousse ? Qu'est-ce qui nous fait faire un pas de plus lorsque l'on n'a plus la force de marcher ? Quelle est cette énergie profonde en chacun de nous qui nous entraîne à accomplir des miracles ? Qui se met à crier quand tout va mal, à gueuler plus haut quand on nous tire vers le bas ? Quelle est celle qui s'offusque, qui refuse ? Quelle est celle qui peut bouffer le monde entier ? Qui peut cracher au monde entier toute sa rage ? Qui peut se tenir debout et hurler : « Il est hors de question que je meure ici et maintenant » ?

Chez Camille Sauvageau, c'était une flamme. Une minuscule petite flamme, fragile, légère, tapie au plus profond de son être, comme un trésor. Une flamme à la puissance incontrôlée, insoupçonnable. Une flamme qui n'avait pas la conscience d'elle-même, alimentée sans cesse par les émotions fortes qui passaient au travers de son cœur. La colère, la rage, la joie, la peur surtout. Camille avait peur de mourir. Alors la flamme s'affola, se libéra et le corps tout entier de Camille s'enflamma.

Elle ouvrit les yeux. Elle ne réalisait pas encore ce qui se passait, où elle se trouvait. Son corps, cette machine rudement bien fichue, réalisa plus vite. Elle s'enfonçait, elle coulait à pic et l'eau entrait dans ses poumons. Alors elle s'agita, battit des pieds, des mains, rua. L'instant d'après, sa tête sortait de l'eau. L'ombre s'ouvrit, elle voyait quelques lumières. Alors, poussée dans ses retranchements, elle hurla de toutes ces forces. Ce n'était pas un simple appel à l'aide. C'était un son rauque, primal. Le cri de toute une vie qui se refusait à disparaître dans les ténèbres.

Alors, Camille comprit qu'elle était encore en vie, qu'elle pouvait la prolonger. Ce pouvoir-là était entre ses mains. Elle essaya de s'orienter mais il faisait trop sombre à la surface de l'eau. Elle essaya de réfléchir mais sa tête la faisait souffrir, elle essaya de se calmer mais son souffle était court. Elle réalisa alors qu'elle était dans un port et pas au milieu de l'océan. Elle battit des bras, des jambes, essaya de nager un peu. Elle allait bien finir par toucher quelque chose, un ponton, un bateau, n'importe quoi. Sa tête lui faisait mal, elle se sentait fatiguée et puis elle avait trop bu. Ses gestes étaient malhabiles. Elle n'était pas une très bonne nageuse, elle ne l'avait jamais été. La faute à tous ces bouquins lus sur la plage les pieds en éventail. À chaque mouvement, elle buvait un peu plus d'eau. Sa tête tournait. Alors elle accepta l'idée qu'elle ne pourrait s'en sortir seule.

Elle appela à l'aide, plusieurs fois mais elle se fatiguait vite, sa voix ne portait pas. Elle resta immobile, essayant de surnager pour préserver ses forces, en agitant les bras à plat. Geste qu'elle avait toujours eu du mal à reproduire. Elle prit une grande inspiration, puisa en elle la force du feu et hurla « à l'aide », une seule fois. Une dernière fois. Ce fut puissant, cela portait. Sitôt après, elle sentit qu'elle ne tiendrait plus très longtemps, qu'elle se fatiguait trop vite.

Elle leva les yeux au ciel. La nuit était claire. Une constellation se trouvait pile au-dessus d'elle. L'astronomie, ce n'était pas son fort mais trois étoiles, très proches les unes des autres attirèrent son attention.

— C'est la ceinture d'Orion, dit-elle à voix haute. C'est Orion !

Pour la première fois de sa vie, elle l'avait reconnue, enrichissant ainsi son catalogue de constellations qui ne comportait que, depuis toujours, les Ourses et Cassiopée. Elle en éprouva de la fierté. De la joie surtout.

Elle ferma les yeux.

Elle entendit des bruits saccadés résonnant sur du bois. Quelqu'un courait sur le ponton. Elle entendit un plongeon, elle sentit l'éclaboussure sur son visage. Puis des bras qui la soutenaient.

— Camille, c'est toi ?

Denis.

— Accroche-toi, ça va aller.

Denis était venu à son secours. Elle se laissa aller, se laissa traîner. Il était bon nageur, le courant n'était pas fort. Elle était sauvée.

– 51 –

Elle s'était assoupie. Ça ne lui arrivait jamais. C'était plutôt un truc de mecs, ça, non ? Sitôt fini, hop, ça ronflait. Ce n'était pas l'effort qui l'avait crevée comme ça. C'était pas mal, plutôt bien en fait, mais de là à s'écrouler comme une marmotte juste après. L'alcool, peut-être ? Possible. Elle avait bu pas mal ce soir. Aujourd'hui, aussi. Puis ces derniers jours. La faute à Camille, ça.

Elle tata le lit avec son bras. Elle était seule. Où pouvait-il être ?

— Dans la salle-de-bain à se repoudrer ? pensa-t-elle, amusée. Décidément, les rôles sont inversés ce soir.

Sacrée Camille, quand même. Elle espérait qu'elle était rentrée sans encombre, qu'elle avait vu son SMS, qu'elle ne s'était pas trop inquiétée. Elle n'avait pas voulu la déranger. Au moment de son départ, elle était en pleine discussion avec la barmaid de l'autre fois. Celle qui était hyper sexy, que tout le monde matait tout le temps. Sûr qu'il y en avait qui allaient reprendre un verre juste pour lui parler dix secondes. Ça devait faire tourner la boutique, ça. Est-ce que les filles, c'était le truc de Camille ? Bien sûr, elle était avec un mec avant.

Bien sûr. Mais quand même. Elle se souvenait qu'au lycée, elle s'était souvent posée la question. On se la posait toujours pour ceux qu'on ne voyait jamais en couple. « Il ne serait pas gay, lui ? Elle, elle l'est c'est sûr ! ». Discussions d'ados. Elle sourit à l'idée qu'à l'heure qu'il était, Camille était peut-être au chaud dans les draps de Maud. D'ailleurs, quelle heure, il était ?

Elle chercha son portable. Son sac à main devait être par là. Elle l'avait foutu par terre quand ils étaient entrés. Enfin, c'était lui qui était entré. En la portant. Il était hyper chaud, quand même. Dommage que ça n'avait pas été aussi loin après. Elle le trouva à côté de la porte. Minuit et quelques. Il n'était pas si tard. Combien de temps avait-elle dormi ? Et il était où, l'autre ?

Elle voulut l'appeler. Elle hésita sur son prénom. Anthony ? Antoine ? Merde, il fallait vraiment qu'elle arrête de boire.

— T'es là ? finit-elle par dire assez fort.

Pas de réponse. Avec l'aide de son téléphone, elle trouva la lampe de chevet. Sa chambre n'était pas top. Aucune déco. Murs blancs. Pas le moindre désordre. Typique du psychopathe. D'ailleurs, elle n'était pas comme ça la chambre de Dexter ?

Elle se leva, se souvint qu'elle était nue et partit en quête de ses vêtements. Après avoir enfilé sa culotte et son chemisier, elle sortit dans le couloir. Elle ne se souvenait plus par où elle était venue. L'orientation, ce n'était pas son fort.

— T'es là ? dit-elle à nouveau, un peu plus fort.

Pas le moindre bruit dans la maison. Elle était assez grande. Vivait-il seul ? Si ça se trouvait, elle allait finir par découvrir qu'il vivait encore chez ses parents et qu'ils étaient endormis quelque part. Elle s'imagina attendre son retour dans la cuisine, autour d'un café, avec Papa en pyjama et Maman en chemise de nuit. Un truc rose, assez dégueu.

Elle poussa un petit rire.

Elle passa plusieurs chambres. Elles étaient toutes vides et ne semblaient pas occupées habituellement. Elles étaient aussi clean que celle dont elle sortait. En fait, tout était blanc dans cette maison. Les couloirs, les portes, les plafonds. Elle savait bien que c'était une solution de facilité ou un manque de goût peut-être mais quand même.

C'est alors qu'elle entra dans une cuisine. Elle n'avait jamais vu ça. Et pourtant, elle avait eu une vie sociale débridée. Il y en avait partout. De la bouffe, des boites de pizza éventrées, des vieilles chips, des cacahuètes sur la table et les chaises, des canettes de bières comme des soldats en déroute, des bouteilles de whisky, de vodka vides, des bouteilles de vin qui avaient taché la nappe usée. De la vaisselle sale qui bouchait les deux éviers et qui débordait sur le plan de travail. Des sacs poubelles pleins à ras-bord qui attendaient qu'on les emmène et qui avaient sûrement raté le ramassage. Les cinq derniers ramassages. On aurait dit qu'il y avait eu une fête, une fête continue depuis des mois. Tous les réveillons où elle avait été, toutes les fêtes, toutes les soirées ne lui avaient jamais offert un spectacle pareil. C'était crade, c'était apocalyptique, même selon ses propres critères qui étaient pourtant très bas.

— Où est-ce que je suis tombée encore ?

Elle passa dans la pièce suivante et découvrit une salle à manger relativement grande, avec une immense table en bois en plein milieu. Au fond, un petit coin salon avec une télé grand écran. Pas l'ombre d'un truc qui aurait pu traîner.

— C'est trop bizarre, se dit-elle en repensant à la cuisine. Et où est-il passé ?

Elle devait se rendre à l'évidence. Il s'était barré. En pleine nuit. En laissant une fille dans son lit. Elle commença à flipper. Et s'il revenait avec les cradingues avec qui il salopait la cuisine ? Pas son genre de plan, ça. Surtout dans la tenue qu'elle portait. Elle rebroussa chemin à toute vitesse. Si des types devaient vraiment venir, elle préférait avoir un pantalon.

— Bordel, c'est quelle pièce ?

Tout se ressemblait. Elle était passée à droite puis à gauche. Ce qui voulait dire que là, elle devait commencer par la gauche puis tourner à droite, non ? Elle ouvrit une porte. C'était une petite pièce sans fenêtre avec un petit bureau. Comme elle allait la refermer, elle remarqua des coupures de journaux. Le bureau en était recouvert. Il n'y avait pas besoin de tout lire pour y trouver un point commun. Les photos étaient assez parlantes. De belles photos de cabanes en flammes.

— Hé bien…j'aurais dû le laisser à Camille, celui-là.

Elle parcourut rapidement certains articles lorsqu'elle entendit une porte s'ouvrir.

— Merde, pensa-t-elle.

Il n'y avait pas un seul autre bruit. Il était seul. Ouf.

Que devait-elle faire ? Partir en courant ? Se cacher ? Non, c'était idiot. Il finirait bien par la trouver et puis elle avait toutes ses affaires dans sa chambre.

Elle sortit l'air de rien.

— Hé, salut !

Il était là, à peine à deux mètres.

— Merde, pensa-t-elle. Je pensais au moins avoir deux minutes devant moi.

— T'es réveillée ? Je te pensais partie pour toute la nuit.

— Ouais. Je ne sais pas ce qui m'a pris. J'ai un peu trop bu, je crois bien.

Il lança un regard vers la pièce qu'elle venait de quitter.

— Tu cherchais quelque chose ?

— La chambre, en fait. Je me suis un peu perdue.

— Oui, la maison est grande, dit-il en prenant bien soin de fermer la porte du petit bureau. Viens, suis-moi.

— Sacré baraque, dis-donc. C'est à toi ?

— Non, à mes parents. Je la garde pour eux. Ils sont en vacances. Chez moi, c'est tout petit alors quand je peux faire des fêtes ici, je ne me gêne pas.

— C'est ce que j'ai compris. Sacrée cuisine.

Ils étaient arrivés devant la chambre. Il la fit entrer. Elle chercha son pantalon du regard.

— Oui, désolé pour ça. Je n'ai pas arrêté de la semaine. Il y a eu du monde tous les soirs. Je rangerai demain. Promis.

Elle se demanda si elle avait bien compris.

— Je ne suis pas sûre que je serais là, demain, tu sais.

Il fit une moue de déception.

— Ah? OK. Je me disais juste que comme la maison était vide. Je veux dire, mes parents ne sont pas là alors tu ne déranges pas, tu vois.

Sa maison aussi était vide. Enfin, il y avait bien une Camille mais à part ça, ça allait. Sauf que c'était sa maison. Enfin la maison que ses parents lui avaient laissée quand ils avaient déménagé mais n'empêche, c'était chez elle. Quel âge pouvait-il bien avoir pour être emballé quand ses parents partaient en vacances? C'était un truc d'ado, ça.

— T'étais passé où?

Il rougit.

— Oh, je...je suis allé au distributeur. Parce que, tu vois, on a utilisé ma dernière capote alors je m'étais dit que comme tu avais l'air d'être bien partie pour passer la nuit ici, que demain matin... Enfin, va pas croire que je te mets la pression ou quoi!

Il était touchant. Ou navrant. Elle hésitait. Beau mec n'empêche.

— Écoute, je n'avais rien planifié. Je crois que je vais y aller. En plus, mon amie doit s'inquiéter.

Enfin, je suis à peu près sûre qu'elle doit dormir là mais…

— Tu peux lui envoyer un SMS. Ou alors dis-lui de venir et on se prend un apéro. Je dois avoir quelques bouteilles.

— Non, je ne pense pas.

— Écoute, Sonia, tu me plais vraiment et j'aimerais beaucoup que ce ne soit pas juste le coup d'un soir.

— C'est Sophie, en fait.

— Merde. Je suis désolé…

— Ce n'est pas grave, je ne suis pas sûre de savoir comment tu t'appelles.

— Anthony.

— Anthony, écoute. Je vais y aller. C'était sympa. On pourra se recroiser.

Il la regarda s'habiller en silence. Elle s'avança ensuite vers la porte. Il était dans l'embrasure et la gênait donc pour passer. Il la regarda en silence. Elle détestait ce genre de situation.

— Je vais te raccompagner.

Elle le suivit dans le couloir. Elle voulait partir le plus vite possible, elle était mal à l'aise. En passant devant le petit bureau, sa curiosité se réveilla. Et Camille ne lui aurait pas pardonnée de ne pas avoir posé la question.

— Dis-moi, c'est quoi toutes ces coupures de journaux sur les cabanes ostréicoles ? Tu fais une enquête ?

— Ah, tu as vu ? Non, ce n'est pas ça. Enfin, pas vraiment. Je suis journaliste.

— Sérieux ?

Elle n'avait jamais couché avec un journaliste avant.

—Oui, enfin presque. Je suis pigiste. La dépêche du Bassin m'a confié un article pour dans deux jours. Un bilan des derniers événements, si tu veux.

—Et alors? Qui a fait le coup? La mafia?

—À mon avis, un mégot.

—Ah bon? T'es sûr?

—J'ai un contact à la police nationale. Il a pu avoir accès à un rapport sur le bureau du commissaire. Ne me demande pas comment. Toujours est-il qu'il n'y a rien qui laisse à penser que c'est criminel. Ils ne tarderont pas à classer l'affaire.

—Hé bien, j'en connais une qui va être déçue, dit-elle à voix basse.

Anthony la raccompagna jusque dehors. Elle refusa quand il lui proposa de la ramener chez elle. Elle mentit qu'elle n'habitait pas loin.

—C'est dommage, pensa-t-elle. Ça m'aurait plu de sortir avec un journaliste. Mais il était vraiment trop bizarre. Bon, maintenant, Camille a intérêt à répondre au téléphone.

- 52 -

Du café froid. Du café froid ou de la bière. C'était tout ce qu'il avait. Elle choisit la bière. De toute façon, elle n'était pas frigorifiée. L'eau était chaude. Il avait quand même insisté pour qu'elle se couvre d'une couverture.

— La panique, ça peut te geler sur place, dit-il. J'ai déjà vu ça.

Elle sourit. Lui aussi, il était trempé. Son pantalon dégoulinait tant qu'une flaque s'était formée à ses pieds. Il venait de lui sauver la vie. Elle ne réalisait pas encore ce que cela signifiait. Elle aurait pu crever comme ça, comme une conne, disparue, pfuit. Et il l'avait empêché.

— Tu ne veux vraiment pas que je t'emmène aux urgences ? T'as une sacrée bosse.

Camille passa un doigt sur son crâne. Elle avait heurté un des poteaux du ponton. Il n'y avait pas de sang, elle en serait quitte pour une bonne migraine.

— Non, ça ira, t'inquiète. Et puis comme ça, on est deux.

Elle regarda la propre bosse de Denis. Il parut gêné. Il ne lui avait pas dit comment il se l'était faite mais elle soupçonnait que ça ne devait pas être très glorieux. En se cognant dans les toilettes peut-être ou en trébuchant sur son bateau à cause d'un roulis. Un truc du genre.

Elle essaya de rassembler le puzzle fracassé de son esprit. Que s'était-il passé ? Elle n'était pas tombée toute seule. On l'avait poussée. Mais qui ? S'était-elle fait des ennemis ?

— Denis, tu crois que c'est à cause de mon enquête ?

Denis ouvrit de grands yeux. Il réfléchit un moment.

— C'est possible, admit-il. Peut-être qu'on a simplement voulu te faire peur ou te punir, te donner une bonne leçon. J'ai déjà vu des choses pas très cool sur le port. Comme des parcs abîmés exprès, des vols d'huîtres. Te pousser dans le port, oui, pourquoi pas…

— Voilà, se dit Camille. On y est. En plein dedans.

Elle avait rêvé d'une enquête comme elle en avait tant lu, elle avait négligé cet aspect du métier. Mais qui avait-elle dérangé ? Un ostréiculteur ? Quelqu'un d'autre ? S'était-elle approchée tant que ça de la vérité ? Elle pensa alors à son calepin.

— Mon sac à main !

— Il est là. Je l'ai trouvé sur le ponton.

Elle fouilla dedans. Tout y était. Sophie avait essayé de la joindre. Elle la rappellerait plus tard. Elle n'avait pas le temps pour discuter de sa conquête du soir. Pour l'heure, elle devait comprendre. On n'avait pas voulu lui voler ses affaires. On n'avait pas touché à son sac. Elle se rappela l'avoir posé pour examiner…

— Il y avait une poche aussi.

— Une poche ?

— Oui, en plastique. Genre poche de supermarché.

— Je n'ai rien vu.

— Tu peux aller vérifier s'il te plaît ?

Denis hésita puis finit par sortir. Camille se refit à nouveau le film de l'incident.

— Il n'y avait rien, dit Denis en rentrant.

Elle avait entendu un bruit, plusieurs fois. Ça l'avait attirée. Elle avait vu un objet sur le ponton. Une poche. Bien visible, bien au milieu. Bien pleine. Les bretelles relevées. Attirante. Elle s'était penchée, avait regardé à l'intérieur.

— Après, c'est peut-être juste un gros con. Un gars bourré qui passait par là, qu'a voulu faire une blague de merde.

Denis semblait inquiet. Il ne croyait pas beaucoup à ce qu'il venait de dire, ça se voyait. Il devait lire le sérieux sur le visage de Camille.

La poche avait disparu. Elle avait été mise là à son attention.

— Non. C'était un piège.

— Va falloir que t'abandonnes alors…

— Abandonner ? Pourquoi faire ?

— Hé, réveille-toi ! T'es pas flic ! Ce n'est pas ton enquête. Et s'il y a des gars qui te veulent du mal, t'es pas armée pour ça.

Sans doute, Denis avait raison. Non, il avait raison. C'était l'évidence. Il fallait être stupide pour le nier. C'était une enquête pour meurtre, pas un vol de bonbons.

— Faut que tu portes plainte.

— Contre qui ?

— On s'en fout. Mais faut que tu ailles voir les flics. Tu leur déballes tout. Ils t'aideront.

— Je croyais que tu ne les aimais pas.

Denis parut surpris. C'est vrai qu'ils n'en avaient pas encore parlé. Mais il était inutile qu'elle fasse semblant de n'avoir rien entendu plus longtemps.

— Fais confiance à ce qu'ont dit ces flics.

— Ah bon ?

— J'ai fait des conneries, OK. Ça me regarde. Et les flics me sont souvent tombés sur le dos. Des gros clichés de fonctionnaires, j'en ai vu. Alors, c'est vrai que je ne les aime pas trop mais il faut reconnaître qu'ils sont parfois utiles. Ils peuvent te protéger.

— Je n'irai pas.

— T'as peur de quoi ? Qu'ils t'interdisent de mener ton enquête ?

— Oui…

— Mais putain, Camille ! C'est plus un jeu ! Tu te rends compte que t'as failli y passer ? Il s'est fallu d'un rien. Et si ta blessure avait été plus grave, hein ? Et si je n'avais pas été là ?

— J'aurais disparu, sourit-elle.

— C'est ça, marre-toi.

Camille observa avec curiosité cet homme qu'elle connaissait à peine, avec qui elle n'avait rien échangé, à part deux, trois informations d'une enquête qu'il considérait comme une simple lubie, une vague fumisterie. Ce n'était même pas un ami et pourtant aujourd'hui, elle lui devait tout. Qui pouvait dire jusqu'où ils iraient à présent?

Elle promena son regard sur la pièce. Un matelas posé dans un coin confirma ses soupçons. Denis vivait ici. Était-il dans le besoin? Elle n'osa pas lui poser la question. Elle remarqua un gros sac de sport bourré à craquer de vêtements, un nécessaire de toilette et de quoi se faire à manger. Il y avait même un petit frigo. Le reste n'était que foutoir et bazar entassés là où l'on trouvait de la place. Elle avisa tout de même un objet curieux, dans le coin, près de la porte. Un gros poisson à moitié calciné.

— C'est quoi, ça? Demanda-t-elle.

— Hum? Oh, ça! C'était une sculpture sur la cabane du vieux. Le matin après l'incendie, elle était presque devant chez moi. Comme ça servait à rien pour l'enquête et que j'ai eu peur qu'un pillard se serve, je l'ai récupérée. Le vieux l'aimait beaucoup. Je vais essayer de la retaper, je ne sais pas encore comment.

Camille observa la sculpture pendant longtemps. Elle l'avait déjà vue. Mais où? Elle se leva, fit tomber la couverture.

— Hé! Reste encore assise!

Elle prit la sculpture entre les mains. Elle était en fer forgé. Oui, elle avait dû être belle. Le genre dont on est fier, que l'on montre aux autres, sur laquelle on a toujours une anecdote à l'apéro avec les amis. Le genre de sculpture qui attire les curieux, que les touristes prennent en photo…

— Pute borgne !

— Quoi ?

Denis écarquilla de grands yeux. Il semblait perdu entre surprise et confusion. Et soudain, dans la jolie petite tête de Camille, tout se mit en place. Les idées fusaient comme des feux d'artifice et dessinaient peu à peu une image de plus en plus nette. Oui, Camille ne voyait plus trouble à présent. Son esprit s'était ouvert.

— Denis ! Merci pour tout. Je te dois la vie. Maintenant, nous deux, c'est croix de bois, croix de fer et tout le toutim. Pour ton poisson, j'en parlerai à Sophie, ma pote, elle fait de la récup et du recyclage. Vous allez super bien vous entendre tous les deux.

— Ah…OK.

— Il faut que je file.

— Vaudrait mieux que tu restes encore un peu.

— Non, je ne peux pas. L'ancienne Camille serait restée. Ma tête va tellement vite là que je ne suis pas sûre que mon corps va pouvoir suivre le rythme.

Elle fouilla dans son sac, prit une photo de la sculpture avec son téléphone et fila sans se retourner. Denis resta bouche bée, les deux bières à la main.

Septembre 2009

Ça y est, ils se sont réunis. Avec l'été pourri qu'on a eu, c'est pas trop tôt. Ils ont fait ça à Paris. Sans doute ont-ils vu le côté pratique. Mais bizarrement, nous, ici, suspendus à leurs décisions, avec l'enjeu peut-être de nos misérables vies, la capitale, elle n'a jamais semblé si loin.

Je n'attends pas grand-chose de ce congrès. Je crois que je deviens un peu pessimiste avec l'âge. Ou alors, c'est l'habitude de la politique qui m'en fait voir ses rouages et qui du coup me donne une certaine lucidité par rapport à tout ça. Ils vont se mettre d'accord sur une décision. Enfin, s'ils y arrivent. Bon, en admettant qu'ils y arrivent, est-ce que ce sera une bonne décision ? Est-ce qu'elle sera à la hauteur de nos attentes, de nos angoisses ? Il faudra ensuite la mettre en place, préparer un plan d'action, prévoir un budget, qu'il faudra faire voter. Tout ça prendra du temps, beaucoup de temps. Et d'ici là, il nous faudra trimer, faire le même boulot que l'on fait tous les jours. Ce putain de boulot que j'aime, avec qui je mange, avec qui je dors. Quoi qu'il advienne après ce congrès, notre vie ne changera pas. Nous serons toujours les mêmes demain.

– 53 –

— Elle n'est pas possible cette fille ! s'écria-t-il.

Denis était perturbé. Il ne comprenait rien à Camille et plus il essayait de comprendre, moins il comprenait.

Il déboucha l'une des deux bières qu'il tenait encore à la main. Il en prit une grande gorgée.

— Pour qui elle se prend, sérieux ?

Il sortit, fit quelques pas, il tournait en rond. Habituellement, il n'aimait pas se prendre la tête comme ça. Surtout pour une meuf.

— Je lui sauve la vie et elle, elle ne prend même pas une bière ! Encore heureux qu'elle ait dit merci, tiens.

Il parlait à voix haute, assez fort, sans s'en rendre compte.

— « Maintenant, nous deux, c'est croix de bois, croix de fer ». Ça veut dire quoi ce bordel ?

Il but une autre grosse gorgée. La bière avait presque succombé.

— Elle nous prend pour des scouts ? Elle pense qu'on va faire des bêtises, chaparder des pommes ou je sais pas quoi ?

Il jeta la canette vide contre sa cabane et s'ouvrit la deuxième.

— Elle vient me voir tout le temps, elle cherche ou quoi ?

Denis n'avait jamais eu d'amie. Les filles, c'étaient les autres. Des futures conquêtes, les futures conquêtes des copains, les copines des copains. C'était tout. Alors qu'une fille vienne tout le temps le voir comme ça, il ne savait pas s'y prendre. Ça le perturbait tellement qu'il décida de marcher droit devant lui, vers la route.

Il ne connaissait personne qui avait des amies, qui sortait avec dans les bars, qui jouait à la console ou qui allait au ciné. Lui, il n'était allé qu'une fois au ciné avec une fille. Ça avait fini dans sa voiture. Ils n'avaient pas parlé du film.

— C'est qu'elle me trouve trop jeune, peut-être ? Quel âge elle a d'ailleurs ?

Il emprunta le chemin à gauche. Il ne voulait pas se retrouver trop proche du Waimea, pour ne pas céder à la tentation. Il s'enfonça dans le port.

— Moi, j'en ai rien à faire de son âge, sérieux ! Elle veut quoi ?

Le port était vide ou presque. Il y avait bien quelques traces d'activité mais c'étaient des cas isolés. Il avait l'habitude. La nuit, le port, c'était comme son terrain de jeu. Il aurait pu se promener les yeux fermés.

— Enfin sauf l'autre soir avec l'autre con.

Il toucha la bosse sur son front. Elle mettrait encore quelques jours à disparaître.

— Faut toujours qu'elle me prenne la tête avec son enquête. Elle croit quoi, sérieux ? Qu'elle va épingler le pourri qui a fait ça ? Si tu te retrouves en face de lui, t'auras une belle surprise, ma belle !

Il finit sa deuxième canette. Il s'apprêta à la jeter à la baille.

— Ah non, c'est fini cette époque-là. T'as vieilli, mec.

Il mit la canette dans la poche arrière de son pantalon.

— Enfin, pas assez pour mademoiselle Camille, apparemment.

Il regarda autour de lui, se demanda où il irait.

— J'aurais dû prendre plus de bières.

Il marcha jusqu'au bout du port, contempla l'eau noire pendant un moment. Il repensa à la noyade de Camille. Il n'avait jamais fait quelque chose comme ça auparavant.

— T'es un héros, mec. Un putain de héros.

Il prit son téléphone dans son autre poche, vérifia s'il n'avait pas eu de message. Rien, évidemment.

— Pourquoi, elle m'a pris mon nouveau numéro, hein ? C'est qu'elle compte bien m'appeler. Elle ne veut pas qu'on papote comme des copines, non plus ?

Denis n'était jamais resté assez longtemps en couple pour partager de longs coups de téléphone. Il n'avait jamais pris le temps de discuter avec une fille. Mais aucun de ses potes non plus.

— Ou alors, c'est pour causer encore de cette enquête…

Denis appréciait les efforts que Camille faisait pour innocenter le vieux même s'il avait bien conscience qu'elle ne le faisait pas pour lui. Ses motivations étaient floues. Elle lui avait bien parlé d'un feu qui s'était allumé en elle mais il n'avait pas très bien compris. Pour lui, en réalité, elle avait envie de jouer aux détectives, rien de plus.

Il pensa au vieux. Où était-il ? Avait-il cherché à reprendre contact avec lui ? Il n'avait toujours pas récupéré son ancien numéro. Ça prenait trop de temps, ça l'agaçait.

— Peut-être bien qu'il est coupable, après tout.

Il shoota dans une pierre. Elle ricocha sur un rocher puis alla se perdre. Plouf.

— On ne connaît jamais les gens aussi bien qu'on le croit de toute façon. J'en suis le parfait exemple.

Denis n'était plus énervé. Son agacement s'était transformé en une lassitude. La journée, enfin la soirée surtout, avait été riche. Il était fatigué.

— Allez, Denis. Demain, il fera jour.

Il fit demi-tour, remonta les allées, marcha bien exprès sur les poches d'huîtres parsemées devant les cabanes. Ça ne changeait pas grand-chose avec tout le passage de véhicules qu'il y avait à cet endroit, il le savait bien. Il avait toujours fait ça. Depuis qu'il était minot avec son père. À l'époque, il sautillait sur place et jetait des regards satisfaits aux ostréiculteurs. C'était son « travail » comme il aimait l'appeler. Il n'avait jamais osé avouer à son père qu'il aurait voulu se voir confier toutes ces poches. Il les aurait rapportées chez lui. Il les aurait étalées dans l'allée de la maison et serait passé dessus encore et encore avec son vélo. Il aurait mis un point d'honneur à dégager les huîtres les plus récalcitrantes. Il aurait ramené les poches avec le sourire radieux de celui qui a rendu service. Son père aurait été fier.

Il sourit. Qu'est-ce qui se passait dans sa caboche ? Cela lui arrivait de plus en plus souvent. Les souvenirs qui remontaient comme ça, sans crier gare.

En arrivant devant sa cabane, il ramassa la canette vide qu'il avait jetée. Il manquait de bières. Il passerait au carrefour city demain matin.

Mais demain, c'était un autre jour. Il le comprit rapidement, à peine après avoir refermé la porte derrière lui. Quand il sentit qu'il n'était pas seul.

– 54 –

Les gens, en général, n'aimaient pas le lundi. Garfield non plus. Pio Wojceikowski, lui, adorait le lundi. Parce que le lundi, c'était le jour des poubelles. Il s'habilla donc d'un froc usé, de pompes achetées au rabais, d'un pull pour bricoler, laissa Rageot et Lexovitch à ce qu'ils faisaient de mieux et s'en alla gaiement jouer les éboueurs d'un soir. Il était très loin d'imaginer ce qu'il allait trouver.

La soirée était claire et fraîche, il se mit à siffloter au volant de sa voiture, la fenêtre ouverte. Il se gara un peu plus loin dans la rue voisine et fit le reste du chemin à pied. On l'aurait dit parti pour une balade. Les riverains ne disposaient pas de poubelles individuelles. Une grosse, commune, marron, inesthétique se cantonnait dans un coin. Celle-là même où Jeannette avait vu Martine jeter deux gros sacs juste avant de s'enfuir précipitamment. Oui, il utilisait le mot « s'enfuir ». Ça sonnait fugitif, ça sonnait coupable, ça sonnait bien.

Arrivé à portée, il enfila ses gants, jeta un coup d'œil à droite et à gauche et souleva le couvercle.

S'il avait eu peur des rats ou de toutes ces sortes de rongeurs, sans doute que Pio aurait crié. Parce que trouver un petit animal d'un mètre soixante dans la poubelle d'un quartier résidentiel, il fallait reconnaître que ça n'arrivait pas tous les jours et que ce n'était d'ailleurs pas à ce qu'on s'attendait à y trouver.

— Ah...Bonsoir, dit le rongeur.

— Bonsoir, mademoiselle.

Oui, le rongeur n'en était pas un. C'était beaucoup plus dangereux. C'était une fille.

— J'ai jeté mon ticket de loto gagnant par erreur.

Pio sourit. Il aimait les menteurs. Surtout ceux qui ne perdaient pas leur aplomb et qui savaient se montrer inventifs.

— C'était quoi les numéros gagnants ?

— Euh...le 6, le 12, le 36, le 53, le...

— Ça ne va que jusqu'à 49 une grille de loto.

La demoiselle le dévisagea.

— Vous êtes sûr ?

— Certain. J'ai vu ma mère jouer toute ma vie.

— Ah. Crotte.

Pio alluma sa lampe-torche et la dirigea vers la menteuse.

— Oh ! Mais on se connaît ! Vous êtes l'amie de l'ostréiculteur.

— Oui, quelque chose comme ça. Et vous êtes le lieutenant...Servietsky.

— Celle-là, on ne me l'avait jamais faite, reconnut Pio. C'est Wojceikowski.

— Qu'est-ce que vous faites à roder dans les poubelles ? Vous avez fait une bourde et il n'y avait plus de place libre à la circulation ?

Pio n'en crut pas ses oreilles. Quelle insolence ! Quelle répartie ! Cette fille commençait vraiment à lui plaire.

— C'est quoi votre petit nom, mademoiselle ?

— Camille. Et vous ?

— Pio.

— Pio Wojceikowski, dit-elle songeuse. Vous avez déjà songé à prendre un pseudonyme ?

— Vous êtes charmante. Si vous me disiez ce que vous faites ici ?

— Je cherche des preuves.

— Vous êtes inspectrice ? Détective, peut-être ?

— Oula, non ! Je veux rester du côté des Indiens, moi.

— Journaliste, alors ?

— Nope.

— Alors quoi ?

— Je suis bien mieux que tout ça. Je suis un témoin.

— Un témoin de quoi ?

— De mon temps, si vous posez la question d'une manière générale. Mais témoin de l'incendie du port plus précisément.

— Ah, je vois, dit Pio habitué à voir tout un tas de cas particuliers se mêler aux enquêtes parce qu'ils sont persuadés d'avoir un rôle à jouer. Et vous avez eu l'idée de tenter de résoudre cette affaire de votre côté ?

— Non, pas eu l'idée. C'était viscéral.

— OK…

Le téléphone de Pio sonna. Il s'excusa et décrocha. Rageot.

— On a quelque chose de bizarre ici, Pio.

— C'est la soirée.

Il lança un regard à Camille mais celle-ci en avait déjà profité pour reprendre ses fouilles.

— Il y a un type qui vient de se livrer.

— Pour l'incendie ?

— Oui. Enfin, en partie seulement. Parce qu'il dit qu'il a également noyé une de nos inspectrices en la jetant dans le port.

— Quoi ?

Le sang de Pio se glaça.

— Du coup, j'ai pris sur moi d'envoyer un SMS à Jeannette. Je sais que ce n'est pas la procédure. Elle va bien, elle est toujours là où tu sais.

— T'as bien fait, John.

— Tu crois que cette femme serait quelqu'un de chez Garenni ?

Pio réfléchit un instant puis voyant la jeune fille éventrer des sacs poubelle à mains nues, il lui vint une idée.

— Camille ?

— Oui ?

— Vous a-t-on poussée dans le port récemment ?

— Tout à l'heure, oui. Mais ça va, la bosse, je peux la cacher avec mes cheveux.

Pio éclata de rire.

— C'est bon, John. Pas de quoi s'alarmer. Garde-moi le « tueur » au frais, j'arrive avec le « cadavre ».

Il raccrocha.

— Bon, Camille, vous allez me suivre. J'ai des tas de questions à vous poser et quelqu'un à vous présenter.

Camille n'obtempéra pas.

— Camille ?

— Pute borgne.

— Je vous demande pardon ?

— Approchez votre lampe !

— Quoi ?

— Approchez votre lampe ! Approchez votre lampe !

Pio éclaira l'objet que Camille venait de trouver dans un sac poubelle. C'était une photo déchirée en deux. Il éclaira le visage de la jeune fille. C'en était presque inutile tellement il s'illuminait.

— Qu'est-ce qui vous arrive maintenant ?

— J'ai trouvé.

— Quoi ?

Elle le regarda dans les yeux.

— Eurêka, Yeepeekaye et toutes ces sortes de choses.

Camille interpréta alors une danse qui lui fit perdre l'équilibre et elle s'affala dans les ordures. Pio tendit sa main pour l'aider à se relever.

— Ça va aller ?

— Trop !

Elle sortit de la poubelle.

— Je vous laisse la place. Je ne sais pas ce que vous cherchez mais moi j'ai tout ce qu'il me faut.

— Je ne vais pas vous laisser partir comme ça. Vous allez venir avec moi au poste.

— Et les poubelles ?

— Quoi, les poubelles ?

— Vous êtes venu pour ça, non ? Vous savez que les éboueurs passent dans la nuit ? Si vous ne les fouillez pas maintenant, elles seront vides quand vous reviendrez. Et puis, hein, vous n'allez quand même pas m'embarquer alors que j'ai des fringues qui puent?

Pio sourit. Il souriait trop. Beaucoup trop pour être crédible.

— Bon, vous avez raison. Donnez-moi votre numéro de téléphone. Je vous appelle demain pour vous convoquer.

Camille lui donna un numéro de téléphone.

— Vous avez votre portable, là?

— Oui.

Elle le sortit de sa poche. Pio composa le numéro qu'elle venait de lui donner sur son propre téléphone. Celui de Camille ne sonna pas.

— OK, vous m'avez eu, Pio.

— C'est lieutenant Wojceikowski, dit-il le plus sérieusement qu'il put alors qu'il avait envie de sourire tellement Camille le fascinait.

— Changez le 09 à la fin par un 19.

Il composa le numéro corrigé. Cette fois, il sonna.

— Bon, vous méritez un gage pour avoir essayé de m'avoir. Alors, vous allez venir avec moi. Vous allez m'expliquer pour cette photo. Si vous êtes suffisamment convaincante, peut-être que vous ne passerez pas la nuit en cellule.

Il prit Camille par le bras et commença à remonter la rue. Le portable de la jeune femme vibra. Un SMS. Elle regarda son portable. Son visage devint instantanément sombre.

— Allons bon, dit Pio. Je sens les complications pointer le bout de leur nez.

— Je dois y aller.

— Je vous demande pardon ? Vous n'êtes pas en position de le décider. Je peux très bien vous arrêter pour le coup des poubelles, là.

— Pio, dit-elle avec un sérieux dans le regard qu'il ne lui soupçonnait pas, je dois y aller. S'il vous plaît.

Il en fut tout décontenancé. Camille lui plaisait beaucoup. Il n'était pas du genre à mélanger ses sentiments et le boulot et pourtant, il avait envie de lui faire confiance. Mais il devait l'interpeller. Il en allait de son enquête.

C'est dans ces moments-là que Pio Wojceikowski regrettait de ne jamais penser à prendre ses menottes.

– 55 –

Camille était de retour sur le port. Cette fois, elle ne quitta pas le chemin. Il y aurait eu un cri, un appel au secours, qu'elle n'aurait pas bougé. Le SMS de Denis l'inquiétait. « Viens vite. Urgent ». On ne pouvait pas faire plus sibyllin. Mais elle était partie de chez lui depuis quoi ? Trente, quarante minutes ? Qu'avait-il bien pu se passer entre temps ?

Ce qu'il aurait fallu, c'était se munir d'une arme mais elle n'y avait pas pensé. Même son casque était resté dans le scooter. Quant au lieutenant Wojceikowski, il était retourné à ses occupations. Elle avait son numéro, elle l'appellerait au besoin.

Elle arriva devant la cabane de Denis. Il y avait de la lumière à l'intérieur. Elle frappa.

— Une batte de base-ball, pensa-t-elle. Parfait, ça, la batte de base-ball.

Denis ouvrit. Il y avait un homme avec lui.

Sexagénaire, l'air bourru, mais les yeux profonds de celui qui sait regarder le monde. Il avait des traces de coups sur le visage.

— Bonsoir.

— Salut, Camille. Je te présente…

— Le Sénateur !

Denis et son invité haussèrent les sourcils.

— Tu sais ? Mais comment ?

— Oh, rien de plus simple. J'ai vu des photos sur le net. Enchantée, monsieur Cameleyre, je suis Camille Sauvageau et je…

— Je sais, Mademoiselle. Denis m'a tout dit. Votre enquête, votre acharnement. Mais je vais vous décevoir, vous n'obtiendrez rien de moi. La police aura la primeur de mes révélations.

L'ostréiculteur fit un pas vers la porte. Toujours dans l'embrasure et lui bloquant ainsi le passage, Camille ne bougea pas.

— Pourquoi êtes-vous venu alors ?

— Pour dire adieu à Denis. Avant le procès, la prison, tout le reste.

Il fit un autre pas.

— Et si je vous disais que je ne vous crois pas coupable ?

Denis ouvrit de grands yeux.

— C'est que vous n'êtes pas une bonne enquêtrice. C'était ma cabane, mon ennemi. J'ai volé sa voiture. Je suis le coupable idéal. Tout le monde vous le dira.

— Et pour quel mobile ?

— La haine, la colère, la rage. Y'en a à la pelle, choisissez.

Il fit un autre pas. Il était à présent à quelques centimètres à peine de Camille.

— Et comment expliquez-vous que Pierre Pujol-Barreyre se trouvait dans votre cabane ? On n'invite pas son ennemi à dîner pour l'assassiner.

—Et pourquoi pas? Je suis persuadé que les Borgia le pratiquaient tous les week-ends. Alors pensez ce que vous voulez et laissez-moi passer.

—D'accord. Alors, je pense que c'était votre ami.

Le Sénateur regarda Camille droit dans les yeux. Denis semblait subjugué par les événements.

—Et un ami, continua-t-elle, on l'invite chez soi. On lui emprunte même sa voiture.

—Je l'ai prise sans lui dire.

—Ça revient au même.

Le vieux regarda Camille dans les yeux puis jeta un œil vers Denis.

—Très bien, mademoiselle. Je vous écoute. Racontez-moi ma propre vie.

Camille avança dans la cabane, fit le tour de la table.

—Je vais commencer par vous faire un aveu. Je ne ne sais pas quand a commencé votre amitié. Mais je sais quand elle s'est envenimée.

Le Sénateur s'adossa à la porte, les bras croisés sur le torse. Denis s'assit sur une chaise.

—À l'époque, vous étiez deux ostréiculteurs voisins et amis.

—Pujol-Barreyre a été ostréiculteur? S'écria Denis.

Camille sortit les deux morceaux de la photo qu'elle avait récupérés dans les poubelles de Martine. On y voyait deux cabanes ostréicoles.

—Ça prouve quoi cette photo? Demanda Denis.

— Regarde bien sur la droite.

Denis prit les deux morceaux entre ses mains. Il plissa les yeux. On aurait dit un gamin qui cherchait Charlie.

— Mais c'est le poisson ! S'écria-t-il soudain.

Sur la cabane à droite de la photo, la sculpture de poisson que Denis avait sauvée des décombres resplendissait.

— Ce serait tes deux cabanes ? Demanda-t-il au Sénateur.

Le vieux ne répondit pas. Il restait concentré, le regard vissé sur Camille.

— Non, rectifia-t-elle. La sienne et celle de Pujol-Barreyre.

Denis regarda le vieux.

— Comment tu peux savoir ça, rien qu'en regardant cette photo ?

— Ce n'est pas ce qu'il y a dessus qui est important, Denis. C'est l'endroit où je l'ai trouvée.

— Où ?

— Figure-toi que hier encore, cette photo se trouvait dans un joli cadre sur le meuble bibliothèque du domicile des Pujol-Barreyre.

Denis ne sut pas quoi dire. Il tenait toujours l'indice entre les mains mais avait du mal à le considérer comme tel.

— Pour le deviner, j'ai un peu extrapolé, c'est vrai. Mais qui irait encadrer la photo des cabanes de son ennemi juré et lui donner une place de choix dans sa belle pièce à vivre ? Je sais bien qu'on a coutume de dire qu'il faut garder ses amis près de soi et ses ennemis encore plus près mais quand même.

Le silence du vieux était pesant. En tout cas, Denis semblait incommodé, lui.

—J'ai donc pris plusieurs éléments et je les ai mélangés. J'ai ensuite essayé de refaire le puzzle de vos vies. Si Pierre Pujol-Barreyre a abandonné le métier d'ostréiculteur, c'est qu'il a dû se passer quelque chose d'important. Je me suis alors souvenue qu'il avait fondé son entreprise en 1975. C'est en tout cas ce que m'a dit sa secrétaire quand je suis passé les voir. Soit peu de temps après la maladie des branchies et l'arrivée de la Japonaise. Ça a dû être terrible cette époque-là. Vous aviez un ennemi puissant. Beaucoup ont dû abandonner. Dont Pierre.

—À la première difficulté, maugréa le vieux.

—Oui, vous lui en avez voulu. Puis aussi pour ses projets. Il voulait moderniser le port, qu'il ne soit pas tributaire de la bonne santé d'une huître.

Le vieux acquiesça.

—Mais malgré les apparences, malgré ce que vous avez voulu faire croire à tout le monde, vous n'êtes pas devenus ennemis. Cette rivalité servait votre cause à tous les deux. Mais pas question de vous montrer en public. Vous aviez sans doute peur qu'un regard, un geste d'amitié, vous trahisse. Pour vous causer, vous vous enfermiez dans les toilettes d'un bar.

Cette fois, ce fut le Sénateur qui ouvrit grands ses yeux hallucinés.

—Mais comment pouvez-vous savoir ça? C'est arrivé une seule fois !

Denis aussi en restait bouche bée. Camille, elle, était radieuse. Elle avait été brillante.

— Ce que j'aimerais savoir à présent, c'est ce qui s'est passé la nuit de l'incendie. Il est venu vous voir à l'improviste, bravant l'interdit et mettant en danger votre secret. Il vous en voulait, en avait gros sur le cœur. C'était à cause d'elle, n'est-ce pas ?

— Elle ?

— Une femme, Denis. C'est toujours à cause d'une femme.

Le vieux décroisa les bras et applaudit Camille.

— Mademoiselle, je vous félicite. Vos déductions sont justes et pourtant vous manquez de preuves. Vous y êtes allée à l'instinct, c'est bien. Je ne sais pas quel est ce feu qui vous anime mais si vous voulez bien entendre les conseils d'un vieux fou : suivez toujours cet instinct, écoutez votre cœur. Ils vous mèneront toujours là où vous devez aller.

Camille s'empourpra.

— Denis, je suis désolé. Cette vérité, c'est moi qui aurait dû te la dire. Mais quand tu entendras la suite, tu comprendras que mon cœur, trop lourd, a du mal à se confier.

Denis était gêné. Décidément, la soirée n'était pas facile pour lui.

— Vous avez gagné, mademoiselle. Ce que je réservais à la police, je vais maintenant vous le confier.

Il s'assit à table avec Denis. Camille l'imita. Toute ouïe, elle n'avait jamais été aussi attentive.

– 56–

—Tout est vrai, mademoiselle. Vous avez commis pourtant une petite erreur. Celle de nous surestimer. Nous n'avons pas été si machiavéliques que ça. Notre haine commune n'était pas feinte. En réalité, nous nous sommes détestés autant que nous nous sommes aimés.

Denis attrapa une bouteille de vin, la déboucha et servit trois verres. Le vieux avala le sien d'un trait puis fit signe qu'on le resserve.

—Je lui en ai voulu atrocement. D'avoir abandonné, d'abord. L'ostréiculture, ce n'était pas seulement notre métier, c'était aussi notre vie, nos rêves. Puis, quand il a fondé sa boite, il est revenu me voir. Il avait des projets plein la tête. Il voulait moderniser le port, le transformer en marina, creuser une plage. Je l'ai traité de cinglé, c'en est venu aux mains. Je crois bien que c'était la première fois qu'on se battait. Après ça, je ne l'ai plus revu pendant un moment, des années peut-être bien. Quand j'ai vraiment à nouveau entendu parler de lui, sa boite, c'était devenu du costaud. Moi, je commençais à me politiser, à faire des actions, j'essayais de mettre un syndicat sur pied. Il a commencé à parler de son projet de marina partout, tout le temps, à tout le monde. Alors, je l'ai attaqué. Je me suis opposé publiquement. J'ai fait des tracts, une ou deux manifs. J'ai même organisé une petite grève histoire d'être reçu par le président de la région. Après ça, c'est devenu comme un jeu. Un jeu sans règle, sans perdant, sans gagnant et avec un seul but : faire chier l'autre le plus possible. Et pour ça faut reconnaître qu'on a été d'excellents joueurs. Moi surtout.

Il but son deuxième verre d'un trait également et demanda à être resservi.

— Mais en parallèle de ça, on ne pouvait pas oublier notre passé. Toutes ces années à trimer au travail, à affronter les éléments ensemble, à vider les bouteilles ensemble. Chaque 4 octobre, pour mon anniversaire, j'ai droit à ma bouteille de Margaux. Je la trouve toujours au même endroit, posée contre la claire. Je ne sais pas comment il s'y prenait pour ne pas se faire remarquer. En fait, on était ce qu'on pouvait appeler des meilleurs ennemis.

Il but une gorgée, puis deux.

— C'est sûr que je regrette quelques coups bas. Comme quand j'ai lancé cette rumeur sur la possible ruine de son entreprise. Et il y a eu la fois où, avec quelques collègues, on a déversé une remorque entière de graouey pile devant sa porte. Enfin, ce jour-là, je m'étais quand même bien marré. Lui, de son côté, il me décrédibilisait. C'est qu'à force de cocktails et de repas d'affaires, il connaissait du beau monde et à tous ces gens, il leur a dit que j'étais un allumé, un marginal, le genre de type un peu dangereux qu'il faut avoir à l'œil. Peut-être pire encore, allez savoir. Le Bassin, c'est petit, voyez, alors ça a vite fait le tour. C'est même arrivé jusqu'au port. Les mecs qui me connaissaient depuis toujours, qui me voyaient tous les jours, ont commencé à m'éviter. Ils se méfiaient, se disaient sans doute qu'un jour ou l'autre, je ferais un mauvais coup, le mauvais coup de trop et que quand ça arriverait, valait mieux pour eux qu'ils ne soient pas dans le coin. Je me suis retrouvé isolé mais ça ne m'a pas arrêté, bien au contraire.

Camille regretta de ne pas avoir enregistré tout ça. Elle regarda Denis. Il semblait moins nerveux, plus attentif, comme s'il obtenait enfin les réponses aux questions qu'il se posait depuis des mois.

— Comme je vous le disais, nous jouions un jeu. Un jeu cruel où il n'y avait pas d'arbitre. Bah, s'il y en avait eu un d'arbitre, je peux vous dire qu'il aurait compté beaucoup de points, d'un côté comme de l'autre. Et on aurait pu continuer comme ça pendant des lustres. Rien ne semblait pouvoir ralentir notre motivation. Et puis, il a fallu qu'elle s'en mêle.

— Martine Pujol-Barreyre, souffla Camille.

— Oui. Charon, de son vrai nom. Quand je l'ai connue, elle travaillait comme secrétaire chez Blanc-Ducasse. C'était connu comme adresse à l'époque. Ça faisait presque cinq ans qu'elle y était et elle avait à peine vingt-et-un ans. Elle était belle, fine et une de ces classes comme en ont naturellement certaines femmes. Je me souviens m'être dit qu'elle n'était pas à sa place, qu'elle était trop belle, trop intelligente pour ne pas avoir d'ambition, pour se contenter du même boulot pas passionnant pendant des années sans avoir le courage de réaliser ses rêves. Faire l'assistante pour les autres toute sa vie quand on a ce qu'il faut là-haut pour faire tourner le monde à sa pogne, c'est quand même du beau gâchis. C'est peut-être un peu idiot comme réflexion avec le recul mais pourtant Martine partageait cette idée. Elle voulait changer le monde, à commencer par le sien. Alors, elle attendait. Elle attendait le bon moment, le bon gars qui voulait bien la sortir de là. Quelqu'un qui l'aurait poussée, encouragée, pas un homme qui se contenterait de ce qu'il avait, qui l'aurait enterrée dans une petite vie sans prétention. Il lui fallait quelqu'un qui prendrait soin d'elle, de son cœur, de sa tête, bien sûr, mais aussi de sa vie. On l'a rencontrée ensemble avec Pierre, un soir où on fêtait la fin d'une très bonne saison. Ce soir-là, on avait du fric plein les poches, on était les rois du pétrole. Pierre a flashé sur elle, elle a craqué sur moi et moi, moi ça m'était bien égal. Elle était belle, il y avait du vin. J'étais bien. Comme Pierre avec les femmes avait toujours un air de cocker à vous regarder avec des yeux abattus et les oreilles basses, je lui ai laissé Martine et je suis parti avec une autre. Je me rappelle même plus son nom, tiens. Pierre ou moi, du point de vue de Martine, ça ne changeait pas grand-chose. On avait le même métier, la même situation, on se partageait même nos recettes. Mais elle n'était pas si vénale que ça. Enfin, elle n'était pas que ça. Voilà que, je ne sais pas pourquoi, elle s'est prise de sentiments pour ma pomme. Elle était avec Pierre et Pierre, c'était mon plus que frère. Alors moi, je faisais semblant de ne pas voir les roulades de ses yeux et les cambrures que son corps avait tendance à prendre quand j'étais trop près d'elle. Il y a bien eu une ou deux fois où faire semblant s'avérait plus difficile.

— Vous n'avez jamais succombé ?

— Hé bien, si, admit l'ostréiculteur. Il y a eu une fois. C'était à la fin des années 70, après la défection de Pierre, donc. On avait entamé notre jeu de guerre. J'ai croisé Martine à la guinguette un peu par hasard. On a discuté et très vite, trop vite - le temps s'accélère toujours avec quelques verres - on s'est retrouvé dans les bras l'un de l'autre. La plupart des hommes, vous savez, mademoiselle... Quand je fis homme, je ne parle pas de sexe. Je parle d'humanité. On est une espèce évoluée avec les instincts d'un lapin et la jugeote d'une poule. Moi, j'ai toujours attendu de la vie qu'elle me fasse frémir. Qu'elle m'enflamme. Et pour ces frissons, je me suis souvent aventuré là où il ne fallait pas, même si tout le monde essayait de me convaincre de renoncer. La vie, là, elle me faisait un cadeau, alors je l'ai pris. J'ai pris Martine. Un peu parce qu'elle me plaisait, faut le reconnaître, mais surtout parce que ça allait rudement faire chier Pierre, mon bon copain.

Camille regarda le Sénateur. Elle pensait à Maxence. Elle pensait aux autres. Ce monde est dingue se disait-elle.

—Pendant longtemps, j'ai cru qu'elle lui avait tout avoué. Parce qu'elle en était bien capable et aussi parce que je ne l'ai plus revue pendant des années. Mais en fait, elle n'avait rien dit. Pas un mot. Jusqu'à l'autre soir. Faut comprendre que Martine, elle avait quitté son boulot d'assistante à la minute même où Pierre avait touché son premier gros contrat. Ce n'était pas un super plan de carrière ça, femme au foyer, surtout comparé à l'envie qu'elle avait quelques années plus tôt de bouffer le monde. Mais même les grands lions savent se contenter d'un bon coin pour dormir et de repas gratuits apportés directs dans l'assiette. Martine était devenue une jet-setteuse, elle sortait, buvait, sniffait, baisait aussi sûrement. Sans doute m'avait-elle oublié. Enfin, c'est ce que je croyais. Parce que l'autre soir, elle a eu vent de cette rumeur sur l'inévitable ruine prochaine des entreprises Pujol-Barreyre. Rumeur que j'avais moi-même lancée. Martine a eu peur de voir tout son monde s'écrouler, de devoir renoncer à tout et elle s'est vue redevenir une simple assistante, à faire le même boulot tous les jours, pendant dix, quinze ans. Elle ne l'a pas supporté. Un soir, après avoir trop bu, elle a attendu Pierre. Elle lui a tout balancé à la gueule. Elle lui a craché son fiel, son venin qui pourrissait dans ses entrailles depuis des années. Elle lui a parlé de moi, de la guinguette mais aussi de combien j'étais un homme droit qui se battait pour ses opinions, qui n'avait pas honte de se regarder dans un miroir, qui n'était pas un sale industriel, un porc pourri de fric qui ne foutait rien pour changer le monde. Je cite de mémoire mais c'est à peu près ça. Et si je le sais, c'est qu'on me l'a raconté. Pierre a vu rouge, cramoisi même. Il a pris son fusil et il est venu jusqu'à moi avec la ferme attention de m'envoyer *ad patres* en me décollant la tête à coups de calibre douze.

—J'ai entendu la dispute, avoua Denis. Je me suis demandé ce qu'il se passait. J'ai eu un peu peur. Deux fois, trois fois, j'ai failli venir puis je me suis ravisé.

—Pourquoi? S'offusqua Camille.

—Parce que ce n'étaient pas mes oignons.

Le Sénateur regarda Denis avec tendresse.

—C'est ce qui pourrit le port. Faut pas se laisser berner par les autres. Fais confiance à ton instinct, petit.

Denis acquiesça. Il semblait très ému.

—Que s'est-il passé ensuite?

—J'ai réussi à le calmer. Je ne sais plus trop comment. J'ai sorti des bouteilles dont celle qu'il m'avait laissée pour mon anniversaire l'année dernière et que je n'avais toujours pas eu l'occasion de boire. Ça a duré plusieurs heures, je ne saurais pas dire combien. Pendant ce temps, il n'a fait que causer. À la fin, n'en pouvant plus, les yeux déjà partis, il a dit « Quelle salope ! » et il s'est écroulé sur la table. L'instant d'après, il ronflait comme un diesel.

Le Sénateur finit son verre. Cette fois, il n'attendit pas. Il attrapa la bouteille et se resservit lui-même.

— Pendant un moment, je me suis demandé ce que je devais faire. Je me suis rendu compte que ça avait dégénéré entre nous depuis qu'on avait rencontré Martine. Je ne m'excuse pas là, je ne lui mets pas tout sur le dos, parce que Pierre et moi, on est quand même deux beaux crétins. Mais Martine nous avait fait entrer de plein pied dans un cycle de souffrance et il fallait le rompre. J'ai fouillé dans les poches de Pierre et j'ai trouvé ses clefs. Je ne voulais pas qu'au cas où il se réveille pendant mon absence, il reprenne la route dans son état. Pour plus de sécurité, j'ai embarqué le fusil et j'ai même tiré le verrou derrière moi. J'ai emprunté sa voiture parce que ma mobylette quand j'ai bu, je ne sais plus la conduire et je suis allé voir Martine. Je ne savais pas ce que j'allais lui dire. Je ne savais même pas si elle allait accepter de me voir. Peut-être qu'après toutes ces années, elle n'avait encore que mépris et colère envers moi mais il fallait que je le fasse. Quelque chose de profondément ancré en moi me poussait à le faire. Et lorsque je suis revenu au port, il était en feu. La suite, vous la connaissez. J'ai pris peur, je me suis barré.

Camille regarda Denis qui semblait avoir été chaulé comme une tuile. Il ne se passa rien pendant un moment. Le vieux se servit un verre, deux verres, vida la bouteille. Camille avait enfin toutes les réponses, enfin presque toutes. Il manquait quand même l'essentiel mais elle était rassasiée pour ce soir.

— Maintenant, je vais vous laisser. Je ne sais pas qui a mis le feu. C'est peut-être la faute à pas de chance, peut-être que c'est à cause de tout mon foutoir qui s'est renversé ou je ne sais pas. Mais une chose est sure : sans moi, Pierre ne se serait pas retrouvé ici dans l'incapacité de sortir de la cabane pendant qu'il y brûlait vif. Alors, je vais aller me livrer à la police. S'il y a bien un coupable dans cette histoire, c'est bien moi.

Denis s'offusqua.

—J'ai fait mon temps, petit. D'autres viendront, peut-être avec toi, qui feront mieux que moi. Ce ne sera pas difficile.

Le vieux voulut mettre son projet à exécution mais une colossale masse sombre lui barra le chemin.

– 57 –

Pio Wojceikowski n'était pas un grand fan de la filature à l'aveuglette. Sa grosse carcasse n'était déjà pas faite pour le furtif mais alors la nuit, ça frisait le ridicule. Pas besoin d'être nyctalope pour remarquer qu'un taureau vous suit, même en pleine obscurité.

Heureusement pour lui, ce soir, même le plus balourd des pachydermes aurait mené cette filature sans encombre. Camille avait trop de questions qui lui fusaient au travers de la tête pour regarder derrière elle. Pio put donc s'approcher de la cabane suffisamment près pour entendre tout ce qui y avait été dit. Et à la lumière de son téléphone mobile, Pio nota tout ce qu'il jugeait nécessaire d'être noté, c'est à dire, suivant ses standards, à peu près tout ce qui avait été dit. Lorsqu'il comprit, comme s'il était au cinéma, que l'histoire touchait à sa fin, il s'approcha de la porte, sans prendre la politesse d'attendre la fin du générique.

— Alors, je vais aller me livrer à la police, dit l'ostréiculteur. S'il y a bien un coupable dans cette histoire, c'est bien moi.

— Pas besoin, la police est déjà là, dit-il en lui bloquant le passage.

— Lieutenant Wojceikowski ! S'écria Camille.

— Rebonsoir, Camille. Merci de faire des efforts pour bien prononcer mon patronyme. Denis. Monsieur.

— Vous m'avez suivie ! Ce n'est pas très fair-play.

— Désolée, Camille mais c'est une affaire de meurtre. Il faut jouer avec toutes les cartes que l'on a en main. Pas seulement avec celles qui nous plaisent.

— C'est ça et puis l'Histoire jugera tant que vous y êtes.

Pio regarda Camille d'un air curieux. Était-elle en train de bouder ? Décidément, cette fille était fascinante.

— Monsieur Jean Cameleyre, je présume ? Ou dois-je vous appeler Monsieur le Sénateur ?

Pio jubilait. Il n'avait pas pu fouiller les poubelles mais c'était vraiment un lundi réussi.

— J'ai beaucoup aimé votre histoire. Même s'il manque certains bouts que vous avez volontairement omis, j'en suis sûr. Ne m'en veuillez pas si j'essaye de les combler. À commencer par le plus évident : que vous êtes-vous dit Martine et vous, ce soir-là ?

L'ostréiculteur sembla hésiter.

— Qui êtes-vous, monsieur ?

— Oh, c'est vrai ! J'ai oublié de me présenter. L'électricité qui règne ce soir, sans doute. Je suis le lieutenant Pio Wojceikowski du SRPJ de Bordeaux. Je suis en charge de l'enquête concernant le meurtre de Pierre Pujol-Barreyre. Meurtre dont, je ne vous le cache pas, vous êtes le principal suspect.

— Le contraire aurait été étonnant.

— Les fugitifs ont rarement raison. Alors dites-moi pour Martine et vous ?

— Rien.

— Rien ?

— Rien. Elle n'était pas là. Tout était éteint, pas de voiture dans l'allée.

— Vous êtes rentré immédiatement, je suppose ?

— Oui. Après si vous voulez en avoir confirmation, vous n'avez qu'à lui demander à elle directement.

— Figurez-vous qu'elle n'est plus là. Elle est partie précipitamment de chez elle après avoir foutu tous les souvenirs de son mari à la poubelle. Demandez à Camille, elle peut vous raconter.

Pio réfléchit un moment.

— Bon, je vous embarque. Tous les trois.

— Pour quel motif ? S'offusqua Denis.

— Pour avoir menti dans votre déposition. Et puis aussi sans doute pour dissimulation de preuve. Vous, Sénateur, pour vous interroger. Quant à vous, Camille…hé bien, je suis sûr que je peux trouver quelque chose en chemin. Allez, suivez-moi. Je vous préviens, la nuit sera longue.

Pio n'avait pas menti. Le lendemain matin, en prenant son café, il regarda un agent conduire Camille selon ses ordres devant son bureau. Elle avait passé la nuit en cellule et c'était sûrement sa première fois.

— Pas la dernière, pensa-t-il avec un sourire.

L'agent la fit asseoir à côté de Denis que Pio avait convoqué aussi. Le jeune ostréiculteur leva à peine les yeux. Apparemment, il faisait la gueule à l'enquêtrice amatrice.

Pio avait renvoyé le Sénateur dans sa cellule après l'avoir interrogé une bonne partie de la nuit. Il n'avait pas appris grand-chose de plus que ce qui avait été dit dans la cabane mais il était satisfait quand même. L'enquête touchait à sa fin. Il le sentait, il le savait.

Il n'avait pas l'intention d'interroger Camille ou Denis. Enfin, il fallait bien le faire et il laisserait ça à Rageot ou à Lexovitch, Jeannette étant toujours en planque devant la cabane où Martine s'était réfugiée. Non, l'idée de Pio en réunissant les deux jeunes gens était de les amener à se confier l'un à l'autre. Il avait laissé la porte un peu entrouverte et était tout ouïe.

— Hé bien, dit Camille en regardant sa robe. Je l'aurais portée ces derniers jours. Dire qu'à l'origine, j'avais plutôt dans l'idée de la retirer assez vite. En plus, elle pue. Je suis tombée dans les poubelles, hier soir.

Denis ne releva pas. Il restait dans la contemplation de ses pieds. Elle le regarda un instant.

— Je suis désolée, Denis. Je ne pensais pas qu'il me suivrait, je n'ai pas fait attention.

Denis ne bougea pas. Tout, dans son attitude, indiquait pourtant qu'il écoutait.

— En fait, je suis allée faire les poubelles de Martine Pujol-Barreyre. Enfin, à la base, je voulais juste regarder une photo. Mais quand je suis arrivée, elle n'était plus là. J'ai fait le tour de la maison, j'ai regardé par la fenêtre et j'ai remarqué que pas mal d'objets avaient disparu. Ça ne sentait pas le vol, non. Ça sentait la veuve éplorée qui s'était débarrassée de son passé. Alors, j'ai plongé la tête la première dans l'énorme poubelle de sa rue. Bon, c'est une image, hein. Je n'ai pas vraiment plongé dedans. C'est là que le lieutenant m'est tombé dessus. Il voulait m'embarquer mais après avoir reçu ton SMS, je lui ai demandé de me laisser partir. Il a accepté assez facilement. Je comprends mieux pourquoi.

Denis ne dit toujours rien. Pio se demanda si son idée allait aboutir finalement.

—J'ai encore gaffé quoi. Tu commences à avoir l'habitude avec moi.

Denis regarda Camille. Elle esquissait un petit sourire qu'elle voulait le plus charmeur possible.

—Je ne t'en veux pas, Camille.

—Tu… ?

—Non. T'inquiète pas. Ce n'est pas comme si tu avais dit à ce flic de venir. Puis comme ça, il a pu entendre la version du vieux. Pas sûr qu'il aurait dit tout ça pendant sa garde à vue.

—En effet, je ne crois pas. Il avait surtout envie de te le dire à toi. Finalement, je n'étais qu'un prétexte.

—Tu crois ?

—Certaine. C'est pour ça qu'il est revenu. Pour que tu saches toute la vérité par sa bouche et non par la presse.

—Je ne suis pas sûr d'avoir saisi l'intérêt.

—Ce n'est pas un meurtrier, Denis. Même s'il veut s'en convaincre. Ce n'est même pas lui qui a mis le feu. Alors, d'accord, il a fait des choses pas bien nettes, que la morale pourrait reprouver et j'ai du mal à le qualifier d'innocent, mais il n'a pas tué son ami. C'est ça qu'il faut que tu retiennes.

—Oui…

—Il y a autre chose aussi. Son héritage.

—Son héritage ?

—Je crois que c'est aussi pour ça qu'il est venu.

—Il voulait me confier son combat ? C'est ça que tu veux dire ?

—Oui, en quelque sorte.

Denis regarda à nouveau ses pieds. Il semblait chercher quelque chose dans sa tête.

—J'ai lu son journal de bout en bout, tu sais. J'avais jamais fini un bouquin avant. Même pas pour l'école. J'ai appris beaucoup de choses.

—Lesquelles ?

—C'est un peu compliqué à expliquer. Mais disons que je ne vois plus le métier de la même façon. Je ne peux plus me contenter de faire mon taf et de penser qu'à ma gueule. Il y a une responsabilité. Un héritage, comme tu dis. Un patrimoine. Même si ce que je retiens surtout, ce sont les petites anecdotes, celles de sa vie de tous les jours. Les petits riens.

Camille sourit.

—Ce n'est pas des mots que j'emploie d'habitude. Je ne suis même pas sûr que je le fais bien. Mais je crois que je commence à comprendre leur sens.

Pio était un peu déçu. Son idée n'avait rien donné. Sûr que leur interrogatoire ne donnerait rien non plus. Pourtant, il ne pouvait s'empêcher de sourire.

—John, prends la déposition de ces deux-là rapidement. Et comme tu ne trouveras rien, tu les libéreras sans retenir aucune charge contre eux, OK?

—C'est toi le chef, chef.

—Et à présent, il est temps que l'on ait une petite discussion avec Martine Pujol-Barreyre.

—Je m'occupe de ça, dit Franck.

Pio sortit dans le couloir.

—Camille, êtes-vous curieuse de connaître l'homme qui vous a poussé à l'eau, hier soir?

—Ah oui, tiens! Ça m'était complètement sorti de la tête. Alors, c'était qui? Le FBI? Le KGB? Quand même pas le Mossad?

—Rien de tout ça. Un pauvre type qui s'envoyait en l'air dans une des cabanes ce soir-là et qui a cru que c'étaient ses ébats, en renversant quelque chose qui a déclenché l'incendie.

—Et?

—Et rien. Le rapport incendie est formel. Le feu a pris dans l'autre cabane. Il n'y est donc pour rien et a eu peur de vous sans raison.

—Il a eu peur de moi?

—C'est ce qu'il dit. Il vous a pris pour une vraie enquêtrice lancée sur ses traces.

—Il a eu peur de moi?

—Oui.

—C'est la première fois que quelqu'un a peur de moi, sourit-elle de toutes ses dents.

Pio poussa un long soupir.

—Vous me désespérez, Camille. Bon, il n'empêche qu'il a quand même essayé de vous tuer. Vous portez plainte, bien sûr?

Camille réfléchit un moment.

—Je peux le voir?

Instinctivement, Pio sut qu'il n'était pas au bout de ses surprises.

– 58 –

Pour Jeannette, les heures se suivaient et se ressemblaient. Elle s'était trouvé un petit coin confortable dans la forêt de l'autre côté de la route. Elle était calée contre un arbre et de larges buissons l'occultaient presque totalement. Elle pouvait ainsi, suivant l'adage, voir sans être vue.

La nuit était douce. Il n'y avait pas un bruit. Elle se demanda depuis quand elle n'avait pas entendu le silence, le vrai ou même si ça lui était déjà arrivé. Elle était une flic des villes. D'ailleurs, elle avait toujours vécu à Bordeaux. La nuit, même à quatre heures du matin, il y avait toujours du bruit. Une voiture au loin, une enseigne au néon, le ronronnement d'un climatiseur, un réverbère. C'était léger, presque inaudible mais le vrai silence en ville n'existait pas. Ici, il n'y avait rien, pas même le cri d'une chouette. Même le ressac de l'océan était masqué par la dune. L'expérience aurait pu être déroutante pour un non-initié. Se retrouver ainsi au cœur des ténèbres, ça pouvait filer les chocottes à des endurcis. Mais pas à Jeannette. Elle n'avait pas peur. En fait, elle était bien. Elle se sentait sereine, apaisée, comme si elle ne faisait qu'une avec la nature. Elle aurait pu rester là des semaines entières.

Pourtant, c'était difficile. Depuis plusieurs jours, elle ne dormait que trois, quatre heures, le matin, quand on venait la relever. Ses yeux étaient lourds, ses membres engourdis. Son corps se rebellait. Ça ne l'inquiétait pas plus que ça. Elle avait appris depuis bien longtemps à oublier son corps, à libérer son esprit, lui faire confiance, se fondre dans une profonde et pure détermination. Et puis, elle avait connu des filatures plus compliquées, au cœur de la foule, sans cesse en mouvement. Celle-ci n'exigeait que du calme et de la patience.

Les heures défilaient. Parfois, rarement, une voiture remontait la route et ses phares se perdaient dans les arbres. Martine avait tourné comme une lionne en cage pendant la première partie de soirée. Puis, accablée par la fatigue et l'alcool aussi sans doute, elle s'était affalée sur ce qui semblait être un canapé. Les fenêtres étaient plus petites que dans la grande maison d'Arcachon. Ses faits et gestes étaient donc plus difficilement perceptibles et ce malgré le matériel high tech dont elle disposait: jumelles à vision nocturne et appareil-photo. Cadeau du lieutenant après l'affaire des disparus de Fondaudège où ses filatures avaient joué un grand rôle. Pio avait usé de son influence pour débloquer le budget mais il y tenait.

—Franck a bien trois ordinateurs et John, une grosse bagnole, avait-il simplement ajouté.

Le jour arriva sans que Jeannette ne put répondre à cette question essentielle: qu'est-ce que Martine attendait? Elle vit passer les voitures des premiers surfeurs qui se dirigeaient vers le Wharf ou la Salie. À l'intérieur de la cabane, tout était calme. Une voiture arriva par la piste 114 et se gara. De là où elle était, elle ne pouvait pas bien la voir mais le coin était trop reculé pour que ce soit anodin. Elle trouva une nouvelle position qui lui permettait d'être invisible à la fois de la cabane et de la piste. C'était assez inconfortable mais elle n'avait pas besoin d'attendre longtemps. Quelqu'un sortit de la voiture, regarda autour de lui puis pénétra dans la forêt. Jeannette posa la main sur son arme de service. Elle ne s'en était jamais servie. À part à l'entraînement, bien sûr.

L'inconnu fit quelques pas puis s'arrêta net.

—Jeannette ! Appela-t-il tout bas.

Elle reconnut la voix de Lexovitch. Sortant un peu de sa cachette, elle lui fit signe de remonter en voiture. Quand ce fut fait, elle le rejoignit. La cabane dormait toujours.

—On y est presque, dit Franck en lui tendant le thermos de café. Le lieutenant pense que Martine Pujol-Barreyre est mouillée jusqu'au cou.

Elle se servit une tasse.

—L'ostréiculteur est revenu.

Elle but une gorgée. La nouvelle ne lui fit même pas avaler de travers.

—Il a servi une drôle d'histoire à Pio. Il le croit innocent. T'as des chocolatines aussi si tu veux.

Elle en prit une dans la poche qu'il lui tendait.

—Je suis venu t'apporter une convocation pour interroger Martine. Du coup, tu sens la mauvaise nouvelle se pointer?

Oui, Jeannette la sentait. Elle en était venue à la conclusion que l'un d'entre eux devait se présenter devant Martine et qu'il valait mieux que ce soit lui. Si elle était vraiment à l'origine de tout, nul ne pouvait dire quelle serait sa réaction. Alors valait mieux continuer la filature et valait donc mieux qu'elle ne bouge pas de son poste. Ce qui signifiait : pas de relève, pas de sieste.

— Bon, il est neuf heures. À priori, elle dort encore. Tu veux que je te laisse dormir une demi-heure avant de me présenter ?

Jeannette ne répondit pas. Elle avait un gros morceau de chocolatine dans la bouche. Et elle était polie. Enfin, disons qu'il y avait certaines règles de politesse qu'elle respectait à la lettre et d'autres non. Elle sortit de la voiture et retourna à sa cachette. Lexovitch démarra et alla se garer juste devant la cabane. Il lui fallut un moment pour comprendre comment s'ouvrait le portail. Il s'avança jusqu'à la porte. Les volets étaient clos. Il frappa. Il frappa une seconde fois, puis une troisième. Enfin, la porte s'ouvrit. De là où elle était, Jeannette vit que Martine avait la tête des mauvais jours. Ils échangèrent quelques mots. Lexovitch lui expliquait sans doute quel était le document qu'il lui remettait. Il disait sûrement ça d'un ton neutre, allant droit au but, sans rien oublier. Rageot aurait jubilé, lui. Se présenter devant la principale suspecte comme ça sans prévenir alors qu'elle était sûre de sa cachette… Être convoquée aussi, ça devait l'exaspérer. Elle arracha le papier des mains de Franck et lui claqua la porte au nez.

Il fit demi-tour et en bon professionnel, il n'eut pas le moindre regard dans la direction de Jeannette. Il remonta en voiture, roula jusqu'au parking du camping voisin où il put faire demi-tour et repassa devant la cabane avant de reprendre la route de La Teste. L'idée était bonne mais ne servit à rien. Martine ne regardait pas. Sans doute parce qu'elle ne le pouvait pas. Ces anciennes cabanes de résiniers n'offraient que peu de points d'observation. La porte n'était pas vitrée et les volets à main étaient parfaitement opaques. Jeannette sourit. Elle n'avait pas besoin de voir. Elle savait très bien ce qu'il se passait à l'intérieur. Martine fulminait.

Quelques minutes plus tard, elle comprit. Elle ouvrit les volets et se mit à scruter la forêt alentour. Jeannette ne bougea pas d'un cil. Cela aurait été imprudent et c'était inutile. Elle était parfaitement invisible. Martine avait vu juste. Si on l'avait retrouvée, c'est qu'on l'avait suivie, qu'on l'observait sans doute en ce moment. Jeannette aurait voulu prendre ses jumelles pour lire la colère, l'inquiétude sur son visage mais elle n'en fit rien. Elle préférait se l'imaginer. Acculée, Martine allait commettre des erreurs, c'était inévitable. Elle prit son téléphone et passa un coup de fil.

— Pio a raison, pensa-t-elle. Tout dans l'attitude de Martine fait d'elle la plus idéale des suspectes.

Jeannette sourit à nouveau. Elle ne se sentait plus fatiguée, ses membres n'étaient plus engourdis. Elle s'installa confortablement. La journée qui commençait serait riche en surprises.

– 59 –

Elle était seule chez elle, juste après midi. Elle s'était levée bien tard, avait laissé négligemment une jambe sortir de sa couette pour la faire chauffer au soleil qui s'invitait par les persiennes. Elle avait fait le chat, s'était étirée. Elle avait pris un long petit-déjeuner, assise en tailleur sur le canapé. Depuis quand ne s'était-elle pas sentie aussi bien ? Elle l'ignorait. L'enquête semblait s'éloigner d'elle et David ne serait bientôt plus qu'un mauvais souvenir. Enfin, elle l'espérait. Le virus était lancé et il n'y avait aucun moyen de savoir si ça avait fonctionné. Elle n'avait pas eu de nouvelles depuis son dernier appel mais elle sentait encore son souffle au creux de l'oreille. Pouvait-elle jurer qu'il la laisserait tranquille ? N'allait-elle pas le trouver un matin dans la rue en ouvrant ses volets ? Était-il là tous les soirs au bar ?

Non, vraiment, Maud ne savait pas pourquoi elle se sentait si bien ce matin mais elle ne comptait pas trop se pencher là-dessus. Elle avait l'intention de profiter de chaque minute qui passait et de chaque bouchée. Il y avait quelque chose de sacré dans ses petits-déjeuners qui allait au-delà du plaisir, bien au-delà du rituel. Maud n'avait pourtant que très peu de respect pour tout ce qui était établi. Elle se fabriquait ses propres valeurs et, la plupart du temps, les enfreignait sitôt après. Le petit-déjeuner, c'était différent. Il était très classique : Chocolatine ou tartines beurrées et confiture si elle avait eu la flemme de passer à la boulangerie, jus de fruit, la plupart du temps des Innocent. En fait, peu importait ce qu'il y avait dans son assiette. Peu importait où elle se trouvait et avec qui. Ce qu'il ne fallait surtout pas négliger, c'était de reconnaître que c'était le repas le plus important de la journée. À ses yeux, le seul qui comptait. Elle pouvait accepter n'importe quoi, s'adapter rapidement mais il ne fallait pas toucher à son petit-déj. Il s'étirait, il prenait son temps. Elle était bien, elle était lascive. Le portable loin, l'heure absente. C'était le petit-déjeuner qui la réveillait.

Hélas pour elle, aujourd'hui, quelque chose en avait décidé autrement.

Ce fut trois petits coups secs sur la porte.

Maud sursauta. Généralement, personne ne leur rendait visite la journée. Les petits étaient à l'école, sa belle-mère au travail et son père aussi. Quant à elle, voilà bien longtemps qu'elle avait exigé de ses amis qu'ils ne viennent jamais à la caserne. Elle pensa alors à David et frissonna. Elle regarda par l'œilleton. Une jeune femme, au corps élancé tournait le dos à la porte. Il n'en fallut pas plus à Maud, que ces vêtements, cette chevelure, cette silhouette pour la reconnaître. Elle se demanda ce qu'elle fichait là. Ça n'augurait forcément rien de bon. Rien de bon n'arrivait jamais avec Mélina.

— Salut, dit-elle en ouvrant la porte. Tu veux quoi ?

— Hey, salut, répondit la visiteuse en se retournant. Mauvais réveil ?

— Pas jusque-là.

— Oh, tu fais ta mauvaise tête. Pas sympa, ça.

Maud ne releva pas.

— Je suis venue pour discuter, Maud.

— De quoi ?

— De tout, de rien. De rien, surtout. De ce qui ne s'est pas passé. Enfin, d'après ce que tu as dit à la police.

— Et voilà, pensa Maud. En une minute, elle a déjà distillé son poison. Cette fille est réellement nocive.

Maud la considéra un instant.

— Hé bien, tu ne me fais pas entrer ? Tu es certaine que tu veux avoir cette conversation sur le palier ? Dans une caserne de pompiers ?

Maud la laissa entrer.

— Ça fait bien longtemps que je n'étais pas venue. Et quand je vois ce que j'ai raté…

Maud suivit le regard de Mélina et se rappela alors qu'elle était encore en nuisette. Elle prit un énorme coussin et s'assit sur le canapé en se cachant derrière. Mélina esquissa un sourire.

— Qu'est-ce que tu veux ?

— Parler, Maud. Discuter. Et peut-être pourquoi pas, rattraper le temps perdu.

— Qu'est-ce que tu veux vraiment ?

Mélina regarda Maud dans les yeux.

— OK, t'es pas câlins du matin.

Maud ne releva pas.

— C'est toi qui as foutu le feu ?

— Non.

— Sûre ?

— Sûre.

— Tu peux me le dire à moi, tu sais. Ce n'est pas comme si on avait des secrets l'une pour l'autre.

Maud serra fort le coussin contre elle. Ça aurait été mentir que de dire qu'elle avait l'esprit tranquille. Malgré les événements, le temps, il y avait toujours une petite place pour Mélina dans sa tête et dans son cœur. Et sans doute, il y en aurait toujours. Pourtant, elle avait rangé tous ces souvenirs, les bons comme les très mauvais dans une boite en haut d'une étagère de sa mémoire. Elle avait tenu un temps comme ça, pensant à tort que ça irait. Mélina était revenue par hasard, parce que la vie en avait décidé ainsi. Un soir, au bar, leurs regards s'étaient croisés. Le cœur de Maud s'était mis à battre comme celui d'une adolescente. Elle venait de faire à nouveau irruption dans sa vie. Elle s'était dérangée. À présent, il fallait faire avec elle dans le paysage, la faire rentrer dans son quotidien. Cette rencontre était inévitable.

— J'aimerais que tu me laisses tranquille.

— D'ici une petite minute. Qu'est-ce que je veux, Maud ?

— Ce que tu veux ? Je n'en sais rien, moi. Ça fait trois fois que je te le demande.

— Moi, je crois que tu le sais très bien.

Maud détailla Mélina. Toujours aussi belle, toujours aussi sûre de sa beauté et de son effet sur les autres. Elle savait surtout sourire de façon adéquate selon la situation. Là, elle affichait un sourire mêlé de charme et d'intimidation qui semblait fonctionner sur Maud. En tout cas, ça en prenait le chemin. La barmaid se dit qu'elle devait écourter cette entrevue au plus vite. Sans quoi…

— C'est toi sur la vidéo qui t'enfuis des cabanes.

— Quand l'as-tu deviné ?

— Je l'ai toujours su. J'ai reconnu ta silhouette

Le sourire de Mélina se teinta d'un soupçon de plaisir.

— T'as de bons yeux. Ou alors, c'est parce que tu me connais si bien.

Maud ne releva pas.

— Mais même sans ça, je l'aurais su. J'ai entendu trois ou quatre clients parler de toi et de cette vidéo.

Un éclair de fureur passa dans les yeux de Mélina.

— Que leur as-tu dit ?

— Rien.

— Et aux flics ?

— Rien. C'est le Bassin, Mélina. Tout le monde sait mais personne ne dira rien. C'était déjà comme ça au lycée.

— Et à ta nouvelle copine ?

— Quelle copine ?

Mélina éclata d'un rire franc. Forcé mais franc qui résonnait dans la pièce.

— Tu sais très bien de qui je parle.

Maud fit semblant de ne pas comprendre.

— Celle qui met des robes rouges bien trop sexy pour en supporter le poids. L'enquêtrice un peu gourdasse.

— Tu m'espionnes, maintenant?

— Tu connais mon goût pour le rouge.

Maud savait ce que Mélina cherchait avec ses fines allusions. Elle ne devait pas tomber dans le piège.

— Et alors?

— Tu lui as dit quoi?

— Rien qui te concerne.

— Je ne suis pas sûre de te croire, Maud. Tu lui as parlé longtemps l'autre soir. Tu es revenue souvent la voir.

Maud souffla. Décidément, tout le monde l'espionnait.

— Faut te faire un dessin? Tenta Maud.

Mélina la considéra avec un air faussement outré.

— C'est ce genre de pimbêche qui t'attire maintenant? Tu as revu tes exigences à la baisse.

— Ce ne sont pas, ce ne sont plus tes oignons. Maintenant que tu as ta réponse, sors de chez moi.

— J'ai quand même une dernière chose à te dire. Si tu as envie de bavasser, moi, je peux bavasser.

— Ça veut dire quoi, ça?

— Qu'il n'y a pas une personne au monde qui te connaisse mieux que moi. Petits secrets y compris.

Maud retint sa respiration puis elle se leva.

— OK. T'as dit tout ce que t'avais à dire, maintenant sors de chez moi. Tu n'es plus la bienvenue ici !

Maud lia le geste à la parole. Mélina lui attrapa le bras.

— Il y a une époque où je l'étais.

Mélina essaya de lui faire baisser le bras, de l'entraîner allez savoir où. Maud tenait bon, y mettait toute sa force. Enfin, Mélina céda.

— C'était il y a longtemps.

Maud ouvrit la porte. Mélina sortit.

— OK, je m'en vais. Mais j'aimerais te faire un petit cadeau. En souvenir du bon vieux temps.

Elle lui tendit un petit paquet cadeau qui tenait dans la main.

—Je suis sûre que tu apprécieras. Et puis, comme ça, tu ne m'oublieras pas.

En empruntant une démarche lascive et sensuelle, Mélina disparut dans l'escalier.

Maud observa le paquet cadeau. Elle l'agita. Il n'y avait qu'une seule chose au monde capable de produire ce son-là. Pas de doute, c'était bien un cadeau signé Mélina.

Elle ne sut comment réagir. Devait l'ouvrir? Le jeter dans l'escalier? Elle le serra fort, fort puis relâcha inconsciemment l'étreinte. Ce cadeau lui faisait du bien après tout.

– 60 –

En ouvrant les yeux, Serge Rabinet profita de l'instant. Il aimait prendre quelques secondes pour réaliser que sa vie était parfaite.

Les rayons de soleil perçaient à travers les volets, signe que la journée serait belle et chaude. En sortant du boulot ce soir, il irait faire un footing sur la plage du Moulleau et peut-être boire un jus en terrasse.

Une voix douce lui parvint de la salle-de-bain. Sa femme chantait sous la douche. Il avait envie de la rejoindre, de s'accorder un petit moment privilégié mais c'était sans compter le petit lutin qui avançait à grands pas minuscules dans le couloir. La porte s'ouvrit et surgit une frimousse à la crinière tignasse qui avait dû être coiffée par ses couvertures.

— Papa ! J'ai fait un dessin pour toi.

Elle lui tendit une feuille de papier où des tourbillons multicolores s'entrecroisaient.

— C'est un château de princesse ! Dit-elle toute fière.

Serge la félicita et lui fit un bisou sur la tête.

— Tu viens au salon ?

Il saisit la main qu'elle lui tendait et se laissa entraîner hors du lit.

Comme d'habitude, le petit-déjeuner était déjà servi. Sa fille s'installa sur le canapé.

— Je veux regarder quelque chose.

Il alluma la télé et se connecta au compte qu'il avait créé pour elle. Il lui autorisa un ou deux épisodes de *Masha et Mishka*, pas plus.

— Cinq minutes, dit-elle.

Il acquiesça. Elle n'avait aucune notion du temps mais elle était ravie de penser qu'elle gagnait les négociations.

Il avait faim mais il voulait partager le petit-déjeuner avec sa fille, ce petit moment particulier qui n'appartenait qu'à eux. Il en profita pour consulter ses comptes en ligne. Il se saisit de son ordinateur personnel. Il était exactement à la bonne place. Il n'en doutait jamais mais s'imposait toujours une vérification. Il l'ouvrit, jeta un œil rapide vers le couloir qui menait à la salle-de-bain puis vers sa fille et l'alluma.

Il lui fallut quelques secondes pour atterrir. C'était évident, c'était flagrant mais c'était tellement…improbable, impossible même, qu'il ne comprit pas immédiatement. Comme si son cerveau résistait de toutes ses forces, comme s'il ne voulait pas admettre l'ineffable vérité. Sur l'écran, au-dessus de la fenêtre de saisie du mot de passe, là où l'on trouvait habituellement le nom du propriétaire du compte, le sien, autre chose était marqué, un autre nom.

David.

Et ce nom semblait surgir de l'enfer. Serge l'entendait hurler. En proie à une vive agitation, il jeta un œil autour de lui. Sa fille souriait devant les déboires de Mishka. Sa femme ne chantait plus mais se trouvait toujours dans la salle-de-bain. Que devait-il faire ?

Après une longue hésitation, il tapa quand même son mot de passe habituel. Tout semblait en ordre. Il se précipita sur TOR puis sur son compte bancaire. Tous ses bitcoins étaient encore là. Il ne comprenait pas. N'avait-il pas été piraté ? Impossible que ce soit lui qui ait mis ce nom d'utilisateur. Par prudence, il changeait son mot de passe chaque semaine. Avait-il changé ça également ? Par une sorte d'acte manqué ? Il ne pouvait se résoudre à y croire. Pourtant l'évidence était là. C'était la seule chose qui avait changé. Il sourit. Quelle erreur ! Quelle gaffe ! Cela aurait pu être tellement compromettant. Il cliqua sur les paramètres. Il devait changer ça immédiatement. Il en rigolerait pendant quelques heures puis…

— Papa ! Ça a changé.

Il regarda sa fille. Elle pointait la télé du doigt. Ce n'était plus un dessin animé mais un vieux film, façon péplum des années soixante. Quelle chaîne pouvait bien programmer ça à cette heure-là ? Il s'avança jusqu'au canapé, se saisit de la télécommande. Rien ne se passa. Pourtant, elle fonctionnait : la petite diode s'allumait. Mais elle refusait d'obéir.

Un prénom prononcé par un des acteurs du péplum attira son attention. Il s'y intéressa un petit moment. Il n'y avait pas fait attention de suite mais il le reconnut assez rapidement. Il l'avait déjà vu une ou deux fois, il y a longtemps. Il racontait les aventures du roi David contre...

— Goliath !.

Il regarda sa fille avec des yeux éberlués. Que venait-elle de dire ?

— Papa, y'a Goliath qui veut rentrer.

Il se tourna vers la porte du jardin. Son épagneul bavait contre la vitre. Il alla l'ouvrir. Celui-ci se précipita sur le canapé. Serge resta planté un moment. Que se passait-il ce matin ? Il arrêta la télé, tendit la tablette à sa fille. Qu'elle regarde son dessin animé là-dessus.

— Ça marche pas ! S'impatienta-t-elle. Je veux regarder quelque chose !

Il lui arracha la tablette des mains. Bordel, il n'avait pas que ça à faire ! Tout était vide. Plus de facebook, plus d'instagram, plus de pokerstar, plus de disney channel. Juste une seule application inconnue nommée « David exploited ». Même si ça allait à l'encontre de toute prudence, il cliqua dessus.

C'était juste une animation, style cartoon. On y voyait David, alors simple berger, usant de sa fronde contre le géant Goliath. Cette fois, il ne s'écroulait pas. Il devenait au contraire rouge de colère et se mettait à poursuivre David qui s'enfuyait en sautant par-dessus des chèvres.

C'était un vrai cauchemar. Il allait se réveiller, c'était sûr. Il avait trop veillé, il manquait de sommeil alors il délirait. L'ordi, la télé, maintenant la tablette...

Et soudain, il comprit. Le pirate passait par le Wi-Fi. Il arracha la prise murale de la box. Comment est-ce que c'était possible ? Il était protégé en WPA2 pourtant. Et comment avait-on pu remonter jusqu'à lui ? Le routage en oignon assuré par TOR était censé le rendre complètement anonyme. Il devait joindre son collègue du service informatique. Lui seul pouvait lui expliquer certains aspects techniques qu'il maîtrisait encore trop peu. Il se saisit de son téléphone, fit son schéma de déverrouillage habituel.

Schéma incorrect.

Il le refit.

Schéma incorrect.

Sa main tremblait, elle était moite. Il le refit lentement, méthodiquement.

Schéma incorrect. Veuillez attendre vingt secondes avant de recommencer.

Ce n'était pas possible. Ce n'était pas possible. Il se prit la tête à pleines mains, il voulait hurler. Tout allait vaciller. Tout, il allait tout perdre. Il regarda autour de lui, chercha une solution et croisa le regard de sa fille. Elle le dévisageait. Il essaya de se calmer, de faire bonne figure. Réfléchir calmement. Peut-être que s'il enlevait la batterie et la carte SIM…

— Serge ? C'est quoi ce SMS que tu m'envoies ?

Sa femme sortait de la salle-de-bain, téléphone à la main, incrédule.

— Pourquoi tu m'envoies un smiley en forme de couronne ?

Il n'avait envoyé aucun SMS bien évidemment. Ce message n'était pas pour elle mais pour lui. Il ne lui répondit pas et composa un nouveau schéma sur son téléphone. Il dessina une couronne. Il se déverrouilla. À la place de son image de fond d'écran, il y avait une photo de cabane ostréicole en flamme.

Alors, il comprit. Il sut qui était derrière tout ça. Il aurait voulu exploser, il aurait voulu hurler, éclater de colère, tabasser quelqu'un. Il aurait voulu rompre le cou de cette petite barmaid de merde. Il n'en fit rien. Sa femme le regardait, sa fille aussi. Il devait faire semblant, bien agir. Montrer le visage rassurant du père de famille idéal. Il était pile sur une frontière, chaque pied dans un pays différent. Il ne tenait qu'à lui de basculer dans l'un ou dans l'autre. Maud n'avait pas voulu bousiller son univers, sa vie parfaite comme dans les publicités pour les lessives qu'il avait bâtie de toutes pièces à l'aide de mensonges. Elle avait juste voulu lui montrer qu'elle pouvait le faire, que c'était à sa portée. Elle lui laissait le choix.

Il sourit. Maud était futée. Il l'avait bien sentie. Il l'avait juste sous-estimée. Il envia son pouvoir.

Après un moment de réflexion, il rassura sa femme. C'était une fausse manip. Il voulait lui envoyer un cœur, non une couronne. Il invita ensuite sa fille à le rejoindre à table et tandis qu'il la regardait verser son lait dans un bol debout sur sa chaise avec beaucoup de concentration, sa tignasse blonde lui rappela Maud. Il sentit qu'il l'en aimait davantage.

– 61 –

Elle ne pensait presque plus à Maud. En fait, elle n'y pensait presque jamais quand elle surfait. C'était son univers, son semi-monde. Elle s'y sentait sereine, en paix. Habituellement, dans sa tête, c'était comme un festival, une foule bigarrée qui se baladait dans tous les sens. Beaucoup de bruit, de passion, de colère aussi parfois. Le surf faisait taire tout ça.

Malgré toutes les tentatives de Mélina, Maud n'avait jamais voulu s'y mettre. Au début, ça l'avait chagrinée. Maud était de celles qui pouvaient survoler le monde. Puis, elle s'était fait une raison. De toute façon, il fallait toujours se faire une raison avec Maud.

Leur dernière rencontre lui avait laissé un goût amer au fond de la gorge. Elle avait eu envie de jouer avec elle. De la taquiner, de souffler sur les braises. C'était dans sa nature. Elle frappait toujours là où ça faisait mal. Cruauté à peine dissimulée ou maladresse excessive, Mélina était surtout capable d'être féroce. Nombreux étaient ceux et celles qui pouvaient en témoigner. Elle était une sorte d'ifrit, ces créatures mauvaises des contes arabes qui brûlaient toujours d'un feu inexpugnable. Ce feu la brûlait, l'enflammait, lui permettait d'aimer, de haïr et de passer facilement de l'un à l'autre. Elle avait toujours vu ça comme une chance. La plupart des gens vivait sans connaître, sans même parfois ne serait-ce qu'apercevoir le spectre complet des émotions de l'amour. Une chance et une calamité car cela faisait d'elle une solitaire, les autres ne supportant jamais trop longtemps d'être confrontés à cet éventail émotionnel.

Les trois filles avec qui elle était venue surfer aujourd'hui à Hossegor n'étaient pas des amies de longue date. Elle avait rencontré deux d'entre elles il y a quelques jours à peine et avait pris en stop la troisième en fin de matinée. C'était ainsi, son mode de vie favorisait les rencontres éphémères.

— C'est une trop bonne idée que t'as eue, Mélina.

Anaïs. Rencontrée au Waimea, la semaine dernière. Une Bordelaise très belle avec de longs cheveux blonds qui lui arrivaient jusqu'aux fesses. Mélina sourit et assura qu'elle avait toujours de bonnes idées. Elles regagnèrent leurs serviettes après avoir jeté un regard sur leurs deux compagnes. Elles surfaient toujours.

Anaïs prit une bière dans la glacière. Mélina s'allongea un peu. C'était la première fois qu'elle venait surfer à La Nord. À chaque fois qu'elle aurait pu, c'était tombé à l'eau, sans mauvais jeu de mots. Elle avait décidé de provoquer l'occasion. Elle avait posté sur Facebook : « Part surfer à Hossegor dans 1h. Qui m'aime me suive ! :) ». Anaïs et Julie avaient répondu. Et pour le moment, la virée avait dépassé toutes ses attentes. Elles s'étaient marrées, avaient déliré. Pourtant, demain, dans une semaine, un mois, plus peut-être, elle ne les verrait plus. Elle les apercevrait de loin, dans un bar, sur un spot. Elles se feraient la bise peut-être, peut-être pas. Et elle rencontrerait d'autres personnes.

Son téléphone sonna. Le temps de réaliser, de se précipiter sur son sac, de farfouiller que ça avait déjà raccroché. Elle consulta quand même l'historique.

Antoine.

Elle souffla. Elle gâchait trop d'énergie pour ce type. Elle se doute que c'était encore pour se plaindre et elle prit un air maussade.

— Un soucis ? Demanda Anaïs entre deux gorgées.

— Oh. Un blaireau qui ne veut pas comprendre que le générique est fini et que la lumière s'est rallumée.

— T'as peut-être été inoubliable.

— Ça, c'est presque une évidence, sourit-elle. Lui, par contre… Jamais plus, je ne coucherais avec un footeux.

— Pourquoi ?

— Il m'a baisée comme un footballeur : droit au but et sans les mains.

Anaïs explosa de rire puis passa la bière à Mélina. Son téléphone se remit à sonner. Encore lui. Elle hésita.

— Oui ?

— Mélina ? Oh, merci, merci !

— Qu'est-ce qui t'arrive encore ?

— Mélina, faut que tu te livres.

— Me livrer ? Mais qu'est-ce que tu racontes ?

— On a tué un type, Mélina. Faut qu'on soit punis.

— Tu délires là ? T'es défoncé ou quoi ?

— Je suis très sérieux. C'était un accident. On n'a pas voulu lui faire de mal. Mais le type est mort. Si on n'avait pas mis les pieds dans cette cabane, si on n'avait pas brisé cette vitre, si on n'avait pas fait ce qu'on a fait…le type serait encore en vie.

— Arrête tes conneries, putain ! Et « ce qu'on a fait » ? C'est comme ça que t'appelles ça, toi ? T'es un romantique, dis donc.

— Mélina…tu n'as aucun remords ?

— Mais remords de quoi ? On n'a rien fait. Ce n'est pas de notre faute. Tu comprends ça ?

Elle jeta un regard vers Anaïs. Même si elle habitait Bordeaux, elle était forcément au courant pour les cabanes. Elle devait faire attention à ce qu'elle disait. Elle manquait trop de discrétion.

— Faut te livrer quand même. Si on est innocents, on sera libérés. Mais l'attente, ne rien savoir, ne pas choisir… J'en pouvais plus. J'en dormais plus, j'angoissais. J'ai même repris des cachets. J'étais en roue libre... alors je suis allé voir la police. Et depuis, je me sens mieux.

— T'as fait quoi ?

— Mélina... ensemble, nous pouvons nous en sortir.

Mélina allait exploser. Elle avait envie de lui crier dessus, de l'insulter en quatre langues. Elle devait se contenir. Elle devait faire bonne figure, faire croire à Anaïs que ce n'était qu'une bête histoire de couple, une simple dispute.

— Ne dis pas « nous », s'il-te-plaît. Il n'y a pas de « nous ». En fait, il n'y a jamais eu de « nous ».

Voilà, c'était une bonne stratégie.

Peser ses mots.

— Mais Mélina, on a fait ça tous les deux, on a autant de tort l'un que l'autre. Je veux dire, ils sont partagés.

— Je n'ai rien à voir avec ça.

— C'était ton idée !

— Bah, c'était une mauvaise idée. D'ailleurs, tu veux que je te dise ? Je regrette ce qui s'est passé. Je ne sais pas ce qui m'a pris, comment j'ai pu être attirée par toi. Mais quand je vois comment tu réagis, comment tu me harcèles presque, franchement, c'est à m'en dégoûter.

— Mélina…

— Arrête de m'appeler, fais ta vie. *Drive-toi* tout seul. Prends tes propres décisions. Mais compte pas sur moi pour rattraper tes conneries. Je ne suis pas dans le même sac que toi.

Elle voyait Anaïs sourire. Ça fonctionnait.

— Mélina… j'ai tué quelqu'un. Quelqu'un d'autre.

— Quoi ?

— L'inspectrice. Celle dont tu m'as demandé de m'occuper. Je l'ai poussée dans le port. Je l'ai vue couler.

Mélina n'en croyait pas ses oreilles. Encore une fois, le feu qui l'animait avait parlé pour elle. Et c'était cette andouille sans cervelle qui l'avait entendu.

—Je ne t'ai jamais rien demandé ! S'écria-t-elle.

Elle raccrocha.

— Merde, se dit-elle. Ça pue grave là.

Si elle avait été seule, elle aurait pu le raisonner. Elle avait de l'influence sur lui. Elle pouvait le manipuler. Mais nul doute que Anaïs avait tout entendu.

— Ce crétin a fait ça ? Pensa-t-elle. Il est vraiment allé se livrer ?

Elle imagina la scène. Lui, se pointant la tête basse, les yeux de cocker, mouillants peut-être. La gueule ahurie des flics, étonnés du cadeau. Puis l'interrogatoire. Il a parlé d'elle, a mentionné son nom. Pas au début, non, il a fait un peu de résistance, pour elle, par principe, mais il n'a pas tenu. Pour broder, il faut avoir de la cervelle. Pour mentir, il faut avoir de l'aplomb. Lui, n'avait ni l'un ni l'autre.

Elle devait nier. Il n'y avait que ça. Servir une petite histoire aux filles pour qu'elles témoignent en sa faveur le cas échéant. Le faire passer pour un dingue qui affabule, un gros mytho. Elle n'avait tué personne. L'équipe scientifique avait dû le démontrer. Il n'y avait pas d'effraction à constater parce qu'il n'y avait plus de fenêtre. Elle n'avait commandité aucun crime puisqu'il n'y avait pas de témoin. Pas l'ombre d'une preuve à part le témoignage de l'autre lavette que même le plus feignant des commis d'office ferait sauter. Ils n'avaient rien contre elle. Rien.

— Toi, t'as besoin d'une bière, suggéra Anaïs.

Mélina prit la bouteille qu'elle lui tendait.

— Ouais.

— Il ne veut pas te lâcher ?

— J'en peux plus, sérieux. Je ne lui ai rien promis moi à ce mec. On couche ensemble une fois et il croit qu'on va se marier ou je ne sais quoi.

— Taré…

Mélina but une gorgée. Elle devait se calmer, ne plus y penser, faire le vide. Après, elle improviserait une histoire et ces filles qu'elles connaissaient à peine deviendraient importantes. Elles seraient ses alibis.

— Bon, si on veut encore profiter des vagues avant la nuit, faudrait pas trop glandouiller ici.

Elle se leva d'un bond et saisit sa planche. Anaïs lui emboîta le pas. Les pensées fusaient de part et d'autres dans son crâne. C'était un vague embouteillage cosmique. Le surf ferait taire tout ça.

– 62 –

Vendredi soir, à la fenêtre. Elle ne se souvenait plus depuis quand ça ne lui était pas arrivé. Elle était seule à nouveau sauf que cette fois, elle aurait donné beaucoup pour un peu de présence. Sa belle-mère avait emmené les petits au cinéma. Son père était d'astreinte. Elle se sentait seule, désespérément. Morne, vide. Elle avait envie de hurler.

Depuis bientôt deux heures, elle revoyait la scène avec précision, analysait chaque étape, réécoutait chaque parole.

Il l'avait convoquée dans son bureau. Son boss. Elle ne l'aimait pas. Il avait toujours un œil qui louchait sur les seins et une main à hauteur de la taille, comme une gueule prête à mordre. Et puis, il était ventru, et puis il était souvent en sueur et puis ses blagues dégradantes, ses allusions salaces. Mais Maud adorait son job. Alors, elle était passée outre. Il ne descendait presque jamais dans la salle, c'était facile. Ça l'était moins quand il la convoquait dans son bureau.

Il avait juste dit qu'il voulait lui parler. À sa tronche, Maud comprit immédiatement que ça sentait mauvais. Il y avait quelque chose dans ses yeux fuyants comme une pointe de reproche, un soupçon de rancœur.

— Maud, ce n'est pas facile ce que j'ai à dire. Alors, je vais te le dire simplement, avec des mots pas compliqués.

Maud était debout devant le bureau. Il ne lui avait pas proposé de s'asseoir. D'habitude, il proposait toujours un siège.

— Voilà, un policier est passé tout à l'heure. J'étais au bar à ce moment à régler avec Greg les détails pour la soirée. Il était avec une jolie rousse. Elle est déjà venue plusieurs fois. Ils ont commandé quelques verres. Puis, quand il a compris que j'étais le patron, il a engagé la conversation. Il m'a parlé de toi, de ton passé.

— Merde, pensa Maud. Ça ne sent pas mauvais, là. C'est carrément l'infection pestilentielle.

— Il m'a dit que t'avais été condamnée à te faire soigner, parce que c'était une sorte de maladie. Enfin, lui, il n'y croyait pas trop.

— Enfoiré de flic, ragea-t-elle dans sa tête.

— Mais moi, je veux bien y croire. Y'a des maladies pour tout maintenant. Il m'a dit aussi que du coup, il était persuadé que c'était toi qui avais mis le feu aux cabanes.

— L'enquête a prouvé que non, dit-elle avec tout l'aplomb qu'elle pouvait.

— Oui, oui, bien sûr. Il m'a aussi parlé de, comment dit-on, ah oui, ton alibi.

Il marqua une pause, planta son regard mal assuré dans les yeux de Maud. Étrangement, elle était calme. Son patron n'était rien par rapport à

David. Si elle avait pu tenir face à lui, elle pouvait tenir contre n'importe qui.

— Ce n'est pas joli, joli. Je ne comprends pas bien, Maud. Je t'ai toujours témoigné beaucoup d'intérêt. Je te faisais confiance. Je pensais que nous étions amis.

Elle repensa à toutes les fois où il lui avait dit qu'elle était belle, aux compliments déplacés sur sa tenue, aux « si tu viens en bottes tous les soirs, je vais être obligé de te garder », aux petits regards, aux mains sur le bras, sur la taille et à la fois aussi où il lui avait dit qu'elle lui rappelait sa fille. Elle repensa à toutes ces douches qu'elle avait prises non pas pour effacer l'odeur de cuisine et d'alcool mais pour exorciser l'empreinte fantôme de sa vulgarité sur son corps.

— Je ne vois pas le rapport, dit-elle enfin, soutenant son regard jusqu'à le faire fuir.

— C'est que... je... je me sens trahi, Maud. Tu as trahi ma confiance.

Maud aurait pu relever, argumenter. Ça aurait été facile. Mais elle trouvait ça bizarre de se justifier d'un événement qui, finalement, n'avait pas eu lieu. Et puis est-ce que cela aurait servi à quelque chose ?

— Je ne sais pas ce que je t'ai fait. Pourquoi tu me fais ça à moi ?

— Il ne va pas pleurer quand même ? Pensa-t-elle.

— Mais tu comprendras que je ne peux pas faire autrement. Non, je ne peux pas faire autrement. Je vais devoir me séparer de toi, Maud.

— Quoi ?

— J'y suis obligé, Maud. Je ne te regarderai plus jamais pareil.

Maud s'efforça de ne pas hurler, elle essaya de se contenir. Puis, au bout d'un petit moment, elle se dit : bah, à quoi bon ?

Elle commença par les noms d'oiseaux puis aiguilla sur les images suggestives et les propositions sans équivoque avant de finir par un subtil mélange d'insultes et de gestes. En quittant la pièce, elle donna de ci de là, des coups de pied et des coups de main, fit tomber deux, trois trucs et envoya valser quelques papiers. Elle ne claqua pas la porte, elle la laissa grande ouverte, bien au contraire. Qu'il se fasse chier lui-même à la refermer !

Deux heures après, elle ne savait pas ce qui allait suivre, juridiquement parlant. Et elle s'en foutait. Elle ne retournerait pas au Waimea. Jamais.

Ce n'était pas ce qu'elle avait prévu. Elle kiffait vraiment servir au bar et elle était douée pour le faire. Son plan ne devait pas déboucher sur cette issue. Les flics l'avaient rapidement lâchée. Elle avait évité la garde à vue et peut-être même une mise en examen, mais elle avait perdu son boulot. Et avec ça, suivrait la confiance de son père. Déjà qu'il la regardait d'un sale œil depuis que ces deux flics avaient débarqué. Ils n'auraient pas pu venir l'interroger au Waimea, non ? Ou encore mieux : la convoquer ?

Elle avait envie de se venger du flic qui avait fait ça. Ce ne serait pas difficile. Un crétin comme lui qui avait passé tout le temps à la mater, à loucher, à pencher sa tête pour s'offrir un meilleur angle. Et il venait au Waimea, l'air de rien, en pleine enquête, avec une pouf trouvée on ne sait où. Dans le bar où travaillait une des suspectes. Et après quelques verres, il balançait des infos secrètes au premier venu. Non, elle ne se faisait aucun doute, en deux minutes, elle arriverait à le hacker.

Elle repensa à David. Lui, c'était vraiment quelqu'un de dangereux, un nuisible. Et elle s'en était débarrassé. Il ne l'avait plus appelé. Elle n'avait plus senti sur sa nuque son souffle rauque. Il avait accepté sa défaite. Elle se rappela la sensation de puissance qu'elle avait ressentie, cette pure bouffée de liberté.

Elle pourrait se venger du flic. Elle pourrait se venger de son patron. Ce serait facile. Elle n'aurait même pas besoin de la Wild Bunch. Mais elle ne le ferait pas. La vengeance ne faisait pas partie de sa nature.

Maud avisa le paquet que Mélina lui avait offert. Cadeau empoisonné. Elle ne l'avait pas ouvert mais comme son contenu ne faisait aucun doute, elle savait qu'elle en avait besoin. Voilà deux heures qu'elle luttait contre l'envie. Une lutte acharnée, titanesque, spartiate. Elle était à deux doigts de succomber lorsque la porte s'ouvrit.

—Maud ? Qu'est-ce que tu fais là ?

Son père avait apparemment oublié quelque chose.

—Les bars, de nos jours, ne veulent plus embaucher de criminels. C'est un vrai scandale.

— Oh, merde… Mais comment l'ont-ils su ?

— Les flics.

— Font chier… Tu vas faire quoi alors ? Tu as déjà des pistes pour un nouveau taf ?

— Euh… non, là, pas la tête à ça.

— Oui, bah, traîne pas trop. N'oublie pas nos accords.

Maud regarda au plafond. Elle avait conscience de la spirale néfaste dans laquelle elle était entrée, bien malgré elle. Elle se rendit compte que c'étaient les autres qui étaient néfastes. Cinq minutes plus tôt, elle réclamait de la compagnie. À présent, elle n'aurait pas été contre un désastre nucléaire ravageant toute vie sur la planète.

— Nos accords ? Nos accords ? Mais on n'est que ça tous les deux ? Des associés ? Des compagnons de cellule ? Enfin, non, pas compagnons. C'est moi, la criminelle. Toi, t'es qu'un maton.

— Ne le prends pas comme ça, Maud, s'énerva son père. Tu sais très bien que nous avons établi…

— Mais j'emmerde nos accords ! Tu comprends, ça ? J'emmerde nos accords !

Éric voulut parler mais Maud l'interrompit.

— Combien de temps ça va durer, hein ? Tu combats le feu toute la journée et quand t'es à la maison, c'est pour l'encenser. Le feu ! Le feu ! Il n'y a que ça qui compte pour toi. Tu le respectes comme si c'était un adversaire, un ennemi. Mais ta propre fille, tu la traites sans respect, tu l'enchaînes.

— Je t'enchaîne ? Arrête ton délire, Maud…

— Tu m'enchaînes, oui ! Tu m'enchaînes à tes principes, à ta morale ! Tout ce qui compte pour toi, c'est de montrer aux autres que le bon, le grand capitaine a maté son incendiaire de fille.

Éric lui fit signe de parler moins fort, désignant la fenêtre ouverte.

— Je m'en fous qu'on m'entende, hurla Maud. Qu'ils entendent ! Façon, après ce soir, tout le monde le saura. Il se passera quoi demain ? T'auras honte de moi ? Encore ?

Éric baissa les yeux. Maud poussa un énorme soupir et tourna la tête vers l'extérieur.

— Maud, je...je...

— Je te choque, hein ? Ce n'est pas ce que tu attendais. Je ne suis pas la fille que tu t'imaginais. Façon, je ne vois pas bien comment tu pourrais me connaître, vu que t'es jamais à la maison.

Maud se rendit compte de la sévérité de ses paroles. Elle ne fit pourtant pas marche arrière. Elle avait envie de frapper là où ça faisait mal. De provoquer les choses, quitte à tout briser, à tout éparpiller en mille morceaux. Elle avait simplement envie de chaos.

— C'est injuste, Maud. Je...

Il n'acheva pas sa phrase. Il ne savait jamais quoi dire, ne trouvait jamais les mots. Entre eux, la communication était brisée. Maud avait choisi un métier nocturne pour avoir des horaires décalés. C'était la garantie de ne croiser personne le matin, de ne pas avoir de vie sociale. Cela lui évitait de se retrouver en face de son père.

Maud contemplait la rue. Arcachon lui avait toujours paru minuscule. Il l'était, c'est sûr. Mais ce soir, c'était pire que tout. Elle se figurait une boite en plastique, genre pour les pauses repas, où elle, pauvre pomme, était à l'étroit, où elle avait beau pousser, s'étirer, le couvercle résistait, il tenait bon.

— Maud, je dois y aller. J'ai déjà trop traîné. Mais...écoute, je crois qu'il faut vraiment qu'on discute. Alors, on pourrait faire ça demain, dans la journée, ça te dit ?

Maud ne répondit pas. En fait, c'est à peine si elle l'entendit. Pas plus qu'elle n'entendit le « bonne nuit » qu'il envoya avec toute la douceur dont il pouvait faire preuve.

Elle avait envie de partir. Non, elle en ressentait le besoin. C'était viscéral. Il lui fallait un hamac au cœur de la jungle, une case africaine. Il lui fallait une cabane au sommet de la canopée, une retraite au bout du monde. Mais avec quoi paierait-elle tout ça ? Elle avait filé toutes ses économies à David. Tout ce qui lui restait de ses pourboires et de quelques extras. Comme d'habitude, son salaire était passé dans l'essence, la bouffe, sa part du loyer et le remboursement de l'amende. Elle n'avait plus rien. Et elle devait encore un service à Hub. À part si elle plongeait dans les deux seules activités criminelles qu'elle maîtrisait — le deal et le hack — il lui faudrait un paquet de temps avant de pouvoir partir.

Pourtant, vu de sa fenêtre, cela semblait si simple. Faire ses valises, laisser un mot à ses frère et sœur, marcher jusqu'à la gare. Vendre le scooter, se faire un peu de cash. Tenir quelques jours, trouver un boulot, construire une nouvelle vie. Non, cela ne suffirait pas. Son scoot était trop vieux, il ne valait plus rien. Elle ne trouverait pas d'appart, elle devrait vivre dans la rue, y crèverait aussi sans doute. Elle devait se faire une raison. Elle était coincée ici pour un moment.

Ce qui était encore plus dur à supporter, c'était qu'elle avait réussi à tenir bon pendant dix-huit mois. Dix-huit mois à jouer le rôle de la (presque) parfaite petite fille sage. Elle n'était jamais arrivée en retard au boulot, aidait à la maison, avait arrêté de fumer, était rentrée dans le droit chemin. Celui des autres. Ce n'était pourtant qu'une façade. En dix-huit mois, elle n'avait été réellement elle-même qu'avec la Wild Bunch.

Demain, tout ce côté-ci du Bassin saurait ce qu'elle avait fait. Ce serait ni la faute de David ni même celle de Mélina. Cela ne servait plus rien de se cacher. Il était temps qu'elle réapparaisse au grand jour.

Lorsqu'un peu plus tard, un camion emporta son père vers un destin héroïque, Maud semblait ne pas avoir bougé. Elle s'était pourtant levée un instant, le temps d'attraper le cadeau de Mélina avant de retourner s'asseoir.

Ce n'était pas une surprise. Elle l'avait devinée au bruit. Une boite d'allumettes. Elle n'en avait pas eu en main depuis presque dix-huit mois. Ça lui était formellement interdit. Pendant un petit moment, elle se contenta de la tenir. Puis, finalement, sans même lutter, elle se rendit à une évidence qu'elle ne pourrait nier.

Elle gratta une allumette. Elle en observa la flamme, la laissa se refléter dans ses yeux, la fit osciller un peu en la bougeant, comme un amateur de vin apprécie un grand cru. Puis, elle lâcha l'allumette. Dans la nuit, sa chute ressembla à celle d'une étoile, minuscule embryon de vie, qui disparaissait inexorablement.

Elle en gratta une autre. Elle l'observa longuement aussi, jusqu'à sentir la chaleur au bout de ses doigts. Elle la lâcha. De loin, en regardant son immeuble, on aurait pu croire à des fusées de détresse qui retombaient sans feu d'artifice.

Maud gratta une autre allumette.

– 63 –

L'opération était millimétrée. Le temps était compté. À dix-huit heures, tout devait être vidé, emporté, sans laisser de traces. Car à dix-huit heures, Maxence rentrait de son travail. Camille dirigeait l'opération. Sophie n'avait pas pu se libérer mais elle pouvait compter sur trois assistants.

Il y avait d'abord Denis, évidemment, qui allait désormais partout où Camille allait. Elle se demandait pourtant si ça allait continuer, si Denis réapparaîtrait une fois la dernière page de cette histoire tournée.

Ensuite, il y avait Pio. Lui, il était là parce qu'il lui devait bien ça. Camille lui avait apporté l'enquête sur un plateau. Enfin, au moins certains éléments cruciaux.

Le dernier, c'était le seul qui aurait voulu être partout ailleurs sauf ici. Il n'avait pas eu le choix. Lorsque Camille était venu le voir dans sa cellule, ce matin-là, elle lui avait longuement parlé, avait écouté patiemment. Antoine ne lui avait pas paru être le machiavélique assassin au sang-froid qu'elle s'était imaginée. C'était juste un pauvre gars qui avait fait une belle connerie. Alors comme son intervention avait permis à Camille de tomber sur la sculpture du poisson et ainsi de trouver les conclusions de l'enquête et comme c'était aussi un gars avec deux bras, deux jambes, elle lui proposa un marché. Elle ne porterait pas plainte à la condition qu'il vienne l'aider pour son déménagement. En entendant cela, il avait écarquillé de grands yeux. Le stress intense dans lequel il se trouvait avait sans doute grillé un paquet de neurones. Alors, cette proposition digne d'un *delirium tremens*, ça avait dû l'achever. Mais Camille était sérieuse, comme toujours et la présence de Pio à ses côtés qui n'en revenait pas non plus ajoutait un peu à la crédibilité de la proposition. Alors, il avait accepté. Il n'était pas bien malin, c'est sûr, mais il y avait bien quelque chose pour laquelle ses synapses se connectaient, c'était quand il était question de sa propre sécurité.

Le déménagement touchait à sa fin et c'était sans conteste, le plus étrange que Camille n'ait jamais fait. Tout du long, elle s'était sentie pareille à une voleuse. Récupérer ce qui était à elle n'était pas un méfait mais agir comme ça en douce, elle se sentait poisseuse, limite crasseuse. Heureusement, il suffisait qu'elle s'imagine la tête de Maxence en rentrant chez lui pour retrouver le sourire.

Ce qui était étrange aussi, c'est qu'elle fut la seule à ouvrir la bouche. Les trois autres participants étaient restés muets même si leurs regards en disaient longs. Denis n'avait jamais été fan de la police, encore moins des flics qui faisaient trois fois sa taille de t-shirt. Côtoyer celui-ci d'aussi près, porter un canapé avec lui, ce n'était carrément pas sa tasse de thé. Antoine se liquéfiait au fur et à mesure que le temps passait. On aurait dit qu'il s'attendait à ce que le policier lui mette les menottes ou un truc du genre. Quant à Pio, passer sa matinée avec deux repris de justice ne semblait pas faire partie de ses activités favorites.

Alors, quand le dernier carton fut placé dans le camion de location, Camille s'aperçut que Antoine avait déjà filé. Denis lui emboîta le pas assez rapidement, prétextant quelque tâche ostréicole qui ne pouvait pas attendre et la marée qui était impatiente. Il fit quand même promettre à Camille de passer lui dire au revoir avant de quitter le Bassin et il prit congé sans avoir serré la main de Pio. Camille fit mine de ne pas le remarquer.

— C'était vraiment sympa de venir m'aider. Surtout que ça a des airs de cambriolage.

— Vous aviez les clefs et je doute que toutes ces robes appartiennent à Maxence.

—Je pourrais très bien voler sa nouvelle petite amie.

—Je pourrais très bien le savoir et vous faire croire que je coopère pour mieux vous prendre en flagrant délit.

— Ah…c'est pas faux.

— Que comptez-vous faire maintenant?

— Tout déposer chez Sophie. Elle veut bien me supporter quelques temps. Hier soir, j'ai commencé à regarder les annonces pour un appart sur Bordeaux. Après, bah, on verra.

— Si la carrière vous tente…on saurait utiliser vos talents dans la police.

— Moi, passer dans la légalité ?

Pio sourit. Il avait finalement mené cette enquête à son terme. Pas exactement là où il aurait voulu mais il avait appris à fermer sa gueule. Il était entré dans la police pour résoudre des énigmes, pas pour sauver le monde et punir les méchants. Il laissait ça aux autres, aux idéalistes, aux ambitieux aux dents longues. Bien sûr, quand ça finissait comme ça, pas net, ça lui pesait un peu sur la caboche pendant quelques temps. Puis, il s'en remettait et passait à autre chose. Quand il repenserait à cette affaire d'ici quelques années, ce serait surtout grâce à Camille. Elle avait apporté une touche de légèreté, comme un vent frais venu du large, un soupçon d'été. À dire vrai, il était tombé sous le charme.

Ils se regardèrent un peu à la dérobée, se demandant lequel des deux allait se jeter à l'eau en premier. Finalement, ce fut celle dont la curiosité devenait de plus en plus maladive qui se lança.

— Ça a donné quoi alors ?

— L'enquête ?

— Oui.

— Aucune charge n'a été retenue contre le Sénateur, pas même le vol de voitures. Mais je suppose que les collègues d'ici garderont un œil sur lui pendant un moment. Toujours est-il que l'affaire semble l'avoir perturbé. Je ne serais pas surpris qu'il abandonne ses activités politiques. Peut-être même l'ostréiculture, qui sait.

— Ce n'est pas un souci, sourit Camille. La relève est assurée.

—Votre nouvel ami Antoine n'est accusé de rien grâce à votre intervention. Mais je vais quand même lui trouver un petit quelque chose, histoire qu'il retienne la leçon. Il fera sans doute quelques heures d'intérêt général.

—Ça ne peut que lui faire du bien.

—J'ai convoqué son amie Mélina. Celle avec qui il a...Enfin, avec qui il était dans la deuxième cabane. Elle ne s'est pas présentée. Apparemment, elle est partie surfer quelque part du côté d'Hossegor. Je lui ai laissé plusieurs messages. J'avoue que j'aurais bien aimé avoir sa version des faits mais je ne partirais pas à sa recherche. Je laisse ça mes collègues de La Teste. De toute façon, vu qu'on n'a pas l'ombre d'une preuve contre elle, elle ne risque pas grand-chose.

—Antoine pourrait témoigner.

—Oui. Ou il pourrait mourir d'une syncope avant même de terminer sa première phrase. Non, la vérité ne se trouve pas de ce côté-là.

—Et Martine?

—Madame veuve Pujol-Barreyre ne s'est pas présentée non plus. Ça doit être une coutume par ici. Et pour cause, elle a disparu.

—Disparue? Comment ça?

—J'ignore totalement où elle se trouve. Il n'y a personne chez elle, personne à la cabane de résinier. Je pourrais essayer de la géolocaliser mais je n'obtiendrai jamais l'autorisation. Sa convocation a été invalidée par le procureur.

—Quoi? Pour quelle raison?

— Absence d'indices probants. Il ne voyait donc pas l'utilité de persécuter une personne qui « vit déjà les heures les plus sombres de sa vie ». Je cite de mémoire.

— Ça arrive souvent ce genre de choses ?

— Ça arrive. Mais ça n'empêche que ça reste bizarre.

— Le procureur serait de mèche ?

Pio la considéra un instant. Il essaya de peser ses mots.

— Camille, si vous tenez à faire carrière, même à votre manière, vous devrez respecter quelques règles élémentaires. Premièrement, on ne porte pas d'accusation sur un procureur de la République surtout devant un officier de la police judiciaire.

Camille se raidit.

— Ensuite, ne portez pas d'accusation sans preuve solide surtout contre quelqu'un d'important. Gardez ça en vous, pour vous. Récoltez les indices, échafaudez des hypothèses et surtout, voyez si ça vaut le coup de prendre de tels risques. Là, par exemple, ça ne vaut pas le coup.

— Vous en êtes sûr ?

— Oui, Camille. J'en suis certain. Rien ne relie le procureur à Martine. Il ne fait pas partie du conseil de surveillance des entreprises Pujol-Barreyre.

— Son attitude est quand même étrange.

— Comme pour la plupart des gens. Vous, Camille, feriez une suspecte tout à fait intéressante.

Elle rougit.

— Merci.

Pio sourit. C'était bien la première fois que quelqu'un prenait le fait d'être suspect comme un compliment.

— Alors, la conclusion officielle, c'est quoi ? Demanda-t-elle.

— Accident, par la force des choses. Il y avait plusieurs objets inflammables, le mobilier était vétuste, l'installation électrique, sommaire. Quant à Pierre Pujol-Barreyre, il était mal, chagriné. Il est allé chez son ami de toujours. Ils ont beaucoup bu. Pujol-Barreyre s'est assoupi. L'ostréiculteur est allé faire un tour. Quand il est revenu, le feu était au port. Il a paniqué, il s'est enfui.

— C'est ce qu'il y a marqué dans votre rapport ?

— À peu de choses près, oui. Il pointe quand même quelques zones d'ombres.

— Ah, quand même ! Persifla-t-elle.

— Ne soyez pas déçue, Camille.

— Ça ressemble à tout sauf à une fin.

— On ne gagne pas à tous les coups. Ça ne tiendrait qu'à moi, je placerais Martine Pujol-Barreyre en garde à vue et j'obtiendrais la preuve que c'est elle qui a mis le feu à la cabane pour faire accuser son mari de meurtre et le manipuler pour qu'il lui confie la direction de la société. Qu'elle était là ce soir-là, tapie dans l'ombre, qu'elle a cru voir Pierre sortir alors que c'était Jean et qu'elle a mis le feu.

— Vous y croyez vraiment ? Qu'elle serait capable de tuer comme ça, de sang-froid ?

—Je crois surtout au désespoir. C'est la seule constante dans mon métier. Le désespoir qui pousse à l'extrémité, qui transforme radicalement les hommes et les femmes. Peut-être qu'elle a bloqué la porte. Peut-être qu'elle avait tout prévu, même des preuves accablantes contre son mari. Peut-être qu'elle avait déjà écrit sa déposition.

—C'est horrible... Quand avez-vous commencé à la soupçonner?

—À la minute où je l'ai vue. Vous l'avez rencontrée, n'est-ce pas? Oui, je sais que vous l'avez rencontrée. Vous l'avez trouvée comment?

—Désespérée...

—Oui, évidemment. Mais elle était surtout au bord de l'explosion. Ce n'était pas du chagrin, c'était de la colère. De la colère contenue.

—Colère contre l'assassin?

—Colère contre elle-même. Car en assassinant son mari, elle a sérieusement compromis ses chances de récupérer les rênes de la société. La décision appartient désormais au conseil de surveillance. Et je ne serais pas surpris de les voir choisir quelqu'un d'autre.

—Vous pourriez le prouver?

—Avec de l'acharnement, oui.

—De l'acharnement? Ce n'est pas un peu votre oxygène à vous les détectives?

—Très peu pour moi les combats contre les moulins à vent. Je n'ai pas la carrure qu'il faut. Et puis pour ce genre d'enquête, il faut du temps et le temps, je ne l'ai pas. Je suis rappelé sur Bordeaux pour une nouvelle enquête. Il y a beaucoup trop de monde qui tombe dans la Garonne ces derniers jours.

Camille réfléchit un instant.

— Le temps, je l'ai, moi.

Pio l'observa.

— Je ne peux pas vous confier une affaire criminelle même si elle est classée. Je n'ai pas non plus le droit de vous montrer le dossier. Même cette conversation n'aurait pas dû avoir lieu. Rien que ce carnet par exemple. Celui où je note tout, absolument tout ce que j'apprends pendant une enquête. Il serait illégal de vous le montrer.

Elle fit une moue de déception.

— Tiens, il est plein. Je peux le jeter alors.

Pio balança son carnet dans la poubelle publique à côté d'eux.

— Je vais aller m'en acheter un autre à la papeterie avant d'aller à la gare.

Il s'éloigna. Après quelques pas, sans se retourner, ni s'arrêter, Pio fit un salut de la main.

— À un de ces jours, Camille. Et bon courage !

Camille le regarda s'éloigner puis tourna son regard vers la poubelle. Elle voyait nettement le carnet à l'intérieur. Elle sentit alors brûler en elle la chaleur d'une vocation nouvelle.

Fin.

Par ce logo, nous témoignons d'une volonté de réduire les impacts environnementaux liés aux activités de l'imprimerie. Nous choisissons un imprimeur impliqué dans la réduction des gaz à effet de serre. Le choix de nos papiers assure que la production a été faite à partir d'un produit à base de bois et a suivi le cahier des charges d'une gestion durable des forêts européennes. Achevé d'imprimer chez Factory en Union européenne en avril 2018.

LA GESTE

Composition: Sarah Ponzo

Dépôt légal : 1er semestre 2018